创意写作书系

写我人生诗

Writing the Life Poetic:
An Invitation to Read & Write Poetry

塞琪·科恩（Sage Cohen） 著

刘聪 译

中国人民大学出版社
·北京·

"创意写作书系"顾问委员会

（按姓氏笔画排名）

刁克利	中国人民大学
王安忆	复旦大学
刘震云	中国人民大学
孙　郁	中国人民大学
劳　马	中国人民大学
陈思和	复旦大学
格　非	清华大学
曹文轩	北京大学
阎连科	中国人民大学
葛红兵	上海大学

译者序

获选美国艺术文学院终身院士的华裔作家哈金接受采访时说:"文学……的顶尖是诗歌。诗歌代表语言的最高成就,是纯粹的艺术。"

中国古典诗歌绚烂辉煌的成就一直是我们民族文化自尊心的重要组成部分。白话文运动以来,现代白话诗的发展过程一直伴随着对外国诗歌的译介和学习。建国后,诗歌一度和其他文体一样沦为政治的附庸。80年代的朦胧诗、第三代诗则构成了一片在自由的春风下迅速蓬勃起来的诗之绿野,那是一个诗歌的年代。然而之后诗歌很快不再能引起大多数人的关注,它变得边缘、荒僻——虽然热爱诗歌、坚持写诗的人一直存在,但诗歌不再是文坛宠儿的事实毋庸置疑。

近年来,诗歌的翻译、出版似有回暖之势。大到整个社会,小到我们自己,最终发现这项总和名利保持着较大距离、让人深味孤独的文学活动,依然是我们灵魂生长必需的养分。诗歌从未离开过我们。

但诗歌毕竟是文学之峰的顶尖,代表着"语言的最高成就"。当我们谈论诗歌的时候,我们首先联想到的总是那些屈指可数的诗界精英,他们写作,我们阅读;他们布道,我们聆听。诗歌是否只属于那些攀登到顶尖的人们?如果还有更多热爱诗歌、想要攀登这座高峰的人存在,他们要如何走近诗歌,去亲自体验诗歌的瑰丽与雄奇呢?

写我人生诗

本书的作者,正是在这个问题牵引下,把她自己对诗歌的体验和感受娓娓道来。如果你喜欢诗歌,却发现很多诗自己读不明白,怀疑自己是否有这方面天赋;如果你也想写几句诗,却担心自己是否太稚嫩笨拙(我写的那些算是诗吗?)——塞琪会告诉你,事情完全没有那么严重。

这本书有些像诗歌的教材,却并不一脸严肃地正襟危坐;又像一本诗歌旅程的攻略指南,但更详细亲切。在作者眼里,不仅怎样理解、写作一首诗的方式完全因人而异,连一个人要读诗、写诗的理由,也会和那个人一样与众不同。作者在这本书中介绍了一些诗歌基本的规律与技巧——如音韵、分行的处理,如何给诗歌起标题,隐喻和明喻各自的特点,诗歌如何靠具体的细节来呈现生活等等;还分享了她自己写作、阅读的经验和做法,以便读者模仿、学习;更传达了一种积极、自信、阳光的人生观——关于这一点,相信即使是一个对诗歌毫无兴趣的人,在阅读本书以后,也会受到感染和启发。

写 / 我 / 人 / 生 / 诗

　　全书共有 80 章，每一章都围绕着一个诗歌方面的小细节、小问题展开，有的甚至只是传达了作者在诗歌写作之路上的一些生活片段、人生感悟。比如她因为驾照被暂停使用而不得不步行，却因此发现了之前没有觉察的一片风景；又比如当她因为租房、工作的事儿焦头烂额却又患了重感冒，心急火燎地卧病休息时，她朋友的邻居恰好要出租一间舒适又便宜的房子——这让她感到也许有时什么都不做，事情也会呈现某种转机。人生如是，诗歌亦如是。

　　我相信，如果你是一个真诚热爱诗歌、想叩开诗歌大门的好学生，怀着认真严肃的心态打开这本书，跟随作者的脚步体悟书中的道理，并积极地实践每一章中"试试这些"里提出的那些具体做法的话，你一定会被隐藏在自己体内的天赋与才华惊讶到。但如果你只是怀着轻松的心态，把这本书看作你身边的一个朋友——她白天干着和市场营销有关的活，晚上写写诗，还要和你一样做饭洗碗倒垃圾，偶尔也会超速被交警拦下来——就是这样一个寻常人，她热情、兴奋、真诚地向你倾诉着她认为她写诗读诗时值得分享的所有体验，并找出来她喜欢的诗放在你面前，渴望着你的参与和回应的话，我相信你会喜欢上这个朋友，喜欢上她喜欢的事物，并在某个不自觉的时候，蓦然发现你之前一直以为高不可攀、永远紧闭的诗歌大门，竟然已经敞开着，成为了你身后的风景。

　　如果书中宋体字部分的讲述令你感到疲倦，很多章节之后附上的诗歌也许会打开你灵感的清泉；如果你不喜欢按部就班一章章按顺序阅读，那么，挑选你觉得生动有趣的章节题目，按你自己的节奏走进这本书中也是不错的选择。

　　我也喜爱诗歌。翻译这本书的过程对我来说也是和作者交流的过程。在很多问题上我们达成了共识——比如诗中没有唯一权威的评价标准，也没有放之四海而皆准的阅读和写作方式。在更多问题上，她给我带来了启发。比如要走向公众、要多和喜欢诗的人交流共事，以及在任何时候只要灵感到来就要用纸笔捕捉下它。如果我早一些读到这本书，也许我的人生轨迹都会因此受到影响。谁又知道呢？

译者序

　　我怀着诚挚与敬意，尽我所能地认真翻译了书中的每一句话，每一首诗。我对自己的工作并不完全满意，却不得不承认这也许就是我现阶段能做到的全部。我无法在自己的翻译实践中完全严格地做到意译与直译、归化与异化的要求，唯有在理解作者的基础上，把她想要传达给读者的经验和热情尽量转述。我期待着来自读者的批评和指点，这将是我成长道路上重要的财富。

　　感谢亲爱的郭凌在翻译过程中给予我的帮助与鼓励。感谢在语言处理上给过我良好建议的好朋友王婷、段小川、李占京。

　　愿这本书也令你成长，令你有所思悟。

2014 年 4 月

于人大品园

  我的朋友帕姆和我分享过一句古老的爱尔兰谚语："细数上帝所赐之福时，我数了你两次。"这种情况适用于友谊，对诗来说也是一样的。诗给了我们把生命体验两次的机会。第一次是当它在真实的时间中发生的时候，第二次则是在内心的时光中再次品味。诗使我们能够在宇宙这片广袤的画布下细啜某个瞬间的滋味，使它拥有特殊的意义，在它周围架起一个画框，并把我们的体验消化得更充分。它还向我们提供了一种更深刻的进入他人生命体验的方式，运气好的话，还能够着陆在一个关乎人类此时彼刻的存在状态的片刻之上。

  也许在这个科技力量如涡轮机旋转一般飞速发展的时代里，越来越多的人开始体会到放慢脚步的乐趣所在，沉浸到创作的愉悦与旋律中去。如果你确实想知道用词语表达自己的思考、情感、发现或者讲一个故事是怎么一回事，这本书为你而作。如果你发现诗既无聊，又艰涩，难以理解，甚至有点吓人，这本书为你而作。如果你觉得诗听起来有趣，却不知道怎样在自己的脑海中建立一个诗的国度，这本书为你而作。如果你已经做好了准备去写诗，去使用一些令人振奋的技巧滋养灵感的缪斯，甚至去捕捉那些才思泉涌的时刻，这本书同样为你而作。

　　欢迎翻开《写我人生诗》。在这里我们将让诗歌离开它学究气的底座，回到我们的生活之中——这才是它原本归属的地方。在这本书里，你将找到你所需要的一切东西，踏上全新的写作、阅读、欣赏诗作的道路——随便哪一条都能够最大程度地令你快乐并激发出你的灵感。作为一本适用于不同阶段的诗人们的创造性指南，《写我人生诗》将会帮助你培养自己的诗艺，更好地吸收围绕着你的那些诗作中的养分，练习诗歌写作，并于一切诗意的事物中发觉日常的愉悦。

　　考虑到有的诗人在良好的团队中会写得更好——或者更快乐，我们创建了让《写我人生诗》的读者们共同学习的方式。在www.writingthelifepoetic.typepad.com上加入我们，和其他诗人分享你在这本书中畅游时的想法和灵感吧。找到一个分享你诗意的生活与写作的激情的集体，感到和它维系在一起，并从中得到支持和鼓励，将会使事情变得大不一样。我期待着在那里见到你。

Writing the Life Poetic：
An Invitation to Read & Write Poetry

目 录 | Contents

第一章　　为什么读诗和写诗？　　1
第二章　　什么让诗成为诗　　6
第三章　　从你的所在出发　　9
第四章　　展示 VS. 叙述：情境的艺术　　13
第五章　　开掘思想矿藏：自由写作　　17
第六章　　诗的信号：吸引你的真正主题　　21
第七章　　十三种看的方式　　25
第八章　　讲述你的旅程：文词的选择　　28
第九章　　诗意地生活　　33
第十章　　做你知道的：把其他创造性的过程
　　　　　译为诗　　36
第十一章　迎向感观　　40
第十二章　斟酌题目　　44
第十三章　宽容和遗忘：放开阻碍你写作的
　　　　　一切　　48
第十四章　真相，谎言和个人空间　　51
第十五章　视角：代词的力量　　54
第十六章　家庭素材　　56
第十七章　在你自己的世界里　　61
第十八章　从混乱的生活到魔力的显现　　64

第十九章　喻体：隐喻之镜与明喻之像　　68

第二十章　跟随那根金线　　72

第二十一章　拾取即拥有："拾取诗"　　76

第二十二章　恐惧和失败　　80

第二十三章　陌生人的脸　　83

第二十四章　声韵：大声写出来　　87

第二十五章　学习一门外语（或创造你自己的语言）　　91

第二十六章　小石子　　96

第二十七章　模仿是最高形式的发现　　100

第二十八章　饥饿的艺术家离开了大厦：关于诗歌与成功　　102

第二十九章　书写乐章：韵律、节奏和重复　　105

第三十章　重新定义"真正的工作"　　110

第三十一章　读你喜爱的诗　　112

第三十二章　建立自己的写作小组　　115

第三十三章　留白：以分行为诗塑形　　118

第三十四章　小节：诗的身体　　122

第三十五章　培养写作习惯　　125

第三十六章　反抗写作习惯　　129

第三十七章　它究竟意味何在？——当诗读来不知所云　　135

第三十八章　疯狂的释放　　138

第三十九章　修改的艺术　　144

第四十章　便利是灵感杀手　　149

第四十一章　让梦指引你　　152

第四十二章　诗作为"自他交换"的实践　　155

第四十三章　我很形容词，我动词名词：关于词语的选择　　158

目 录

第四十四章　关于"真相"　161

第四十五章　伸展双臂，拥抱艺术　164

第四十六章　为你的诗歌实践建立一个体系　167

第四十七章　让"用掉"多于"留藏"　169

第四十八章　从标题开始写诗　173

第四十九章　创建梦想小组　177

第五十章　做你喜爱的事：团队会跟着到来　180

第五十一章　记忆：与一首诗合为一体　183

第五十二章　谁在向谁诉说？　187

第五十三章　圣经诵读：关于朗读与倾听的古老艺术　191

第五十四章　诸种介质：整个世界都是你的画布　194

第五十五章　"一整天"的艺术　197

第五十六章　慢下来　201

第五十七章　艺术源自艺术　204

第五十八章　书写时局话题　208

第五十九章　讲述一个他人的故事　213

第六十章　无为的魅力　216

第六十一章　写作的"声音"　219

第六十二章　贮藏橡果：不断跟进你的灵感　222

第六十三章　塑造外形：感受诗歌的形式　225

第六十四章　信赖你的直觉　231

第六十五章　隐姓埋名之趣　234

第六十六章　给你的诗找一个适合的家　237

第六十七章　怎样发表诗作　241

第六十八章　用博客记录启航者的体验　245

第六十九章　用博客建立读者群　248

第七十章　珍宝：让残纸断片枯木逢春　251

第七十一章　让词语表触发新的灵感　254

第七十二章　退稿信总会来的　258

第七十三章　国家诗歌月　262

第七十四章　从事实走向真理　265

第七十五章　令汝之真我成真　270

第七十六章　允许休耕的时光　274

第七十七章　放手去做　277

第七十八章　让你的荒原保持生机　280

第七十九章　如何举办一系列朗诵会　283

第八十章　挥动你的翅膀！　287

致谢　289

第 一 章

为什么读诗和写诗?

> 诗不是一种谋生职业,而是一种生活方式。诗是一只空篮子,你放进自己的生活,它给你全新的天地。
>
> ——玛丽·奥利弗

去年,我参加了俄勒冈州波特兰市的女作家们的重要作品集《声音猎手》的朗读会。五位女作家朗读了一系列小说、诗歌和散文。在活动最后,她们回答了观众提问。一位观众问道:"你们为什么写诗?"每位作家的答案都不一样:

为了记录所见。

因为写作可以让我变成任何人。

为了让我和自己的神性同在。

和生活本身不同,作品中没有什么永恒不变。你可以塑造一切。

为开启心智,改变世界。

写/我/人/生/诗

　　我讲述上面这个小例子是为了提醒大家,有多少诗人,就有多少写诗的理由。很多诗人并不知道,或者无法清楚地表达出,究竟是什么指引他们走向诗歌,并从一首诗歌走向更多。还有一些人不确定他们是不是应该试着接触一下诗歌,诗是否值得他们冒这个险。归根结蒂,只有我们自己才能决定我们为什么以及怎样进入诗的国度。下面是一些诗人走向诗歌的不同方式,也许能激励你们尝试一二。

> 　　许多年来,我都选择以诗的方式传达诸多情感,描绘不同经历,提出问题并给出结论——说出自己想说的话,并且渴望被聆听。诗通过挑战我自有的创造力和智识边界而使我获得了成长。当我需要表达、需要倾听的时候,诗像一个朋友陪伴在旁——诗以这样的方式让我充满力量。诗是我快乐的源泉,也是我悲伤时的心灵药方。
>
> 　　　　　　　　　　　　　　　　　　　——克莱尔·赛克斯

> 　　和格雷戈里·奥尔一样,诗也拯救了我。我写诗是为了研究社会、政治和环境方面的问题。我发现诗能让我自由地表达自己,让我把握住世界硬峭的边缘,并让它们浮出表面。做了30年的助人行业后,我被驱使着去揭露我所知道的,并以一种批判思维去看待人类的生存现状。
>
> 　　　　　　　　　　　　　　　　　　　——托尼·帕廷顿

诚挚的模仿　　薇拉·逊伯格

给我虚物,
模仿,和假装,任何日子
覆于真实的世界之上。
给我青铜色的废物

第一章 为什么读诗和写诗?

在干草集市广场
皱巴巴的波士顿环球报嵌杂其中,
粘着生菜叶,
蔫头蔫脑的鱼鳞,
——它们永不会着火,
不会腐烂也无法被打包。
给我几个母牛石膏像——要和真的一样大
黑色的身体上有白色斑块
形状像云朵一样,
在山顶牛排屋外的
停车场里
它从没有体验过
苍蝇的烦扰
或挤奶机的抽榨。
把我女儿的火车模型也给我
还有环绕小镇的无尽的轨道
它不会带来污染
任谁来它都欢迎
任谁遭受病痛都被送去洋娃娃医院。
给我诗,
它的房子甚至没有一页纸那么宽,
却可随意进入,随你意愿
去看看男人的那一小片领地
安放于他亡妻的眼睑,
去领悟,那并不只属于你一人的伤感。

写 / 我 / 人 / 生 / 诗

床边的阅读——为窥看玻璃书店而作　保兰·彼得森

时光太快
你醒来,把它倒空

用先前伴你入眠的书本
把它再次填充。

再来几页又有什么坏处呢?
多读一会儿吧,黎明尚未降临

灯光的湖水,托着
他人作品的小船,

你在船里浮着——漂游,晃荡,神识被携远了。
沿着作者的巧艺轻盈摆漾。

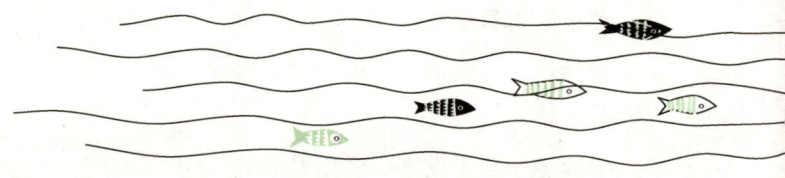

　　分享诗歌使我们能够以一种比日常对话更深刻、更彻底的方式献出自己,接纳他人。当我们体验着别人的诗作,我们往往能受到启发,并对自己感觉、思考、认知、分享和发现的潜力有了新的认识。通过这样的方式,诗歌不仅让我们体验了人性的独特与唯一,也让我们感受了人类经验中的相似与共通。与诗歌建立紧密的联系是一种最能肯定生命意义的方式,它能让我们更密切地了解我们自身,也能让我们更深刻地感悟到人类经验的普世性。

第一章　为什么读诗和写诗？

> 诗歌让我变得更勇敢。当我无法与人交流或者找不到答案的时候，诗歌给了我一个可去之处。它开启了我的泉眼，并使它源源不断。只要把某种感情嵌入到了诗歌中，它就已经得到了解决与安顿。我刚开始写诗时就像一个孩子。我想这是因为我有好多东西需要消化，而且我很害羞，无法坦然与人们交流。我确实把自己关在一个人的小世界里，而诗歌和写作给了我一个可以逃避和倾诉的地方。后来我开始和他人分享我的诗作，并得到了正面的反馈。这把我带出了我自己的世界，我开始交流，更大声地发出自己的声音，更好地倾听他人。
>
> ——布里特妮·鲍德温

20世纪90年代中期，通过诗人莎朗·奥尔兹的一个项目，我在纽约戈德华特医院教授诗歌。在这所住宅式医院里，我和那些身体状况已经不允许他们独立写诗的人协作写诗。在那里，有一个除了眼睛以外，全身都完全不能动弹的女子，我们在她面前举着一块字母板，逐个指着上面的字母，直到她用眼睛的转动告诉我们："就是它了！这就是我想用的字母！"用这种方式，她每次只能写出她诗作的一个词语，每个词语都浸透着辛劳，却又散发着光芒。诗给了在戈德华特医院的病人和那里的毕业生们一个共同的目标：以写诗的劳作来欢庆生命。从那时起，在某种意义上，我的每一首诗都是与他们一起写，并为他们而写的——那些因为身体状况的限制而无法自主写作的人。

诗对你来说意味着什么？一条什么样的独特小径，带领你来到了这个和你手中这本书共享的时刻？你想探索什么？那些已经张开羽翼，期待着掠过你脑海的诗会是什么模样？当你深入诗歌朗读与写作的王国，你将要发现的那个全新的自己，又会是什么模样？

第 二 章

什么让诗成为诗

> 诗是一种和语言的关系。探索是这个过程中的一部分。预设的概念越少,开放度就越高,这种关系也会更好。
>
> ——丹·罗菲尔

1964 年,最高法院法官波特·斯特沃说过一句著名的话:"我无法定义色情文学,但只要看到,我就能认出来。"在很多人眼里,诗也是如此。要概括究竟是什么让诗成为诗,以及创作一首诗的体验到底是什么样的,是一件困难的事情。诗对我们每个人来说都意味着不同的东西,而我们作为作者和读者,与诗的关系也十分隐秘和独特。

尽管如此,在某种程度上,诗就像一顿饭。一顿饭的"原料"是有限的(蔬菜,粮食,肉,芝士,调料),这些原料组合到一起的方式则是无限的。同样地,调制出一首诗所要用到的原料也有一个最基本的设定。众所周知,一双鞋子并不是鸡肉汤的组成部分,总有一些特定的参考系数使诗和其他文学形式区别开来。让我们看一看诗这个罐子里最常见的那些原料,并探索如何通过它们创作出丰富多彩的诗之盛宴。

第二章　什么让诗成为诗

浓缩

浓缩——用精简的文字表达出丰富含义的艺术——是诗的标志之一。当小说可以用几百页淋漓尽致地展现叙述之美的时候，诗的特色恰恰在于，用几行或者寥寥数页来实现同样的效果。这意味着诗中的每一个词都非常重要，既要精简，又要传神。

分行与分节

分行与分节是把诗和散文区别开来的两个最简单的方法。在散文中，句子是最基本的语言单位。在诗中，分行是界定叙述语势的基本单元（散文诗不受这条规则的束缚）。诗人在何处、以何种方式断行和分节，都会影响读者阅读的速度和节奏。（更多关于小节的内容，请参见第三十四章。）

乐感

诗歌语言在乐感和内容上具有同样的重要性。词语的声音和韵律以及它所传达出的字面意义（如果有的话），在这首诗给读者留下什么样的印象方面发挥着同样的效用。为了满足特定格式的要求，一些诗会采用严格的节奏和押韵格式。现在更为常见的是自由格律诗。在写作这种类型的诗歌时，诗人可以摆脱任何限制，随心所欲地驾驭词语，探索语言在乐感上的诸多可能。一些诗把语言完全当作乐器，不传达任何明确的叙述内容。（更多关于乐感的内容，请参见第二十九章。）

意象

诗通过意象，以令人惊异的崭新方式来表达我们的生活和世界。一首诗也许只是在简单地"呈现"正在发生的事情，而不需"陈述"给我们什么。通过明喻和隐喻（在第十九章中有专门描述），诗行的陈列看似不像事实本身，却有助于我们以新的方式再次打量它。这也为读者提供了得出自己结论的机会。

诗是一种昂贵的媒介，拥有比规则多得多的可能性。因此始终会有诗与我们上述的普遍"原料"相冲突。当你穿梭于此书中，当你创作诗篇以及阅读他人诗作，请保留你自己对让诗成为诗的那些要素的理解。简而言之，这样做会使你对你正在做什么以及为什么要做它有更清醒的认识。一段时间之后，这些基础工作将在你的生命中留下印痕，而为一首诗塑形也将成为一个自然的过程。

第 三 章

从你的所在出发

> 在我生命的大部分时间里,我是一个母亲和一个妻子,所以我目力所见的只能是房子周围的影像。月亮对我来说是一个碎成两半的餐盘,云则是一块洗碗布……当然,几个世纪以来,月亮一直是女性的象征,并且月亮这个意象总是充满诗意。但是我想用它来做点新的事情。尽量避免陈词滥调,用现代的方式审视一个传统的意象,并找到一种观察旧事物的新方式,这就是诗人应该做的事情。
>
> ——多丽安·雷克斯

也许,你会把诗人想象成比一般凡俗众生更高大的人,他们有着传奇的、不凡的经历(和力量),他们和你见过的所有人都完全不同。也许你会认为,一个真正的诗人生活在池塘边的一个浪漫小屋里,与世隔绝,或者在象牙塔里被仆从围绕。他们怎么可能像其他普通人一样带着他们的小孩一起玩橄榄球或者在星期四的晚上倒垃圾?

答案是肯定的。诗人就是平常人,只不过他们会花时间去消化吸收真实的日常生活并把它们转化成诗。玛丽·奥利弗写过一首绝对漂亮的诗，关于一个女人清洗公共厕所。在泰德·库塞的一首诗里，一个男人站在药房里，注视着一个有五个主题的笔记本并展开了沉思（见章末）。我们从这些例子里可以看到，一首诗可以始于某个实在的具体事物，或始于对日常生活的观察，然后绽放为对一个更为深奥和普遍的概念的更广泛的探究，比如——衰老。

当写诗的时机来临，你的生命和想象力所能提供的原材料足以够用。

甚至，一些表面上看起来平淡无奇的生活也充满着大片尚未被命名的原野，等待着被发掘。当你对日常生活加以密切的注视，并赋予你在其中的新发现以声音，你就在吁请着那些人生中深层的奥秘源源不断地流淌出来。你写的越多，你就会越发坚定这个信念：你平凡的生活是如此的不平凡，足以供养无穷无尽的诗歌成长。

试试这些

下面是一些让你从日常生活中感受诗的存在的练习。

- 选择一件你每天都会做的事，注意你一定会规律性地做它，它本身也得是平淡无奇的。（我选择的事情是洗碗。）然后写下这些问题的答案：

    - 注意这件事带给你肢体的感觉。哪些肌肉参与进来了？它包含着什么样的韵律或节奏？你是热情的还是淡漠的？精力充沛的还是无精打采的？

    - 你做这件事情的时候心情如何？

    - 这件事会产生什么样的气味？（我用薰衣草香皂，所以我的下水道闻起来像一个法国花园。）

    - 当你投入到这件事中去的时候，你会看见什么？（我会看

第三章　从你的所在出发

　　着我院子里的蝴蝶灌木和木兰树，我喜欢看到残羹剩汤从碟子和玻璃上被抹去。）

- 密切关注你当时正在想什么。当你做这件事的时候，脑中会冒出来什么样的意象和想法？
- 时间、天气或者地点是如何影响到你的体验的（比如室内和室外，你在自己家或在别人家，夏日微风或飘落的雪花）？

- 从你家里的或者办公室的窗户往外看，或者在你上班的路上，你能见到什么野生动物、植物和树？它们看起来、感受起来、听起来是什么样子？它们叫什么名字？

- 在家里或者工作的地方，什么东西你一看见就会触发你的联想？
  - 列出你最经常看见的 20 样东西。
  - 这 20 样东西分别会令你联想到这个世界上哪些其他的事物？——把它们一一记下来。比如：那个红色茶壶让我想起知更鸟。那个下水道上面的磨损的木镜子让我想起爷爷谷仓的门。银盘子上的图案则让我想起暴风雨中的云。

- 想一个你经常见但不了解的人，比如快递员、咖啡师或者邻居，写一首诗，想象他的生活是怎么样的。
  - 他喜欢什么？
  - 他失去了什么？
  - 他的睡衣看起来如何？
  - 他有什么愿望？
  - 他早餐吃什么？

11

写／我／人／生／诗

螺旋笔记本 泰德·库塞

明亮的线圈弯卷着像一条海豚
在宁静的蓝色大海（封面——译者注）上
起伏跳跃，也像个睡着的人
扭结着身躯在梦里走出又走进，
因为这样就能留住梦的记录
如果你要因为这个缘故买下它，
想想看它其实意味着
更多严肃的工作，那一行行
并列平行的格子线条，它的封皮
上面有醒目的白色字母，

五个主题的笔记本。它看起来像是
不断蔓延的衰老的一部分，已经不再
拥有五个主题，每个主题都呼唤着
同等的注意力，
被棕色的硬纸卡分割开，
然而与其在一个药店里立足
在某个条目下被挂起来
挂得太久，就像这个笔记本一样
你用手掂量着它的重量，指尖
划过它的表皮
仿佛它是某种神迹。

第 四 章

展示 VS. 叙述：情境的艺术

报纸上的文章着眼于客观公正地报道一则事实，而一首诗的意义则在于从一个独特的视角，发自肺腑地以别样的方式重新叙述生活。在为读者营造一种诗意的情境或一个真实可感的叙事氛围方面，描述性的意象比直白的陈述有用得多。这个真理已经在诗歌课堂里被提炼为一条随处可见的黄金法则：要展示，不要叙述。

让我们来看看表达"虚弱"这个概念的不同方法，通过这个例子来看看"展示"VS."叙述"到底是什么意思。

"叙述"的表达："我感到虚弱。"

"展示"的表达："我几乎不能把汤匙送到嘴里了。"

第一个例子向读者直白地解释了说话者的感觉。第二个例子则给出了具体的细节，这些细节让"虚弱"这个概念生活化了；我们能看到此刻"虚弱"存在于说话者身体的哪个地方。当你用情境去展示的时候，你给读者提供的是视觉的，触觉的，有时候甚至是听觉的参照物，而不是一个抽象的概念。因为虚弱在你身上和在我身上的表现和感觉有可能完全不一样，情境能帮助你更有效地表达出自己的感受。情境也能让诗从模糊变得具体，这样它就变得更有趣味了。

"展示"的目标是展现一个鲜活的、新颖的事物——以前没有被说过或者写过的事物。在"展示"模式里,如果第一个浮现在你脑中的表达是你以前听说过的,例如"我胳膊像面条一样软弱"——诸如此类过于寻常、用得烂熟的短语也许曾经对读者产生过影响力,但太多的重复之后,它们失去最初的呈现力,并最终降级为陈词滥调。这些完全不会带来新奇内容的情境对你的诗歌没什么意义。

抛开"要展示,不要叙述"这条咒语般的规则中暗含的建议,其实诗歌中的陈述性语句并不总是坏的或者没必要的。实际上,用一种既呈现又陈述的混合表达给生活注入一个新奇的念头,这在诗歌中是很常见的做法。比如,在我的诗《如心,这个世界》中,第二节就是以一个陈述句开始的:

> 了解如何放手十分不易。
> 云朵中掺着粉色犹如油彩
> 犹如色素。每个词语,都如此这般,
> 陷入到纷繁杂念织就的网中。

我用两个例子详细说明了放手,这两个例子显示了自然界和语言中的复杂情况。与其从我们的诗歌中抹去所有的陈述性语言,不如更好地思考如何使陈述性的话语和具体情境的营造彼此协调——这种做法更有意义,且能够带来最大的冲击力。

每当作出一个叙述的时候,你可以问问自己:"如果我描述它而不是定义它,将会发生什么呢?"并且考虑相反情况:"你的描述性情境能否从一个更直接的解释中获益?"有时候,认知的唯一方法是尝试大量不同的方法,然后从中找到最合适的一种。这将有助于培养你自己对在诗歌中混合使用"展示"和"叙述"这两种表达方法的鉴赏力。

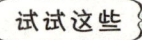试试这些

- 用"展示"而不是"叙述"的方法重写下面的句子:

第四章　展示 VS. 叙述：情境的艺术

- 她的头发一团乱。
- 我讨厌玫瑰的味道。
- 他等不及再见她一面。
- 学龄儿童休息时间结束后仍不能离开操场。
- 你总是改变主意。
- 月亮圆了。
- 我不会放弃的。

- 现在，对下面的每个问题，先写一个"叙述"的答案，然后再写一个"展示"的答案：
  - 你对一场输掉的比赛有什么感觉？
  - 当一个朋友对你做了一件很特别的事情后，描述一下你当时的感受。
  - 你每天最喜欢的时候是什么时候？为什么？
  - 描述一下你的第一个（或早期的）记忆。
  - 仔细观察大街上的一个陌生人，然后描述一下他的外貌和举止。
  - 和家人一起旅行时你的感受如何？

- 用新鲜的、原创性的语言改造这些陈词滥调：
  - 他的裤子上有蚂蚁。
  - 我就像一条离开了水的鱼。
  - 沐浴后，她觉得自己像雏菊一样清爽。
  - 那不过是沧海一粟。
  - 这是切片面包以后最好的东西。
  - 在苦痛的眼中，你就是一场筵席。
  - 那男孩像野草一样生长。
  - 她曾祖母跟那些山丘一样老。
  - 不要贪心不足蛇吞象。
  - 我像树叶一样颤抖。

- 经过第二次短暂的停留后,他继续在薄冰上走着。
- 她的胸平得跟飞机场一样。
- 千方百计,不遗余力。

● 写一首完全由"叙述"的语句组成的诗,并要围绕着一个清晰的主题。

- 用富有生活气息的描述性情境重写这首"叙述"的诗。
- 把初稿中的"叙述"性语句,和第二稿中"展示"性的情境融合起来,再一次修改这首诗。

第 五 章

开掘思想矿藏：自由写作

　　我们曾经都有过这样的经历，发现同样的想法一次又一次在脑海中重复出现。我们想得越多，这些想法就会变得越不新鲜、越乏味无趣，这将严重钝化我们诗歌的锋芒。当你想远离你已经烂熟于心的寻常小径，开始一场通往陌生目的地的冒险的时候，自由写作可以把你带到那里。

　　自由写作是一种训练自己自动接收和表达新鲜想法的方式。正如你的身体知道如何在无意识的情况下呼吸一样，你的思维也知道如何在你不在意它的时候找到通向灵感的道路。但是，首先你也许要丢掉一些干扰你接收和表达能力的坏习惯。自由写作的目的是从有意识的、刻意的写作转变到自动的、无意识的写作。自由写作可以把你从"在文中我应该成为谁"、"我的写作应该完成什么目标"这一类的想法中解放出来。

　　自由写作很简单：在一段时间内，在书上或者黑板上一直不停地写，直到这段时间结束。你可以从任何想法或者短语开始写。不必急着选择你的主题，它会主动选择你；也别去担心你写的东西的质量。最重要的事情是一直写，哪怕你只能一遍又一遍地重复相同的句子，也要一直写到新鲜的句子降临。

　　就像火车哐当哐当的节奏可以让你睡觉一样，不停写作的节奏可以让你被意识控制的头脑放松下来。保持着运动的状态创造了一个势头，它让你从评判自己的写作和想法的习惯中解放出来，并且带领你通向最原始的、深埋地下的思维矿藏。最好的状况是，自由写作带来了最真实的你，未经编辑过的你。当主题、字词、颜色和故事从你脑海中流出，倾泻到纸上的时候，你便获得了洞明与清晰。

把自由写作想成是一根避雷针，它使你与穿过你身体的电流彼此协调一致。并且注意，不要把这项练习和日志写作混为一谈。日志是为了记录和审视你的想法、感受和经历，而自由写作的目的则是回避自我意识和自我审查，去找到你思想中最有生命力的东西。

试试这些

- 设定十分钟的时间。让笔尖落在纸面上，或把你的手指放在黑板上。一直不停地写下去，直到闹铃响起。每次卡壳的时候，就简单地重复你刚刚写过的东西即可，直到新的想法到来。要对自己有耐心，因为这并不像听起来那么容易。

  你结束时，合上笔记本或者关闭文档。别去看你已经写过的东西，不对你刚刚写出来的东西做出好坏的评价很重要。就让它那样待着吧，然后继续向前走。

  到第二天，再去看一看你写的东西。把自己想象成一个探寻宝藏的考古学家，而不是一个寻找问题以备修缮的编辑。如果你看到任何令你感到惊喜、有趣的字词、短语或者想法，把它们醒目地标记出来。

- 也许你会需要建立一个专门的文档、笔记本或者文件，把你在自由写作中所发现的所有有趣的内容收集整理到一起。每完成一次自由写作，你就可以在一张列表上添加一条记录。

第五章　开掘思想矿藏：自由写作

- 给你自己设定一些逐渐进阶的目标。刚开始，试着在一周内每天坚持十分钟自由写作。完成这个目标后，也许你可以尝试每次十五分钟，然后再增加到二十分钟。如果你每天像这样，一直坚持一个月，将会发生什么呢？

- 注意你的写作会逐渐产生哪些变化。在你的书写中，你看到任何模式或者主题了吗？你是不是变得更加轻松自如了？写作是不是来得更简单了呢？随着你和自由写作之间的关系不断发展，你和创作之间的关系发生了什么样的改变？

- 考虑一下你将如何使用自由写作。我像一些人享用纯马提尼一样享受着自由写作，让它帮助我从工作日的状态中转换出来，放松自己，进入另外一种思维中。我一般开始写作每一首诗之前，都会用快速自由写作的方式来打开思维的闸门，让它欢快地流淌起来。在你写作练习的时候，你会如何使用自由写作？如果你一时还没有答案，或者你的方式随时间变化，都没有关系。这就是这项练习的美感所在——它完全听从你的意愿，你只需要随自己喜欢和它玩起来就行。它将和你一起成长发展。

我自由写作的一个例子

现在是 10:30，我很疲劳了。小猫们已经跟着小三和弦放松下来，从旋律的那个世界里把赛巴斯蒂安的玩意儿拖拽出来，一半忘记了一半沿途洒路上。它们脚掌拍击地毯的样子很笨拙，好多有趣角度和变化。我想让自己对记忆开放，想要找到一个节奏，去找寻陌生的和弦。让小猫们的感觉把我撼动吧，让我的脑袋飞向奇思妙想居住的天堂吧！我喜欢把我自己和墙排成一列，因为理论上，这样做的话，事情就会列队出现，所有的事情就像解开我

写 / 我 / 人 / 生 / 诗

牛仔裤的扣子一样,也像真理之光透过百叶窗的方式一样。仅仅关于我的手指,我就知道很多很多事。旋律在后面轻轻滑过,就像会被每个人遗忘的孩子一样。让每个人都联系在一起。我拿起木桌,再把它抛在身后。总有开拓者和不敢尝试的人。迈开第一步,我发现了比有意义更坚实的力量。

第 六 章

诗的信号：吸引你的真正主题

对空白页的恐惧阻止了好多诗人坐下来，卷起袖子开始写诗。对于诗人来说，因为苦思冥想如何写出可以称得上诗的东西而卡壳是相当常见的事。你也许不知道已经有多少想法从你脑中流过，也不知道有多少情感、故事和语言的原材料在你的笔尖或者指尖等待着，直到你开始把它们写下来。

后面有一个由许多问题和提示组成的清单，它们或许可以帮助你开始探索那些对你来说最具吸引力的主题。之后浮现出来的那张主题清单也许会令你感到惊异。你也许会很想从这些主题中抹去一些，认为它们不值得被写成一首诗。我们都想写那些我们认为最能给人留下深刻印象的东西：我们的母亲、我们的教士、我们的垃圾箱、我们的先锋诗人。

然而，事实上是这样的：我们想写什么并不那么重要。通常情况下，是诗歌选择了我们，而不是我们选择了主题。这听起来不那么让人舒服。几年前，我作为一个诗人被邀请去参加一个加州大学伯克利分校科迪书社的阅读活动，活动主题是："谁写了爱？"我仍然记得那时我的脸因羞愧而感到灼烧。那段时期，我只想写社会公正、历史、神秘之类的东西；一些我认为比我实际上想写的东西更具有价值的主题。

莎伦·奥尔兹，一个对我有重要影响的诗人，她的作品主要集中于呈现家庭生活的亲密与苦痛的真相。与她作品的接触，让我想到，如果这位诗人觉得她所表达的这一系列从未被表达过的主题是无意义的，这对我和世界上的所有读者来说，都将是一个巨大的损失。这彻底改变了我跟我自己的诗的关系；我做了一个承诺：为任何感动了我的事物写作，无论对我来说，它看起来有多不合理。

当我的注意力开始从我认为应该写什么转到我感觉想写什么的时候，我的诗获得了新的动力。我对自己和我的工作更有自信了。我希望你也会做类似的决定。最好的诗是那些召唤你不得不把它写出来的诗。

试试这些

回答以下问题：

- 你的书架上有哪些杂志和书？
- 如果你有一整天或者一个晚上的空闲时间，你会做什么？
- 你选了什么课，或者如果可以的话，你想选什么课？
- 你喜欢去哪里度假？你打算在那里做什么？
- 你还没有原谅谁？
- 你梦中反复出现的主题是什么？
- 你昨晚梦见什么了？
- 关于你的家庭，你印象最深或者最尴尬的事情是什么？什么样的故事如果你讲出来的话，家人将永远不会原谅你？
- 你的种族、人种、宗教信仰和精神性是什么？
- 你生命中遇到过什么挑战？
- 让你感到最有激情的是什么？

第六章 诗的信号：吸引你的真正主题

- 你小学的时候就听人说过，而现在依然相信的道理是什么？
- 你发誓永远不会对任何人承认的错误是什么？
- 哪些记忆困扰着你？
- 你渴望写哪种书给你自己？
- 在外貌、思想或者对待人生的态度上，哪个名人或者电影人物跟你最像？
- 你能完美而毫不费力地记住的是什么样的信息？
- 历史上哪个时代最能引起你的兴趣？
- 你想成为七个小矮人中的哪一个？
- 哪个邻居、城市、国家或者乡村对你来说是最重要的？其中的哪一个你现在最想去探索一番？
- 如果你是一条狗，你可能是哪个品种？
- 哪种疾病最让你惊恐？
- 你的朋友会就哪类事情向你征求意见、索取建议？
- 小时候你有一个特殊的藏身之所或者安全的地方吗？它是什么样的？你为什么去那里？
- 自然中哪类景色最能感动你？
- 你最喜欢烹饪哪种食品？或者你最痛恨哪类食品？
- 关于爱情，你相信什么？
- 关于爱情，你想知道什么？
- 对于哪类话题，你知道它话里话外的东西？
- 什么能让你最大声地笑出来？
- 哪种颜色使你变得阿谀奉承？

- 哪种感觉让你想蜷缩在里面然后美美地睡上一觉？
- 你最喜欢哪种元素：土、水、金、木，或者火？
- 你喜欢鸡蛋吗？
- 谁是你的英雄？
- 你童年最生动的记忆是什么？
- 当你长大了，你最想成为谁？

因为你跟生活的原材料的关系会随时间而不断改变，你尽可以在需要的时候随时回到这些问题上来。

第 七 章

十三种看的方式

　　华莱士·史蒂文斯的著名诗歌《观察黑鸟的十三种方法》包含了十三小节，每一节都是在不同的光下对那只黑鸟的描绘。我认为这不仅仅是一首关于黑鸟的诗，更是一首关于诗歌本身的诗。写诗这项活动就包含着探索不同的观察方式。它给了我们放慢生活节奏、真正集中起注意力的机会。当你观看，并把你在观看中发现的东西写出来的时候，你也许会开始留意你观看事物的方式，或注意到你所找寻的东西。

　　比如说，当你仔细观看一只黑鸟时，或许你就会发现你对飞行的渴望或者你对黑色的偏见。或许，当你抬起头向上看时，会觉得耸立着的伸向天空的建筑物和树有着陌生的形状。或许，那只黑鸟重新整理翅膀的画面，会让你想起爷爷披着他的黑色长大衣从寒冷呼啸的大雪中走进家门的场景。我想，当你认真地思索着黑鸟的时候，你就陷入了自己脑海中那个以"黑鸟"命名的小宇宙中，并开始想象、思索所有与它相关的事物。

　　一首以对黑鸟的细致观察开头的诗，结尾可以与黑鸟无任何关系。换句话说，一名诗人专注地观看了他爷爷的画像，然后写了一首有关他家族血统的诗歌。通过这样的方式，"观看"就成为了写诗的入口。你正在关注的主题或者对象更有可能是一首诗的起点而不是终点。

十三种看的方式

当你面对一个主题，但是被怎样写或具体写什么的问题卡住了的时候，考虑一下这十三种看的方式吧：

1. 研究你的主体或者对象的物理特性。看一看所有可能的属性：形状、大小、颜色、质地、嗅觉、味觉、重量和声音。

2. 如果它会动，它是怎样动的？朝哪个方向？以什么速度？用哪种能量？朝向什么或者远离什么？如果它不动，描述一下它静止的特性。

3. 这个事物到底是什么？或者它被用来做什么？怎样使用它？用什么技能或者它的哪一部分来工作？

4. 你最后一次遇到这个事物是什么时候？你那个时候在干什么或者想什么？这次经历跟以前的经历比，你感觉如何？如果这是你第一次与这个东西接触，有没有一个关于为什么你一直等到现在，或者什么引导你和它相遇的故事呢？

5. 描述一下你正在观察的这个对象。它在动物园里，在你装袜子的抽屉里，或者在横跨篱笆吗？关于它所处的环境，你注意到了什么？它们看起来、感觉起来、听起来像什么？这个东西看上去是否属于这个环境？

6. 它让你想到什么？想一想所有感觉，不仅仅是那些明显的。它看起来像什么？闻起来像什么？听起来像什么？尝起来像什么？动起来像什么？有没有跟它相似的东西呢？它有没有让你想起一些人（无论是你私下知道的，还是历史上的、文学中的，甚至是神话人物）？

7. 如果这个对象和你类似，会怎样？把形状、大小、颜色、举止、习惯、个性、生活方式和特性这些方面挨个想一遍。如

第七章　十三种看的方式

果它和你完全相反又会如何？

8. 为什么你会选择这个事物或者人来研究？如果它或者她，出现在你面前，或者拒绝你，你会怎样？

9. 如果你就是这个对象或者人，你会做什么，想什么？为什么呢？

10. 想象这个物体或者对象存在于一个对它来说完全陌生的环境中（比如，一只黑鸟在你装袜子的抽屉里）。它是如何到那里的？在这个环境中，它如何行动，它的感受又如何？

11. 假设你是这个对象的掠食者（比如一只吃这只黑鸟的鹰），或者是这个对象的购买者，描述一下你和它的关系。

12. 你所选择的这个主题或对象，可能会增加你哪一类的记忆？它是在为谁庆祝，庆祝什么？它是在寻求报复，抑或是宽恕？

13. 你的主题或者对象哪方面最激励你？你为什么选择它来研究？

第 八 章

讲述你的旅程：文词的选择

> 我喜欢"停留"这个词。我告诉我自己，"等待"和"停留"不一样。"耐心"这个词则更加累赘，它暗示着某种潜在的回报。"忍耐"看起来则显得粗犷和痛苦。但"停留"看起来就平和、容易接受得多。
>
> ——莱恩·布朗宁

在诗歌中，你所讲述的内容很重要，而你怎么样讲述它也同样重要。文词的选择能很大程度地影响一首诗的色调和人们阅读它的体验。诗人的工作就是选择最能传达一首诗的感觉和语境的语言。

例如，你也许会选择"忍受"一词来描述一个癌症病人所度过的艰难的一天，而用"等待"一词去描述一个在红绿灯前驻足的人。"停留"这个词对我来说有点正式，带着一点浪漫气息。我描绘过一个世纪以前在食品店里的年轻人。他刚确认他喜欢收银台的一个年轻女子，就马上回家换上他去教堂穿的礼服，然后回到商店向那个女子求婚。当那个女子脸红而且惊讶地笨拙起来时，他停留在那里，等待着回复。对你而言，"停留"这个词又有着什么样的召唤力呢？

第八章 讲述你的旅程：文词的选择

一些要考虑的事

当雕琢一首诗的语言时，你也许需要问自己：

- 你为这首诗设定了什么样的时代和地点？人们那时用什么样的方式交谈？当地的文化或者地理有没有对这种语言的使用方式产生影响？是当地的俚语、某种术语或者俗语？（20世纪90年代在洛杉矶大街上使用的语言与在维多利亚时代客厅中使用的语言是不同的。）

- 那个时候的大自然正在发生着什么？有没有季节性的、光线方面的或者天气的因素影响到这首诗在语言文字上的安排？（烟雾一类的词语与打雷、暴雨之类的词语有怎样的区别呢？与日落相比，日出又会召唤出怎样的词语？）

- 这首诗的感情基调是什么？是生气？还是平和？或者兴奋？还是懊悔？

- 诗中发生了什么？语言文字是如何恰到好处地表达这个动作的？

使用典型地与某些特定场所、时间或情感相关联的语言可以自然地唤起一些话题。但有时候，这类总是不出人预料的"恰当"用语会让人感到陈旧不堪，给人陈词滥调的感觉。在这种情况下，寻找那些超出了经典关联、超出了读者的期待，让人感到惊异的词语，是一件妙趣横生的事。想要在任何诗中都能找到那种最好的语言，最好的方法就是试验，再试验更多。

在《灰姑娘日记》这首诗中，罗恩·克尔基采用了什么样的方法？

灰姑娘日记 罗恩·克尔基

我想念我的继母。这说出来算什么事儿啊
但它是真的。王子太乏味了：四个小时

写 / 我 / 人 / 生 / 诗

用来打扮穿戴,之后众人喝彩。
一遍又一遍。负责开门的男仆好可爱
让人想咬一口。那个曾经在我额头上
留下晚安吻的魅力先生,到哪里去了?

每天清晨我透过薄窗帘看向窗外
看着猎人们,皮肤黝黑,靴子上沾着血
他们开着玩笑,彼此调侃,他们黑色的裤子
紧绷,胡须粗糙,手上布满老茧,自私,
还粗鲁……

哦,亲爱的日记本——我从此迷失
了方向:
那些让人烦躁的鸟儿,有些个在每
个房间

都呜啦吹着笛管,皇后招呼我去看
她儿子的一张新画像,这一次
他举着一双透明的拖鞋。我真希望
我从没看见过。

试试这些

- 给下面每一种情况都找出五个可以表现它的词:

  - 幸福
  - 居住地
  - 行进
  - 惊讶
  - 害怕

第八章 讲述你的旅程：文词的选择

- 雨

描述一下你所使用的每个词语能够对应的具体情境。例如：

- 惊讶——
    - 震惊：他被发现，他是作为一个成年人被收养的。
    - 惊恐：老师在我打盹的时候把一本书重重地摔到了我的桌子上。
    - 意想不到：她发现她丈夫跟保姆有一腿。

- 从上面的诸多情境中选择一个，赋予它完整的生活气息，并写成一首诗。比如说，你选择了"他被发现，他是作为一个成年人被收养的"这个情境，那么在这首诗中，用一个你排列在"幸福"、"居住地"、"行进"、"惊讶"、"害怕"和"雨"这几个大词条下面的词语——从里面选出一个最适合这个语境的词语。

- 在这首诗中，找三个词语，用更适合这首诗的精神、时代、地点、气氛和故事的同义词替换掉。参考本章前述的"一些要考虑的事"，探索你的选择。

- 写一首诗，在这首诗里用上所有下面这些词语和短语，让每一个词语都传递着一个不同的意思。

    - 等待
    - 静止不动
    - 耐心
    - 忍耐
    - 停留

- 像罗恩·克尔基所做的那样，选一个经典童话，然后写一首在童话结局之后将发生什么的诗。用故事的男主角或者女主角的口吻来写，仿佛他们今天就住在你的隔壁。

写 / 我 / 人 / 生 / 诗

- 写一首诗，用细致具体的体验生动地描述一件事。（比如说，你的诗歌以纽约城里上演的一场芭蕾舞表演开篇，从一个芭蕾舞经典观众的视角来描述这件事。）然后把这首诗重新写一遍，表达同样的经历，但是要使用完全超出意料的语言。（比如，西班牙的斗牛士会怎样描述这个芭蕾舞剧，或者樵夫，或者一个小孩呢？）

第 九 章

诗意地生活

> 当你靠近哪怕一个最简单的主题时,你观察这个主题的深度与你带给它的深度也是成比例的。
>
> ——约翰·奥多诺霍

印度锡塔尔琴既有粗细不均的弦也有均匀的弦。不能直接弹奏的那些弦被称作和弦,这种弦与那些粗细不均的弦彼此共鸣,一起发出美妙的和声。我认为锡塔尔琴是对诗人的一个恰当比喻。在日常生活中,每个人都有一根可以直接弹奏的弦,它处理着日常事务并且和周围的人们保持交流。但是诗人还另外装备着用来沉思、重现的和弦,它们能产生出共鸣的音乐来回应对我们产生影响的事件、想法、人群和经验。在这样的召唤和回应中,诗歌创作自然前行。就这样,诗意地生活带来了诗意地写作。

那么,人该如何诗意地生活呢?尤其在当下这样的快节奏生活里,人们更普遍也更愿意竭尽全力做自己的事情,而不是放慢节奏去细细咀嚼、吸收那些感动我们的经历。

几年前,当我的亨利还是一只幼犬,我们还住在旧金山,它教会了我有关"平凡的奇迹"的重要一课。一天早上，我们散步穿过金门公园，看到了一个空的薯片袋掉落在砾石路边的草地上。亨利注视着那张在风中翻飞的皱巴巴的红色金属纸，背上和脖子上的毛都竖了起来。我想：多利多滋脆片。亨利想：这是神秘的未知物体。亨利谨慎地靠近这个物体，仔细地嗅着，然后往后跳，对着它叫，等着这个东西再翻一次身。

在这个时刻，亨利让我醒悟到，我其实拥有被惊喜、被感动、被改变的机会，即使在熟悉平常的生活中也会不断涌现无穷多的意料之外的缤纷事件。我相信，这就是诗对我们的要求：主动去品尝神秘的滋味，而不是逃向已经确知的领域。当我们真正关注"不平凡"的潜能，它就会怒放着打破我们平庸的日常生活的边界。

下面是一些可以帮助你培养自己的感受力，在你日日重复的寻常生活中开启诗意之门的方式。

试试这些

- 离开你的房子、公寓、帐篷、宿舍或者办公室，走到户外，花一个小时观察这个世界。无论你是坐在一个废弃的公园的长椅上还是穿过中央车站，你唯一的工作就是观察、倾听，并且注意那些吸引你注意力的事物。回家后，写一篇文章描述你的所见所闻、被唤醒的记忆和你的发现。如果你不断练习的话，这件事将变得越来越容易。

- 透过孩子或者小动物的眼睛来写一首诗。想象她正体验着她的第一次某类重要的经历：吃糖，发现抽水马桶可以冲水。用语言和想象力探索一下这一刻的神奇。

- 拿出一个星期，在这个星期的每一天都密切关注你已经趋于自动化的日常生活：刷牙，切洋葱，拼车去国际象棋俱乐部。仔细感受这些事件发生过程中的声音、气味、想法、感情、

第九章　诗意地生活

身体的运动和周围的环境，就像你从来没有做过这些事一样。然后思考一下这些来自日常生活的观念：蛀牙又痛苦又昂贵；家里烧的饭菜是健康的；我想让我的小孩长大成为杰出的战略家。到了周末，尽可能多地写下你能回忆起的这些日常生活的细节，并描述一下你从中发现了什么。

- 去一个你经常去的地方，例如工作室、咖啡厅、图书馆，然后装作你以前从未去过那。像一个侦探查找线索一样观察你周围的任何事情、任何人。写下每一个你以前从未注意过的细节：苏珊的左耳有四个穿孔，但她的右耳只有一个；天花板是一块灰白的涡轮式的油布；咖啡粉的味道让你想到了死亡。

- 在脑海中回想你曾经待过的某个地方。无须描述这个地方本身，只要描述一下这个地方在你的内心深处能带来的感觉，能让你想起什么样的情景和声音。举个例子，日落时分斜照在阳台上的阳光看起来是什么景象？在校园里玩耍的小孩的微弱喧嚣如何渗入到你的烤饼中？还想得起来那时你有多么惊讶吗？——当你猛然想起已经凌晨两点，纽约的垃圾车正在巡视。

第 十 章

做你知道的：
把其他创造性的过程译为诗

> 我的商业用图是建立在文字的基础上的：首先，我把能够定义一个顾客的独特身份的那些值得注意的品质列成一个清单，然后把这些信息用一个精确的图形展示出来。一个金融企业，包括它的总部和所有分支机构，员工和客户，产品和服务——它们可以被视为一枚红色的钥匙。而我们所有的努力就是为了把众多的信息以最简单快捷的方式传播出去，得到最迅捷的反馈和回应。而在诗歌中，我则以相反的顺序来完成这个过程：开始的时候几乎什么也没有——然后是一项细节——然后从特殊到一般，从一星的斑点开始，直到画下全豹。远处的一声狗吠、架子上烘干的餐具、一滴酒，任何这些东西——如果找到了适合的导火索——就能够带着我飞向天空。
>
> ——格雷古瓦·维恩

很多人一面对诗就认为他们对诗一无所知。其实，他们真正不了解的是，他们正在进行的创造性过程——从邮件分类到解决工作

第十章　做你知道的：把其他创造性的过程译为诗

上的问题，或者写一份家庭晚饭的清单——已经准备好了转化为一首诗。也许你另外一个需要发挥创造力的业余爱好或者某种激情触发了你对诗歌的兴趣——如相册编辑，摄影或者敲鼓。一种进入诗歌王国的好的方法是，以某种你已经在你的创造力天赋中培养好的技能开始。你也许就会对它竟然能如此契合诗歌的写作而感到惊讶。

例如，近来我有一个学生坚持认为她不会写诗，因为她不能理解如何把想象写出来。不久之后，她开始和词语玩起了游戏，然后她发现由于她在音乐处理方面的经验，她对语言文字的声音和韵律有很好的感觉。她把自己本已具备的创造力灵活地应用到了写诗上，然后创作了一首很精彩的诗，声音和韵律十分和谐悦耳；她甚至惊讶于她自己写出的一些极好的句子。

我一个朋友帕姆，在拼贴方面很有一手。她找来很多东西和材料，然后从纹理、颜色和结构的角度来组合它们，构成某种视觉效果，并传达出不同的意思。一天，她从一本旧书上剪下一段文字，并把它放置到了自己的作品中，就这样，帕姆创作了她的第一首"拾取诗"。这对于她来说是一种很自然地进入诗的国度的方法。（你将在第二十一章学习所有关于拾取的知识。）

我从视觉艺术的领域来到了诗歌王国。视觉艺术是一种训练观察的技艺的练习。通过描摹和涂绘，我学会了如何通过比较和对比，来细致分辨彼此关联的事物各自的形状。这使我能轻松地找到表面上看起来迥异的事物之间的相似处，比如鸽子和葡萄。

> 窗台上笨拙的鸽子
> 就像面包里的葡萄
> 黑暗让遗憾的地方变甜。

（节选自《清唱剧》）

也许，绘画训练教会我的最重要的事情是耐心。我花了好几年的时间，才能够真正做到去细致观察某个东西并且在画布上用一种我满意的方式把它表现出来。所以，当我开始写诗时，我从没有想到我竟然可以让思绪云飞天外,让鸽子和葡萄从树上掉下,优雅地成为了灵巧的喻体。我已经掌握了这种艰苦(却有趣)的写作方式,而洞察力则是一门需要投入时间和大量练习才能结业的课程。

我们中有的人在视觉上更有天赋,有些人则有一对更敏锐的耳朵。你可以把你在时间感和节奏感上的天赋应用到写作上。或者也许有趣的方言更能吸引你的兴趣——或者你是一个每个人都愿意把他们黑暗的秘密与你分享的人。无论是什么最让你高兴或者最激励你,任何能让你自然地释放你创造性天赋的方式都可以是你写诗的出发点。从你现在所在的地方出发,这是你进入诗歌的唯一方式。

试试这些

- 你真正擅长做什么?看地图?解决字谜游戏?让你的猫儿高兴?把所有你知道如何把它做好的事情列成一个清单。不要担心这件事情是否宏大:如果可以,做饭炒菜、系鞋带和煲电话粥都可以被列在清单上。创造性天赋是个好东西,但是你会想要拓展这样东西在你身上起作用的界限。如果很擅长巧舌如簧地为自己争取到最好的薪资待遇,或者很会劝说你的小孩在天黑之前赶回家,其实这些都是创造性的才能。

- 从清单中选择一项天赋或者技能,为它写一首介绍性的诗歌,与其他人分享你的技能。举个例子,一首诗的题目可以是《怎样从你的菜园中造出一份蔬菜沙拉》,或《蝴蝶结的艺术》。

- 从清单中选一个专业领域,写一首诗,在这首诗中应用这个专业中使用的技术或者思维模式。比如,你选择了烹饪,你很擅长烹饪因为你在混合颜色、材料和香料的方式方面很有自己的心得,试试看如何将这个技能应用到写诗上来。

第十章　做你知道的：把其他创造性的过程译为诗

在旁观者的嘴里　格雷古瓦·维恩

黑火药树叶浸在水中，
仿佛为冬天的终结而舒展开来
你可能被画进
更遥远的中国的事物中，
那坚强的慈悲的女神，玉。
另一方面，

你可以使用利普顿·布里斯克
画一匹身着锈色外衣的马，
或在爱尔兰啜饮牛奶，
细尝烤面包上圆胖的豆粒，
在建筑绘画师的房子里
专注地看着黄颜色。

第十一章

迎向感观

> 我认为诗人的一个角色是向读者或者听众展示他或她眼中的这个世界可以是什么样子,而不用解释它如何成为这样。
>
> ——克里斯托弗·鲁娜

每个人都知道,火是热的,冰是冷的;当我们难过的时候,我们会哭;当我们幸福的时候,我们会笑。但是,幸福尝起来如何,悲伤闻起来是怎样的,或者"热"到底是什么,这些也许就不那么显而易见了。当我们抛开那一套标准的感觉名词以及它们和情绪之间的联系,把它们在意想不到的组合中关联起来,我们可以探索出全新的观察、感受、理解和交流的方法。这对诗很有用。

例如,我有一首名为《白华》的诗,它写的是我资助的一个中国孤儿院里的孩子。其中有一句话,我可以这样写:"我了解白华的感受,因为我,也一样在孤独中生活了许多年。"但我选择了这样写:"我品尝过孤独的金属味道。"这句话将金属的味道——不常见的味道——跟孤独的感觉联系起来,创造出了一个有点让人吃惊的景象。我靠感觉做的这个选择:因为冷,金属坚硬的特性对我来说

第十一章　迎向感观

意味着"孤独"。同时我觉得吃是主要的社交乐趣,所以我把味道当做感觉的载体。

在这个例子中我做的选择不是用来证明这是一个应该被重复使用的形式规则。我把它当做一个探索的窗口来与你分享,通过这个窗口,你可以自己去感觉哪些词语可以被放到一起,以及这样做的原因是什么。每个人独特的思维方式和直觉都可以和他自己的生活发生联系,就像"孤独"这个词一样,找到一种专属于自己的表达方式。

这种类型的合并方式对大多数人来说不自然,这也是它们有很大潜力的原因。当你用你习以为常的思维模式去思考时,你可能只会想到你以前经常写的词语和意象。而这样的试验则能避开你常用的那些措辞手段,你也许能发现一些崭新的表达方式去传达那些往往很难得到清晰的表达的感觉,你也许能够为一些陈词滥调注入新鲜的血液。

把混合情绪和感觉当成是颠覆你思维惯性的雪球。通过一些有效的合力,你诗歌中的景象将变得大不一样!

试试这些

- 诗人琳恩·贝尔邀请她各个年龄段的学生,要求他们用拟人化的方式回答下列问题,把无生命的、情绪化的和出于本能的感觉拟人化。快速回答每个问题,就像你在一个游戏中一样,要比别人回答得更快。

  - 红色爱上了谁?
  - 渴望穿着什么样的鞋子?
  - 嫉妒在早餐吃了些什么?
  - 害怕住在哪里?
  - 蓝色借了什么?为什么要借东西?

写 / 我 / 人 / 生 / 诗

- 粉红唱得如何?
- 真理尝起来怎样?

- 写下几个自然段,描绘一段特殊的痛苦或者尴尬的记忆。不要在诗中写出你那种感觉的名字,试着使用描写的方式把这种感觉呈现出来。尽可能多地引入许多超出预期的感觉。比如说,"羞愧"听起来像什么?"懊悔"尝起来是什么味道?一个人可以在哪里看见"宽恕"的样子——或者它的影子?如果是"复仇"呢?

- 写一首诗,诗中橙色是主角。橙色想要什么?橙色做了什么?橙色感觉如何?橙色相信什么?橙色记得什么?橙色身上发生了什么?橙色又学到了什么?

- 这个世界用哪些方式映照着你的孤独?用刚刚被洗过的暮雪的气味?用蒙娜丽莎低垂的眼睛?还是水龙头下一滴滴坠落的渴望?列出十种描述孤独的方式,每种要用不同的感官来具体描述。

来自琳恩·贝尔学生的例子

紧张尝起来像冰,像肉,
也像学校午餐,萝卜和水。
　　　　　　　　——维拉·博伊伦(9岁)

海蓝是牛仔裤和草莓的孩子。
她闻起来像透明胶带。
　　　　　　　　——娅维拉·马吉亚(8岁)

伤心闻起来就像西梅干和药水。
她睡在小床上。
自尊是她的偶像。
　　　　　　　　——肯尼迪·麦克恩迪(10岁)

第十一章 迎向感观

高兴闻起来像玫瑰,美丽的玫瑰。
吃着黑莓煎饼。
喝着沙士。
喜欢烤奶酪三明治。

——玛杰里·普莱斯(8岁)

第十二章

斟酌题目

> 诗的题目，最好像一束光，照亮着这首诗前进的道路。最好，诗的题目的声音能够在整首诗中贯穿着，处处都能听到它的回响。
> ——保兰·彼得森

给诗歌拟一个题目是一门艺术。泰斯·加拉赫曾经把一个成功的诗题比作是一个在诗上飞翔的风筝：它们之间的联系虽然较为松散，但却能带来新的视角，打开新的空间。诗歌的题目就像是为整场舞剧搭建的舞台，这个舞台会随着诗歌内容的延伸而不断延展。通常，题目会告诉读者如何进入这首诗，也会给读者一个初步的印象："这是一首怎样的诗？"没有一定的规则说诗歌的题目一定要是这样或者必须达到什么目标，所以你的诗作将有一个怎样的题目完完全全听凭你自己的意愿。实际上，有些诗甚至没有题目。下面是一些常见的拟题方法，你或许可以从中有所领悟，并应用到你的作品中。

一首诗的题目可以是一个历史时期（如《内战》），一个季节（如玛丽·庞索的《冬天》），或者一个瞬间（如弗兰克·奥哈拉的

第十二章　斟酌题目

《妇人死去的那天》)。诗的题目也可以来自一个具体的地点(如《日落时的卡农海滩》),或者是一个更普遍的指称(如威廉·斯坦福德的《山那边》)。题目可以让读者知道这首诗是关于谁的,或者揭示诗中将要得到展开的隐喻(如比利·科林斯的《绳索》)。

你可以在写诗过程中的任何时候定下你的题目。有时,一个题目会成为你进入这首诗的起点。也许,有时诗写完了,你才找到这首诗"真正的"题目。当你的诗成形的时候,我建议你随便想一个题目,把它摆在那里即可。别太早把题目定下来,这很重要,因为这个过早确定的题目可能把你带到一条这首诗原本不想走的道路上去。

写诗就像驾驭一辆失控的汽车一样。你以为你是要去往超市,但也许会突然发现这首诗莫名地冲向了另一个地方,随后你就以惊人的速度进入那块完全意想不到的空地——在这片空地上,杰森·菲利普在二年级的时候打了你的弟弟。随着这首诗的旅程慢慢铺展,你也许会在最后编辑修改这首诗的时候,把一开始关于超市的那几句从诗里完全删掉,然后把题目定为"二号大道,大块头腰果"。即便这个题目与内容完全不相关。一旦这首诗完全释放出了它自己并最终定了型,考虑应该给它起一个什么题目的时刻才真正到来。

早早地给诗拟定一个不太合适的题目在写诗的过程中也会有一定的正面作用。它就像身上一处瘙痒的地方,它让你一直不断地探索和雕琢这首诗,直到你找到这首诗真正想要到达的地方。有时候,一个错误的题目会带领你从一个乍看起来像死胡同的地方,穿过瞭望口来到一个新的主题或话题面前,发现你此前从未发现过的东西。

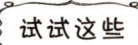

- 温德尔·贝里从下面这首诗中选取了一个短语作为了这首诗

的题目（这里没有提供）。如果这是你写的诗，你会选择哪个短语作为这首诗的题目呢？选择三个你认为可以用来作为题目的短语吧。

当我对内在世界的成长感到失望
在夜里因为轻微的声响醒来
为我和我孩子未来的人生感到恐慌，
我走到德雷克林并在那里躺下
栖身在它水上的美感中。它还养活了凶悍的苍鹰。
我来到野外生物的宁静中
它们不必担忧明日，以使今日的生活负重
也无须躲避未至的悲痛。
我来到静水的气度中。
我感到了头顶上有白日里看不到的星星
以自身的光辉在等。仅此一次
我在世界的优雅中欹身，我身自由。

- 想知道怎么给诗定题吗？是不是不确定你选的题目好不好？问问自己下面这些问题，去探索各种可能性。不断重复这项试验直到你找到那个最适合的题目：

    - 读者看了诗的题目后，我想让他们准确知道这首诗的内容吗？我想让读者知道谁在说话，或者诗的内容所在的年代，或者诗的背景是什么吗？

    - 一个更抽象的——然而能够揭示这首诗的关键词的题目——会不会更好呢？（一个例子是琳达·格雷格的《重量》，这首诗仔细地研究了两匹马之间的关系。）

    - 诗中是否存在可以被去掉而且可以被题目替换的部分？（这一点，中国诗人杜甫在他的诗《江畔独步寻花》中做得很好。）

第十二章　斟酌题目

- 诗的第一行作为题目好不好？
- 诗的最后一行作为题目好不好？
- 诗中有没有一个抓住了诗歌主题的短语？
- 我如何用题目来阐明主题或者增加这首诗的深度？

第十三章

宽容和遗忘：
放开阻碍你写作的一切

当我读十年级的时候，我写了一篇文章，探讨了T·H·怀特的《曾经的和未来的王》的主题。在草拟结论的时候，我偶然发现一个事实：我以前并不理解这本书，也不了解人类生存的境况。这是我第一次瞥见，在写作这项劳动背后还隐藏着这样一条天机。

我自豪地把这篇文章递给我的父亲，当他阅读的时候，我则紧张地站在他的旁边。他读完，停顿了一下，然后他慢慢地摇了摇头。这个动作吓到我了。也许我对文章的判断有误，它终究是一篇很糟糕的文章。然而，我父亲带着尊敬轻轻地对我说："我亲爱的女儿，你是一个作家。"我相信他，直到今天，我依然相信他。

我经常惊讶这样一个事实：即便是偶然拾得的只言片语，也可以对我们人生的方向产生如此大的影响，强有力地激发出我们的潜能。文字可以带着我们超越自我定位的界限，来到一个充满各种全新的可能性的地方。或者，它也可以让我们的梦想因为自我怀疑而伴随着一声尖锐的刹车声，半途而废。

这些年，你听到了什么样的关于你写作的议论？它们是正面的，还是负面的？它又是如何影响着你今天对自己能力的信念？

花些时间来清理你的记忆柜子吧。回忆一下那些特殊的人和特

第十三章　宽容和遗忘：放开阻碍你写作的一切

殊的时刻——那些能够提醒你其实拥有怎样不可置信的天赋的时刻，然后把其他的统统忘记。这样，你才会留下更多的空间去接收那些等在前方的好消息和正面反馈。

试试这些

- 把你以前和现在对于自己写作的信念分别列出来，再把它们填入表格，使它们彼此参照。就像这样：

以前的信念	现在的信念
我以前相信别人对我作品的批评。	现在我相信我有能力对自己的作品作出评估。
以前我认为我自己写不出好的意象。	现在，在阅读和练习了第四章和第十九章后，我相信我自己能写出令人惊讶的、有趣的意象了。
我以前认为诗歌对我来说太难了。	现在我相信诗歌不是唯一的可能，但是有趣。
以前我觉得我不懂诗歌。	读了第三十七章后，现在我觉得并不是所有的诗都要从字面上去理解，除了理解字面意思，还有其他很多欣赏诗歌的方式。

- 写下人们关于你的作品所说过的最正面的评价。再写下你听到的最负面的评价。写些句子描述一下对你作出这些评价的那些人，以及你得到这些反馈时的具体情境。然后把他人给你的评论当作镜子，并把人们的这些观点创造性地用起来。写一首诗，让这些最正面和最负面的陈述都出现在这首诗里。

- 赖内·马利亚·里尔克的《给一个青年诗人的十封信》里公开了他写给那个青年诗人的鼓舞人心的十封信，里面包含着下面这样的智慧：

　　进入自己内心并且测试一下你生活需要达到的深度；在它的源头，你将发现你是否必须创作这个问题的答案。接受它，

写 / 我 / 人 / 生 / 诗

就按它的字面意义去接受它，而不要探寻它为何如此。也许有一天秘密会自动揭晓，命运召唤着你必须成为一名作家。那么就接受发生在你身上的命运安排吧，承受它，它的重荷以及它的光芒，无须理会外在世界将会为此付给你什么样的报酬。

- 就写诗这件事，你希望曾经的你接受过什么样的指点？你又有什么样的建议想要传达给那些在这条道路上感到挫折、沮丧与迷茫的人？以"给年轻诗人的信"为题写一首诗吧。在这首诗中，你邀请自己和他人一同进入诗歌王国，并把你认为的想要在这个国度自由而愉快地居住最为必要的建议告诉他们。

第十四章

真相，谎言和个人空间

> 不，这些事不是真的，但它们恰是我正在从事的真理。我想要捕捉并握在手里的真相因为太长所以无法与真正的生活发生联系，只能随它去了。真相？谎言？或者两者都有一点，交织在一起，甚至变得更加真实。也许，这就是我作为一个作家的工作……不是陈述真理，而是创造它。
>
> ——莎娜·日尔曼

在我二十出头的时候，我参加过一个在旧金山的开放朗读会，在那里我遇到了一个我男朋友的故交。当我朗读到一首诗中多少有点漫不经心的性经验时，我能从她的眼神中感觉到她一定觉得十分乏味。在朗读会结束的时候，她和她的双胞胎姐妹把我围堵在书店的狭小的印刷区，追问我后面发生了什么——也就是写完这首诗之后，在真实生活中发生了什么事。

这种让人无法接受的行为反映了两个在缺乏经验的诗歌读者身上常见的误区。

误区1：他们认为诗中的"我"指的就是诗人自己，并且诗中所

写 / 我 / 人 / 生 / 诗

涉及的经历就是诗人自己真实的经历。它可能是真的，也可能不是。事实是，诗中没有所谓的"真实"，只有诗。即便一首诗的确取材于一段真实的经历，它也已经超越了所谓的"真实"，因为它把音乐、意象和节奏融合在一起，成为了一件全新的创造力的展示。

诗人们可以写各种各样的人生经历，但这样做往往是象征性地、比喻性地与诗人的真实经验发生关联，而并不意味着诗中字面意义所呈现的那些事就真实地发生在诗人的生活中。我有一个婚姻幸福的朋友，她依然在诗中探寻失败的婚姻。我曾写过一首诗，诗开头这样写着："我们死去的儿子围绕着我们低语"，但实际上我并没有一个死去的儿子。在诗中，你不必严谨地只做你自己。你可以尝试各种无限多的其他生活方式，去探索你想了解得更清楚的东西；或者，你可以让自己化身以一种你在真实生活中绝对不敢实践的方式去生活。

当你读诗的时候，别期望诗是对生活体验的报道。阅读诗歌的规则是，诗歌向所有的讨论开放并对它们一视同仁，但诗人的生活不是。讨论一首诗的时候，对诗中"我"的正确理解应该是"那个诉说者"。当你参加一个诗歌写作坊或者一个讨论组，或者当你有机会跟一名诗人聊她的作品时，遵守这个规矩是很重要的。

误区2：读者们把一首诗看作一扇走入诗人个人生活的敞开的大门，透过此门他们就能够被邀请去大肆窥探一番。说白了，这真的是一种坏习惯。如果客人在晚餐后还站起来翻箱倒柜地看还有什么吃的，主人理所当然会生气。同样地，读者读诗后探索诗人私生活的信息也是不礼貌的。诗歌是一种来自诗人的私生活或想象力的公开馈赠，但没有人拥有被邀请的特权。就是这样。

对诗人来说，诗歌的字面上的意思能够被读者理解，这是一个好消息。如果你可以不仅仅从字面上，而且从象征意义上自由使用诗中的场景，或故事，或意象，去探索情感世界的真相，而不是具体某个人的经历，那么你就能有更多的空间去发挥。你也可以大胆地、公开地在诗中编造故事。我想看到有人在听完杰伊·利明朗读

第十四章　真相，谎言和个人空间

了他下面这首诗歌后把他逼到一个角落，然后追问他接下来发生了什么！

一个搭便车的人　杰伊·利明

车行驶了几公里后，他告诉我
我的车没有发动机。
车停了，我们都从上面下来
然后看了看引擎盖下面。
他说对了。
之后，在去往加利福尼亚的路上
我们再也没有提起它。

试试这些

- 在一首诗中玩一下"两个事实，一个谎言"的游戏。讲一个故事，里面包含两个真实的事件或事实，以及一个你编造的事情。

- 写一首诗，让诗中的主人公有一段你所能想象的最羞辱、最尴尬的经历。注意一下，你如何从你个人经验的井中打上水来，然后去探索并表达出一段你从未真正有过的经历。

- 围绕着一件不可能在真实生活中发生的事情写一首诗，就像杰伊·利明那首诗中的主人公开着一辆没有发动机的车到了加利福尼亚一样。

第十五章

视角：代词的力量

视角是一种调整亲密度的工具：它就像一根让诗中那个诉说者和读者靠得更近（或更远）的和弦一样。当你想讲述自己的个人经历时，你的直觉反应很可能是使用第一人称视角，那个独特的——"我"。这种做法确实能使诗歌有不错的表现。然而，因为这是一种最显而易见和最自然的做法，我推荐你也尝试一下其他的视角，了解一下它们会给诗带来怎样的好处。

当你在一首诗中用"你"（第二人称）来代替"我"时，你是在邀请读者从一个新的视角参与到诗中来。"你"可以有很多种不同的理解方式，它可以被理解为"一"——一个表达普遍经验或共同感受的视角，或者它就是字面上的意思："你"，这样就把读者包含到诗中来了。"你"也可以直接定位在某个特定的人身上："你离开了我，你如何忍心？"在这种情况下，读者也许被定位为一个在窃听旁人对话的人——或者他们发现自己就成为了诗中的那个"你"，或者和那个"你"站在一起。

当一段经历从第一人称视角转移到第三人称视角，将会发生什么样的转变？第三人称视角的优点在于，对于诗中的事情，它既给诗人又给读者一些个人空间。他们更像是在旁观而不必参与其中。这样就给诗人创造了空间，来写一些他们觉得不能舒适地直接表达

第十五章　视角：代词的力量

的东西。例如，对比"他想死"和"我想死"，第一人称视角让人觉得直接而急迫，第三人称则没有那么直接，我们读的时候也就没有那么主观了。

试验用代词来帮助你找到一个最佳的视角，透过这个视角，你能表达出所有你想要表达的东西，同时还能如你所愿地与读者建立一种深刻的维系。

试试这些

- 从已经发表的诗中选择一首你喜欢的，然后从另外两种视角重写这首诗。仔细体会不同的代词如何改变了诗歌带给人的体验。

- 写一首关于你生命中的转折点的诗。不用"我"，而是用"他"或"她"的口吻来写。就像这段经历发生在别人身上一样。这会给你带来什么样的启示？

- 写一首诗，让它直接向某个对你很重要的人倾诉一段你曾与那个人分享过的人生经历，仿佛除了这个人以外再也不会有其他读者一样。然后重写这首诗，好像"你"在对着一个普通读者描述同一段经验。你会选择哪种代词？为什么？它们在每个版本的诗中发挥着什么样的不同作用？

第十六章

家庭素材

　　和你的家人相比，你对什么了解得更透彻？你更密切地关注过谁？谁又曾深深地伤害过你？而谁又曾满怀热情地满足过你的需要？那些纷繁的记忆深深镌刻在心，犹如指纹。我们告别了童年，这些记忆却始终伴随着我们。如果你从来没有离家，那么那些在你成长过程中不断累积的有关家人的经验会越来越多，足够滋养你写一生的诗。打开过往的源泉，看看那里会有什么样的诗歌在等你到来。

试试这些

- 当你和家人们欢聚一堂，有没有一个故事被反复地讲？是不是每个人都记得这个故事但是每个人讲的又有一点不同？从你的视角写下这个故事，然后从你母亲的视角写，再从你兄弟的视角写。家中的狗又会怎样来讲这个故事呢？

- 你父母或者长辈对你的教导中，哪一项至今依然能够唤起你的共鸣？以后面那首唐·科尔伯恩的诗歌《野花》为例，探讨这一番教导中最有意义又令人难忘的是什么。关于你和那个使你有所领悟的人，它又揭示了什么？

- 写一首诗，公布家中一个会给你带来，或者已经给你带来了

第十六章　家庭素材

麻烦的秘密。（记住，我没有让你发表它，仅仅是写出来！故事中经常有很多需要用隐喻去掩盖的东西。）

- 写一首关于你家里一个房间的诗，或者写你院子里一个隐蔽的地方，或者写你孩童时代的一个邻居。那里发生过什么？它对你意味着什么？你与这个地方的关系是如何影响着现在的你的？如果你可以回到过去，你会做什么？

- 写一首关于你家人做过而你至今无法原谅的事情的诗。就像莎伦·奥兹在《长姐》那首诗里做的那样。看看是否会有一个优雅或感恩的时刻可以释放你痛苦的记忆。

- 现在从你无法原谅的那个人的角度重写这首诗。为什么他/她会做出那样的事情？他/她至今对你又会带着怎样的怨恨呢？

- 描述一下孩童时代对你有特殊意义的服装、玩具或者其他东西。谁给你的？它什么地方最吸引你？它此后对你意味着什么？现在它对你来说又意味着什么？

- 画一张图，在图中记录下一段时间里的一些特殊的时刻，并以此表现一个大家庭的动态，就像丽贝卡·麦克拉纳汉在《看着我的父母睡在海边一扇打开的窗户旁》中写的一样。

野花　唐·科尔伯恩

直到我听见自己的声音说出那个名字
我才看见了它们全部：卷耳草，石芥花，
五月的苹果，荷兰人的马裤，印度烟斗。
一张清单，列出我父亲的目击方式；
它让一朵花成为真实。而这个下午
在小径旁长满杂草的草地上，
我在草稿纸上匆匆记下一连串奇怪的名字
我的父亲和我，可能都没什么特别之处

写/我/人/生/诗

那时我让他教我
低头看着地面,从那里寻找星星,
钟铃,蓝色的群影。他最开心不过的事
就是我们精准地把一个个名字都找到
然后他用倾斜的字母记下它们。
现在,一遍又一遍,像孩子一般
我说"峡流漫卷大地,峡流,
漫卷,大地,峡流,漫卷,大地",
在这诉说之中我再次看见它怒放
开放在它四溢的蓝色姓名里。

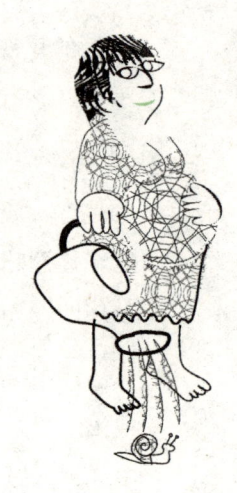

看着我的父母睡在海边一扇打开的窗户旁　丽贝卡·麦克拉纳汉

我仍然需要他们,如果我可以的话
我就过来,这一次面对大海
我们分享了这个房屋:他们的双人床,
我的单人床。晨雾把灰白的景象
涂抹得更加苍白。蕾丝窗帘在呼吸,
绒线伸展出去又折叠着回来,
我父亲的双脚,如白色的帆,卷拢了收起在
蓝色的睡裤边缘。
每个孩子的梦境里,也会一手拉着
一个父母亲,即使这孩子已年届五十。
他们的身体轻易地被放入
这个用来分享的空间里。他们何时
变得这样小?越生长,越小——
就像有可能会再膨胀为
一个过去的更早些时候的他们自己。
在衣柜上,他们的玩具
还有小装饰品。他的修面刷

第十六章　家庭素材

还有粉色的心脏病的药片,她的栀子花
香袋。那小小的纺锤每天
都刺出血泡,她发生着甜美的
幻妙的改变。在我们头上
烟雾警报器开始作响,它红色的眼睛不断闪烁。
又是一年,我问询寂静。
昨夜我把自己投向睡眠
我数着他们的呼吸,潮汐涨了又落
而我现在凝神静听着,
属于他们人生的那蜷曲的躯壳。

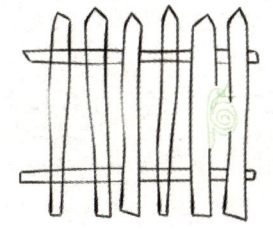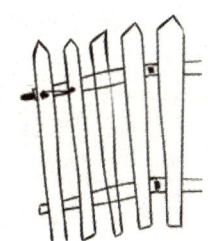

长姐　莎伦·奥兹

现在,我注视着我的长姐
我想着她首先要怎么走,沿着
产道,从那狭小的产道里
确保自己头先出来,
妈妈施加在她脑袋上的压力,
还有紧紧挤压着她皮肤的那些墙壁。
她的脸从那里出来后还是那么窄小,
那长而空洞的,坟墓上的十字军战士的脸颊,
还有她漆黑的眼睛,眼神就像长期被关在监狱里的人
并且知道人们还能再把她送回去。我看着
她的身体,思考着她的第一次呼吸怎样升起
慢慢地,像池塘上的天鹅。
而等我沿同一条路走出的时刻降临,事情不过是
棉束上多了两只鸟而已。当头发
从她雪白的起伏的身体上长出,就像
细水长流如丝线一般涌出地面,这是第一次
但轮到我的时候,他们早已对此谙熟。

我曾经多次想过,只想起她的苛酷,在床上
坐在我身上小便,但现在我看着她
她比我提前经历了所有的事,一直
像一面盾壳。我看着她的皱纹,她绷紧的
下巴,她皱眉的纹路——我把它们看作
我盾牌上的凹痕,以及来不及降临到我身上的打击。
她保护着我,并不是一个母亲
对孩子的保护,饱含爱意,却像一个
人质保护着那个能让她逃离的人
我完成了我的逃离,是因为有长姐的身体
在我的前方站立。

第十七章

在你自己的世界里

我停下来，靠在水泥柱子上。周围，风越吹越猛烈。这是一个非常好的私人空间，正好被一个印着邓普斯特尔商标的垃圾桶保护着。我可以往外看，看着街道，但是我却不会被别人注意到。街道静得有点不寻常。

漫天叶子打着转飘落着，好像金融区在为过冬做着准备。在旧金山，看到秋天的叶子不是很容易。我不知道它们是如何穿越高高的写字楼和购物中心到达那的。它们一定是从其他地方被吹到了那里。我想象着它们被一阵风吹着，从我东海岸的家乡一路飘啊飘，来到了这，好像它们是一些神秘的连着我过去生活的链接。

随着风的势头越来越强，就像自行车链阻滞了，还要带着一个大家伙艰难前行，树叶开始盘旋起来。我告诉杰夫是时候洗牙了，但实际上时机不对。我还有十分钟。我挂掉电话，站在那里。看着叶子优雅地盘旋着，我静静陷入回忆中。它们看起来像已经失去了光环的英雄，在空中翻飞，最后落到大地。我想起了孩童时代的游戏，游戏中大家握着手高速旋转，高喊："白蜡树，白蜡树，我们都倒了！"

不知怎么，在那个时刻，我的生命改变了。那些树叶像一个召唤，像一个应答。我内心深处的一个东西也跟着飘起来，然后落下。在空中飞速旋转，燃烧着坠落。好像我以前做过的每个决定都

写／我／人／生／诗

在那里旋转着。三十三年短暂的充满疑问的时光，把它们自己捆成一束，变得清晰可辨。一条没有任何结论的链子。穿着丝绸长裤和皮鞋，我就坐在人行道上。印第安人的风格。靠着杆子，我把头埋在手中。旁边，在马路牙子上，是我沉默的电话。另外一头，带着他沉默的手机，杰夫坐在那里。他对爱既不感兴趣也没有那个能力。两个街区外的那里，在众多小建筑中有一个小卧室，我今天剩下的时光，未来三个星期，甚至我此生剩下的时光，都将会在那消逝；也许，我做不到把公司对利润的渴望转化成能得到顾客信任的有意义的信息。

——摘自塞琪·科恩：《宣泄》

    我从一篇随笔中摘录出这些是想给大家一个例子，来说明我们是如何不断地把自我情绪投射到身边的事物上去的。我们眼里的世界不再是它们的原样，而成为了我们想要看到的样子。如果你真的遇到了同样旋转的叶子，或者我真的会在一个星期或者一个月后去看看这些叶子，我们每个人就将会联想到一个完全不一样的相关记忆和比喻。在这篇随笔中接下来的情景是一场酣畅淋漓的大哭；对此，你也许会嘲笑，会躲开，也许会冷漠地耸耸肩膀。也许，在被那条小巷的那个印着邓普斯特尔商标的垃圾桶的形状或者颜色，或者街对面一家三明治店的名字触发了你的相关回忆后，你就会完全忽视这些叶子。

    从你周围事物的角度审视自己能给一首诗带来巨大的能量。它能把一个模糊的场景雕琢成一个强有力的带有情感冲击和非凡意义的时刻。当读者知道为什么作者要展示旋转的叶子给她看，以及这些叶子对她而言意味着什么的时候，她就可以在她的思想库里搜寻，找到那个与此刻相连的触发点。然而，矛盾的是，你的经验越是个体的、独特的，在其他人那里找到共鸣、灵犀相通的几率反而越大。你自己独有的时刻得到了真实而准确的讲述之后，就成为了众人的

第十七章　在你自己的世界里

时刻。把你的心灵、灵魂、记忆和感情生活投射到你关注和思考的所有事物，以及每一次你与外界产生的联系上，你的读者就能一直追随你的脚步，体验你的生活。

试试这些

- 列出你生命中五个关键的时刻或者重要的决定。做个试验，以一个旁观者的视角重温一下这五个时刻，然后把每个时刻里你所能想起的所有感官上的细节都记下来。（当技术人员宣布你怀的是双胞胎的时候，你肚子的超声波范围是什么？你伴侣在你手上的压力变化如何？天花板上的图案是什么？敲打你的肋骨时，机器的嗡嗡声让你有什么样的感觉？在黑白屏幕中，你看到了什么？）你的记忆中留下了比你认为那些深深影响着你的经历更多的信息，这样的机会是好的。通过写下来，你也许会重新洞察到那些将被遗忘的视角和细节。

- 从你的上面的记录中选择一个你觉得最有力量的情景或者感官描述。把它作为一首诗的起点或者中心隐喻。

- 在不写出真实生活中到底发生了什么故事的情况下，用尽可能详尽的感官细节描写来写作一首诗，彻底探索你选择的那个时刻。

- 注意你选择的意象是如何与被这个选择或这段经历勾起的思考、感受和发现融为一体的，但不要把这些一五一十地"报道"出来。

- 为这首诗选一个能够反映那个时刻的情感真相的题目。

第十八章

从混乱的生活到魔力的显现

想要发光，就必须忍耐灼烧。

——维克多·弗兰克

很多时候——比我想象的多，当我告诉别人我是诗人后，他们的眼睛里会闪现一种遥远的、向往的光芒。深呼一口气后，他们承认道："我过去也写过诗。"

当我问他们为什么不再写诗，他们的答案是如此一致，都快成为一句陈词滥调了——"我不再写诗，是因为我变得幸福了。"

我承认我是跪着进入诗歌王国的，我们这行大多数人都是如此：除了写诗，没有其他什么能让我们活下去。而这的确可以成为进入诗歌王国和诗意生活的一种有力途径。然而，与文明人的生活模板相比，混乱的生活状态并不能造就一位诗人；并且，诗歌的存在价值也并不只是在于维持那些生活混乱的人在生存的最底层摸爬滚打。诗歌最好的状态是，我们在其中抒写自身，从悲的迷狂到喜的迷狂。

在最近的一门课上，伊丽莎白·吉尔伯特发现在电视剧《英

第十八章　从混乱的生活到魔力的显现

雄》——剧中每个角色都有超能力——里，艺术家的角色对海洛因上瘾，而这个现象根本上是怎么一回事则从未被认真探讨过。相反，吉尔伯特指出，剧中的拉拉队长不需要感染病毒也能漂亮地完成花球拉拉舞。她想知道，为什么我们在认真思考——艺术家是否只能从自我毁灭中才能完成创作——这个问题之前，就轻易地接受了它？

我想，艺术家/作家/诗人的神性在于一种与生俱来的黑色浪漫，这种浪漫之所以能得到维持，是因为绝大多数人都在回避着它。我们看到了艺术家生活中黑暗的一面，这也是我们大多数人没有勇气去过那样的生活的原因。作为一种文化，作为作家自己，这正是我们为什么会把创造奇迹与混乱的生活混为一谈的原因：书写黑暗与生活在黑暗之中是两回事。

我并不是说，不存在生活在黑暗中的诗人。这样的诗人当然存在，他们就那样生活；希薇亚·普拉斯、安妮·塞克斯顿和约翰·贝里曼就是那些最有名的诗人，他们从未从他们的痛苦中走出来，并最终选择结束了自己的生命。我们中有很多人，选择生活在黑暗中，然后时不时地写两笔自己如何从中走出。但是我认为，这样就伤害了诗歌，也妨碍了诗人去信赖那些真正从黑暗中生长出来的诗歌，以及把这些诗歌以浪漫的方式讴歌出来。

我记得，我还是一个年轻女子的时候，我还担心过如果自己的生活快乐幸福了，我还能写什么呢。当我从诗人费德里科·加西亚·洛尔卡的文章《魔力：理论与实践》中发现"魔力"这个词语时，我感恩还有这样一个诗意的概念去解释我们用语言在黑暗中进行的复杂探索。在这篇文章中，加西亚·洛尔卡把魔力描述为一种充满潜在的危险性的黑暗能量，这种能量存于艺术家的灵魂之中，这种力量指引着艺术家通往缪斯光晕尽头的艺术精神（见《魔力：理论与实践》，63页）。

当我们召唤在伤痛或挣扎中蕴含的智慧——我们自己的或者是全人类普遍的经验中的——并通过这种智慧来更彻底地理解我们自

身的时候，我们就能抓住魔力。当一名诗人在他的诗中激活了魔力的泉眼，他就成为了魔力的传导者，而不是汇聚黑暗的幽井。

我的大部分诗作是黑暗的。了解我的人读了我的诗后，会发现他们很难把他们的经历跟我绚烂的失望和阴云密布的诗作相协调。对我来说，魔力是一团清澈的、净化的火，它在细致的观察之中燃烧，迸出的火花把真理照亮。无论我是高兴还是难过，对真理的探索将一直延伸至黑暗最深处。当我眯着眼睛瞥向光明，攫住了那个恰到好处的词语珠玉般的光泽的时候，诗歌的狂喜就充溢了我的心胸。

试试这些

- 你有自虐习惯吗？（这类行为可以不是威胁生命的，咬手指，熬夜，或者吃太多冰激凌都算自虐行为！）写一首诗，探讨这种自虐习惯对你的意义，深入到这种行为快乐的一面和痛苦的一面，探索什么使你养成了这种习惯，又是什么使你保持了这种习惯。

- 明暗对比是一个意大利术语，它描述了明亮与阴影的关系并且定义了形状，并由此提出了对比度这个概念。从明暗对比的精神出发，围绕一段让你坠入痛苦的海洋的经历写一首诗。当你回到海岸，在诗中描述一下你重拾的快乐（或者平和）。或者，如果你还未到达海岸，写一写你会把那段经历想象成什么。

- 你的影子会拥有什么样的智慧？它能教给你什么？写一首诗，在诗中邀请你的影子到舞台中央去讲述它的故事。

- 写一首有美好的事情发生的诗——比如诗中主人公感到愉悦、感动，或者圆满。不要去解释或直接陈述抒情者的具体感受。让情感的高歌与经验的描绘彼此共鸣，振翅高飞！

第十八章　从混乱的生活到魔力的显现

魔力：理论与实践（节选）
费德里科·加西亚·洛尔卡

当天使看到死神降临，他缓缓地盘旋着。在冰与水仙花的泪水编织的挽歌中，我们看到了济慈、比利亚桑迪诺、埃雷拉、贝克尔和胡安·拉蒙·希梅内斯手中的颤抖。但如果他感觉到只是一只蜘蛛，很小的蜘蛛，在他柔软的脚上，死神又如何能让天使感到恐惧！

相反，如果他不能看到死亡的可能，如果他不知道他能经常拜访死神的寓所，如果他不确定自己能去摇晃那些我们每个人都有，却无法从中汲取安慰的树枝，魔力就不会出现。

带着想法、声音和姿势，魔力享受着与创造者在悬崖边一起自由地奋斗。天使和缪斯带着小提琴和指南针逃跑了，而魔力伤痕累累，在试图去治愈那些永远不可能愈合的伤口的地方，一个陌生人躺下了，并对人类的工作发出了召唤。

第十九章

喻体：隐喻之镜与明喻之像

在第四章，我们介绍了"展示"和"陈述"。记住，"展示"是用一个意象表达信息，要么直接描述一个画面（"黑狗在他的红床上蜷缩了起来"），要么使用一个形象的比喻（"黑狗像一个拳头一样紧紧地蜷起身子"）。隐喻和明喻都是比喻。在本章，我们将要思考它们如何给我们的诗歌增添新的意义或力量，以及分别在什么时候使用它们。

明喻把两个不同的东西放在一起，并且指出它们的相似点："她的眼睛像宝石一样。"隐喻则是说一个事物等同于另一个，这样合并后就把两个不同的事物转化成一个全新的事物："她的眼睛是宝石。"因为隐喻更生动，用寥寥数字重新定义了我们已熟悉的事实，超出了阅读期待，它往往用来作更有力的陈述。让我们来看一看诗中的几个例子吧。

明喻

例子1：

　　我朋友说她像一个空抽屉
　　从地球上被抽出来

　　　　　　　——杰森·辛德尔：《小美洲》

第十九章　喻体：隐喻之镜与明喻之像

如果你从未想过用这种方法来精确描述失落感、沮丧，或者空虚，这对你来说是个很好的机会。辛德尔在这给我们的想象力中增添了新的意象。现在你已经知道了诗中会存在这样的可能性，也许有一天，你会在地球上发现自己的书桌——谁知道呢？

例子2：

在比利·科林斯的《日本》一诗中，主人公用大声重复朗读他最喜欢的一首俳句来表达他的感受，这首俳句是：

> 感觉像在吃
> 那小而美的葡萄
> 一遍又一遍

你难道感觉到你口中仅仅有俳句吗？你以前是否曾听过到像一颗小巧的、精美的葡萄一样的俳句？反正我没有。通过用明喻把两个不同的事物凑到一块，科林斯向我们呈现了一些超出了俳句之外的东西。

例子3：

> ……我已看到
> 那个年轻的国家，就像丛林里的鸟儿
> 在飞过的时候发出呼啸
>
> ——威廉·斯坦福德：《排队等候》

你认为这个丛林鸟儿的比喻说明了作者对他正在观察的这群年轻人怀着什么样的心情？

隐喻

例子1：

> 这些字词
> 它们是水里的石头
>
> ——琼·乔丹：《这些诗》

你觉得诗中描述的像水中的石头一样的字词是什么样的文字呢？哪些词语在下沉？又是哪些词语在流淌？

例子2：

> 它本该是一个延续下来的家庭，
> 本该有我的姐妹和我的农民母亲。
> 然而它不是。它们只是情感，
> 而不是旅途……
>
> ——杰克·吉尔伯特：《精神和灵魂》

"它们只是情感，而不是旅途"：一种全新的表达方式，诉说了在他们的时代到来之前就已经感觉到的家族的失落。

例子3：

> 你的乳房是杯子！你的眼睛盛满迷离！
> 你起伏的身体曲线是玫瑰！缓慢而忧伤是你的声音！
>
> ——巴勃罗·聂鲁达：《女人的身体》（罗伯特·布莱译）

如果聂鲁达这样写：

> 你的乳房就像杯子！你的眼神像已离去一样空洞！
> 你起伏的身体曲线像玫瑰一样！你的声音缓慢而忧伤！

你觉得这些句子更好了还是变差了？想想为什么他做了这样的选择。

选择你的喻体

诗人杰克·吉尔伯特说过，明喻是你所能做的最孱弱的事情。然而，泰德·库塞却捍卫它们的优点。考虑到诗歌艺术的所有可能性，将由你来决定诗中的隐喻和明喻在哪里，什么时候以及如何最好地表达出你想要表达的。

第十九章 喻体：隐喻之镜与明喻之像

> 试试这些

- 选一首诗，无论是你自己的还是别人的，只要里面有隐喻和明喻就好。重写这首诗，调换隐喻和明喻，比如，"她沉默的微笑就像一个死去的明星"可以变成"她沉默的微笑是一个死去的明星"。或者，"我的心是一只风筝"可以变成"我的心像一只风筝一样升起"。

  - 如果诗歌读上去确实有点不一样了，注意一下这些改变如何影响了这首诗的节奏和意义。

  - 在你调换了隐喻和明喻的地方，你觉得哪一个选择更好：原来的还是你的版本？

- 在比喻世界里做隐喻和明喻的练习，并且记录这些练习经历。

  - 我推荐一种方法，记下对每一个喻体采用了隐喻和明喻所实现的不同效果，并一一对应地排成两栏。这样可以训练你的眼睛和耳朵，经过一段时间的积累，你就能识别出哪一个更好。

  - 在一个星期内，尽力保持每天在笔记本中做十行记录，也就是每天练习十次。

  - 写一首诗，在这首诗里用上你记录下的三到五个你最喜欢的隐喻。然后用记录中对应的明喻替换隐喻重写这首诗。最后，混合着隐喻和明喻，敲定这首诗的最终版本。

第二十章

跟随那根金线

在海顿·瑞斯的纪录片《威廉·斯坦福德和罗伯特·布莱：文学的友谊》中，两个诗人穿行在寒冷的乡村道路上，一路畅谈诗歌。在他们讨论的话题中包含着这样一个过程："跟随那根金线"，这个话题的灵感来源于威廉·布莱克的几行诗：

> 我把金色琴弦的末端给你；
> 只需把它缠绕成一个小球，
> 它会引领你走向天堂之门，
> 就建造在耶路撒冷的墙上。

这两位诗人认为，这首诗中的金色琴弦代表的是引领人们走向诗歌王国的想法或者灵感。布莱问斯坦福德，"你认为所有金线都会带着我们走向耶路撒冷之门，还是你只偏爱某根最独特的？"

斯坦福德回答："不，所有金线都会。"

斯坦福德这里的回答反映了他所教导和终生践行的诗歌准则：任何想法或者主意，不仅是我们觉得好的那部分，都有引领我们走向诗歌的潜力。作为一个拥护抓住灵感瞬间并把它展开变成诗的诗人，斯坦福德警告人们，不要太用力地拉扯那根线，否则你就会失去那首诗。

威廉·斯坦福德与罗伯特·布莱讨论不久之后，他写了一首诗：

第二十章　跟随那根金线

就是这样　威廉·斯坦福德

你跟随着一根线的引领。它穿行过
诸多千变万化，自身却一如最初。
人们想知道你在追寻什么。
你只能解释这根线。
他人却肉眼难见。
握它在手中，你就不会迷失。
惨剧上演，人群受伤
或死亡；你深味其苦并老去。
你不能做任何事情来阻止时间的延续。
也从未让那根线离去。

对不同的人来说，同一首诗会有不同的意义，所以我不想在这里分享我对这首诗的理解，让你们自己去发掘这首诗的意义。然而，我要指出的是布莱克提及的金线，与斯坦福德和布莱讨论过的金线最终都出现在了斯坦福德的诗中。这是诗歌迭代性的一个很好的例子，就好像诗歌是所有诗人唯一、普世和永恒的对话一样——这是他们相互之间的召唤与应答。

布莱克的诗给了斯坦福德创作的灵感，而我们也要继承这个规律：不要让那根线离去。这对你意味着什么？让我们通过这根金线来重新体验一下自己的生活和诗歌吧！

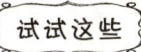

- 沿着由布莱克提出并被斯坦福德和布莱继续的"召唤与应答"

的道路，写一首诗，诗中要包含布莱克或者斯坦福德上面那些诗中的某个短语，某一行，或者某个想法。

- 跟你的作家朋友散散步，一起聊聊"那根金线"对每个人来说意味着什么。在散步行将结束的时候，你们每人都写一首诗，诉说这次散步带给你们的新的发现。如果你准备好了，那就把你的诗作与众人分享并互相交流。

- 如果你不得不对你一直追随着的一根，或者两根，或者三根金线命名，你将如何命名？

- 今天的生活为你呈现了什么样的金线，让你跟随着它的指引走向了一首诗歌？就像恩瓦·阿尔萨蒂在下文描述的那样，聆听你思想提供的语言，让它指引着你走向意料之外的新天地。

- 从别人的诗作中选一首作品，这首诗作提出了某个问题，或介绍了某种可能性，并激发了你的兴趣。拾起这首诗中蕴含的那根金线，并试验一下在你自己的诗中这根线将指引你去何方。

- 在雪天的树林里，你最想和哪位诗人一起散步，是在世的还是已经去世的？你想和他们讨论什么呢？跟这位诗人的想象中的对话之金线又将带你到达什么地方呢？

有一次，在等餐的时候，我的大脑对我说，"像这样的是白天，像这样的是晚上，但清晨不一样，是早早到来的下午。"我跟着这个思路，在我休息的时候坐在一张桌子旁，然后在订单簿上写下了这首诗：

苦艾酒　　恩瓦·阿尔萨蒂

像这样的是白天
像那样的是黑夜；

第二十章 跟随那根金线

但清晨不一样，
是早早到来的下午。

我数着你安慰我的方式
就像士兵数着他的大腿。

在这个海拔
我忘记了呼吸。

我是那个破碎的盘子
一次又一次。

你径直向我走来，
成双的身影移向一边。

我从来没在这里过，
喉咙里尽是黑夜。

你坐在我对面，
不见光明。

　　具有讽刺意味的是，当我写这首诗的时候，我处在一个我认为是高兴的氛围中。我对这首诗的内容很惊讶，但不管怎样也跟着它走到了最后。很快，我意识到了——或者不得不承认——我的心情变得低郁。这首诗在我写下它之前就对此了如指掌。这个事实令我震惊：倾听自己的心声，而不是刻意让自己发声，你将知道更多。

——恩瓦·阿尔萨蒂

第二十一章

拾取即拥有："拾取诗"

一天，正当我要去把一封讨厌的垃圾邮件扔进垃圾箱的时候，我注意到，无意义的语句其实很有意思。我添加了一些换行符，删去了一些感觉不合适的词，然后，转瞬间一首诗就诞生了。这让我养成了一个新的爱好，我开始收集讨厌的垃圾邮件，然后从中选择我喜欢的部分，修饰成诗。通过使用我以前没用过的原材料，我觉得我从乏味而缺少惊喜的定式思维和写作模式中解放了出来。摆脱了束缚的感觉真好！我贴了几首这样来自垃圾信息的诗到我的博客里，然后一些朋友就祝贺我发现了新的声音。下面是一个小片段：

> 架子。
> 两边都嵌上了宝石
> 构造，翼尖
> 几乎叠在一起。
> 他们偶然发现
> 那些死去的，大部分
> 老人，
> 以及，并非他们的
> 大多数。
> 我，作为其中一个，思考着

第二十一章　拾取即拥有："拾取诗"

"空间。"

什么样的有趣而又闪着宝石光芒的词语会隐藏在你的垃圾文件夹或者回收站中呢？

我也喜欢收集错误。我朋友奥斯汀从日本带回一件叫"天使土豆"的夹克。这样的语法错误对我来说就是一个可以用作诗语的美丽的意外；有些短语看似十分笨拙，但这种笨拙中却孕育着一个崭新的、出乎意料的可能。我看过一个幼儿园的活动，里面有各种新奇有趣的表达——牙签深深地扎进了哭泣，白色的肉支撑着枯萎，面巾纸翅膀。我一直是那个土豆的信徒——那个超凡脱俗的菜根。它们在各种阐释面前都如此谦逊，你怎样理解都能说得通。接下来会发生什么？狂喜的橙色？肚脐皱成了一个深沉的天堂。或者：击碎羊肉。一段关于残酷和农田的历史。我想知道字词可以走多远。

对国外著作的拙劣翻译，从营销材料中发现的拼写错误，在麦片盒和咖啡店里的黑板上写着的愚蠢的口号——我也会把这些材料精心雕琢成诗。还有我自己的误解或者误读，这些还会带来凑巧的、有点幽默的文字游戏。

从别人的作品中借用字句用在自己的作品中，这样写成的诗叫"拾取诗"（found poem）。拾取诗可以逐字逐句地使用来自任何对象、任何场所的词语，比如垃圾邮件。然后诗人用这些摘录的语言精心雕琢出新的意义，从巧合和错误中绽放的是创新和惊喜的花朵！

下面是一首改编诗，大部分原材料来自简·赫斯菲尔德的《天才》一诗。因为这首诗包含了太多的原文，我从未在文学期刊中找到过这首诗。我把它放在这仅仅是作为一个模仿的例子，从中你可以学习到如何混合和搭配吸引你的语言片段，来写成一首你自己的拾取诗。

也许同样，这个城市在燃烧　（我从简·赫斯菲尔德学到的）

时间的对面是奥斯威辛集中营。

写 / 我 / 人 / 生 / 诗

五个人,六种悲伤,曾经被

想要一个孩子的新娘亲吻过的钟
的钟舌。因为我能够,

我说:心醉神迷,捷克斯洛伐克,1933。
卵石冥顽不从

直到你将它纳入怀抱。终于
那些男孩会离开家。

你希望我
是你并且理解你

即便小刀不能割开
它自己。演进的和平主义:

大象的科学。
科学的大象。

有所作为者将遭受煎熬,
陷入真理的煎熬:主角的

真理。那些
无所作为的人将

遭受更多。你嘴里
舌头上的味道就像
你让自己变得陈旧。

78

第二十一章 拾取即拥有："拾取诗"

把显而易见的拆成
它构成的诸多可能

她迅速地站在
壁橱里

很快就会因为呼唤快乐
变得空空如也。

试试这些

- 开始保存错误——别人的和你自己的：某人说错的或者写错的有趣的事情，有错误的打印材料，甚至可以是让人丢掉工作、失去一个朋友或者机会的令人蒙羞的失误。当我们压制个人错误的时候，很多能量将被禁锢，而这些能量可以带领我们走向诗意国土的新天地。

- 改变你对垃圾的看法。下次你跟垃圾邮件分手的时候，在把它们丢进垃圾堆之前先挖出里面的宝石。

- 在你的圈子里收集任何以英语为第二语言的人的信件和文件。向它们寻求在课本标准格式之外的措辞，并且找到重塑你和母语的关系的方法。

- 参加一个诗歌朗诵会，认真倾听，就好像你的诗就依托在这些诗之上一样（事实上也是这样！）。记下任何吸引你的短语或句子。然后，当你自己写诗的时候，你可以用这些来点燃你的想象力。

第二十二章

恐惧和失败

> ……我注意到成功人士和其他人的区别在于成功人士经历的失败更多。
>
> ——玛莎·贝克

　　我相信，恐惧是人类想尝试诗歌却又抗拒它的首要原因。不知何故，当我们离开小学后，我们中的许多人更倾向于相信我们写的诗要么不够聪明、不够深邃，要么不够有趣，或者想象力不够。这种顾虑像一条潮湿的毯子，扑灭了我们创造力的小火苗，让我们对自己能够生起一团旺火的信心越来越弱。

　　安布罗斯·里德曼说过，"勇气并不意味着没有恐惧，而是能够认识到有比恐惧更重要的东西存在。"我的建议是，做出"写诗"这个选择，要比担心你自己也许缺乏写诗的必备条件更重要。反正最坏的事情不过就是你写了几首诗，然后转向了数独而已。不是吗？

　　每个刚刚起步、有所成长，乃至经验丰富的诗人都会犯错误，也会跌跌撞撞，甚至失败。正如在学会走之前你得学会爬；在你学会优雅的舞步之前，你的头一定会撞到一些不明物体上；在你努力

第二十二章　恐惧和失败

写诗的道路上，你也会遇到成功和失败。二十多年以来，我一直在写诗，并把我写的每一首诗都当做一次实践练习。写作是一辈子的事情，你花在它上面的每一个瞬间都不会被浪费。你现在写的每一首诗都受益于你之前的诗作。

试试这些

- （来自莎娜·日尔曼的一个写作实例。）写一首很糟糕的诗，尽你所能地写得糟糕一些。让这首诗满是你以前不敢犯的错误，满是你以前痛恨的无聊的字眼，满是老师告诉你不能写进诗歌的东西。一旦你这样做过了，一旦你写出了这样一首很糟糕的、你一直害怕会写出来的诗，你就能够直面它，然后继续前进。通常情况下，即便在那种很糟糕的诗里，仍有一个让你想成为一名诗人的真正的美好的内容存在，仍会有一个天籁之音，或者一个美丽的节奏，或者一个意象向你走来。

- 筛选一下你曾经拒绝的那些创作——就是那些，那些让你感觉最惨不忍睹的诗。从垃圾堆里把它们拿回来并且摊开它们，坐下来，拿起一支红笔，圈出每一首诗中你觉得出彩的地方，可以是一个字，一个短语，一个比喻，一个诗行，甚至是某个漂亮的韵脚。建立一个文件夹来储存所有这样零零碎碎的出彩之处。下次你感到气馁的时候就可以回来看看它们，让它们提醒你在任何作品中都能流露出的创作潜能。甚至，你也许会用上其中的一两个来作为你下一首诗的开头。（更多关于废弃诗稿再利用的想法，参见第七十章。）

坠落与飞行　杰克·吉尔伯特

每个人都忘了伊卡洛斯也曾飞翔。
爱情抵达终点的时候也是同样的情况，

写 / 我 / 人 / 生 / 诗

人们对失败的婚姻也会这样讲
他们早就知道这是一个错误,大家都说
这件事不会善终。她已经太老,
再没什么值得去了解。但任何
值得去做的事,即便做不好也理所应当。
就像那夏天的大海旁
在小岛的另一边
当爱情从她心里渐渐消退,星星
几乎挥霍无度地闪耀着光芒,在那些夜晚
任何人都会说它们不会长久。
每天早晨她在我的床上睡着的样子
像是一场正式访问,她内在的柔和
如一只立于黎明薄雾中的羚羊。
每个下午,我看着她归来
在游过一场泳之后穿过炽热的布满石块的田地,
她身后的大海散发着光芒,另一边
是那广阔的天空。吃午饭的时候
我倾听着她的声音。他们怎么能说
这场婚姻是失败的?就像那些
从普罗旺斯(当它还是普罗旺斯的时候)归来的人
说那里景色挺美但食物太油腻。
我相信伊卡洛斯的坠落并不意味着失败
只是去往他胜利的终点罢了。

第二十三章

陌生人的脸

> 我一直活在面具下面。我借助诗歌从中挣脱——并释放我真实的内在。近来我很吃惊地读到,"幼虫"这个词源于"面具"。它们中的一个说,我将化为一只蝴蝶。
>
> ——苏·伊诺夫斯基

我们每天都要去辨认一大堆不同的情境,每一个都有它们自己的套路,自己的音调和角色。大多数情况下,我们能够不假思索地调整自己来适应当时所在的环境。我们的配偶、妈妈、孩子、老板以及最好的朋友都知道一个我们不同版本的自己,这些版本之间略有不同,具体细节则由我们与他们的关系而定。例如,你工作的时候不可能像在家里一样说话和穿着打扮。因为微醉而靠边停车的故事可能会以不同的方式告诉给你粗心的儿子,喜欢评论人的父亲,以及你贴心的女友。而你还有一些在任何人看来都与社交规则不甚合拍的地方,即便在那些你最亲密的人眼中也是这样。

这种我们都患有的文化精神分裂症会给你的写作生涯带来无限的财富。在我们的内心住着一个陌生人(事实上,有一群陌生人)。

诗歌提供了一个与你内心的陌生人交流的途径,抒发平日被隐藏的感受,享受不同的面具带来的体验,把你所认为的真实的自己分裂到各处的残片加工到一起,聚合成为一个丰富完整的、合乎你自己的理解的全新的你。

实际上,诗歌是一种化装舞会,在那里你可以出演各种事件、死亡、情感创伤、令人束手无策的恐惧,以及秘密,并赋予它们别样的意义。不要忘了那迷人的面具;通过诗歌,你就能与树林同呼吸,穿越时间隧道,发现新的真理与爱,就像明天永远不会到来。

我选择诗歌就是因为它既可以戴上面具,又可以摘下。诗歌是一支箭,我跟随着它就能到达人情物理的内核——被某个有着与我完全不同的(或者类似的)痛苦或者经历的人感动……我会戴上每一个命运赐予我的面具,而诗歌就成为了我进入世界和内心的入口。那么,它又会怎样揭下你的面具?

痕迹 玛姬·皮尔西

那只小鸟,在雪地上
用楔形文字留下了讯息:我来过这里
我饿了,我
一定要吃点什么。在我洒下种子
的地方,它们刮去了
松针和冻结的沙子。

有时闪烁的雪花
拂过窗前,遮住了树丛
与灌木,掩埋了小路,
松鸡走过来用它的小嘴
轻叩我卧室的窗户:
对它们来说,我由种子组成。

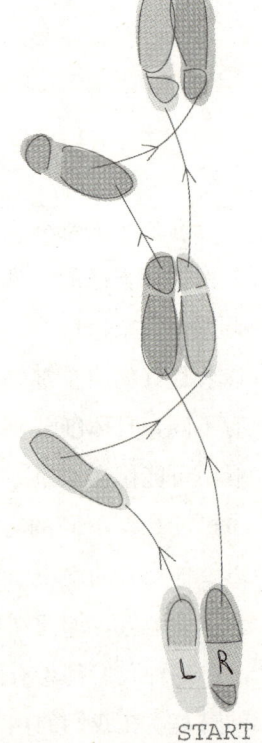

第二十三章　陌生人的脸

对猫来说，我是妈妈和情人，
是膝盖是玩具，是厨子是清洁工。
对土狼来说我是猎人是大喊大叫的人。
对乌鸦来说我是围观者和保护人。
对负鼠来说，我是狐狸是臭鼬，
是一道掠过的影子，是一瞬的风。

对一个男人来说我是非常警惕的妈咪。
对另一个我就是宽宏大量的姐姐
手里有源源不断的蜂蜜和龙舌兰；
对那个女人而言我是一阵狂风，
我的痛骂摇撼着她的地基；对这个
来说，我是她开花的葡萄藤旁边的一棵橡树。

这些象形文字，诸神，和魔鬼的面孔和面具
我都穿戴得破旧了，
长着蝙蝠脸的鬼魂，女巫，还有小偷，
爱人，失魂落魄者，红玫瑰和豚草，
——这些都是我丢下的痕迹
丢在时光那白色的外壳上的痕迹

试试这些

定义你内在的旋律，为每一个组成你自己的戴着面具的演员确定身份，然后把他们写入你的诗歌中。

- 给你戴过的六个面具命名；尽量让它既明确又言而未尽。别担心直言不讳，真理的光环往往最有趣味。

- 给每个面具一个明星的名字。博诺、雪儿、碧昂斯和麦当娜已经成为文化标签了，以至于他们在整个世界范围内都能够被准确辨认出来。如果你要替每一个面具选一个你自己认可的明星的名字——这个能够和整个世界交流的词语或短语也恰好能够巧妙地表达出你某个独特的侧面——它将是什么呢？

- 你如何从质地上把这几个面具归类？哪一个是绸缎的，铁质的，丝绸的，皮革的，灯芯绒的，法兰绒的，花边的，或者铁丝网的？

- 以某个面具所代表的某种性格的角度出发，写一首诗。（比如，"微笑的足球妈妈"。）在诗中用上你选好的质地。

- 现在选择另一个面具，从另一完全相反的角度重写这首诗。（比如说，"尖酸刁妇"怎么样？）微笑的足球妈妈说了、看到了、做了什么，而那个尖酸刁妇永远不会想到？尖酸刁妇会占据哪一片领域，而那里是足球妈妈做梦也不会涉足的地方？

第二十四章

声韵：大声写出来

在参加写作课或读入门书之前，我把写诗和读诗的事大约保密了十年。那段时间里，很遗憾地说，我错过了欣赏（或者至少是有意识地欣赏）诗歌的声音的最好的时光，我没有大声读出我写的诗，我不知道这些诗读起来的效果会怎样。"用耳朵写诗"是一个我以前从未想过的事情。

之后，好运来了，我和罗伯特·布莱同上了一门课，这门课上我们每个人都得站起来，大声读诗，并且尽力去找到是我们身体的哪个部位发出了这些元音。突然之间，就好像我打开了一个开关一样，我的诗歌世界马上从二维变成了三维。诗歌就是音乐！诗歌得大声读出来，我们的身体和心灵才能产生回响和共鸣！当声音共振的时候，我有一种非常棒的感觉！就是这样！

音韵在诗歌中扮演着重要的角色，这是一条底线。重复的音韵会令读者感到愉悦，它能帮助读者对诗歌建立一个整体性的感觉和音韵。（但有时候太多的音韵重复会分散注意力或者把我们和读者的距离拉得太近，让诗歌听上去像絮絮叨叨的鹅妈妈一样。）唯一的诀窍就是不断尝试不同的音韵，直到找到让你感觉不错的韵律为止。

让我们来看看我对《剥落》开场白的选择吧：

胖胖的鸟，一起合唱。有点紧张。

写／我／人／生／诗

在桌沿，站好。有点恐慌。

首先，把它们大声读出来。关于音韵，你注意到了什么？你能找到多少重复的音韵？我将指出几个字词互相呼应的例子。在下面的这节诗中，每个阴影部分都代表一个不同的声韵。这是一个音韵示意图。

胖胖的鸟，一起合唱。有点紧张。
在桌沿，站好。有点恐慌。

注意一下有多少个 ang 和 ao 押韵，有多少个 y 的声母。重复的辅音和元音，以及相似的节奏的重复出现，让人感觉这些音韵属于彼此，是一个整体。

我并不是按照公式写下这些诗句的，而是凭借一种感觉——以及声韵听起来的效果。当我完成了草稿的时候，我又回头雕琢了一番，整理了一下词语的韵律，试验了不同的摆放词语的方式，好让它们在声音上和诗歌其他部分融为一体，而不是彼此分裂的碎片。另一个诗人也许会选择更多类似这样的技巧，利用"忧虑"、"站立"、"悲抑"这些词语中重复的韵母，创造出了别样感觉的音乐：

胖胖的鸟，一起歌吟。忧虑。
在桌沿，站立。一丝悲抑。

通过在诗行的乐感上做出细致、微妙的处理，一段时间以后你就能够借助直觉，自然而然地做出一些遣词造句方面的安排，让整句诗的音律和谐融洽。这就像是用一种新的乐器演奏一曲即兴独奏，每做一次，你就会更熟练一些，如此逐渐长进。练习得越多，你就会越流畅。

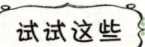 试试这些

- 你会怎样补充完整下面的句子，创造出你自己的音韵和谐的

第二十四章　声韵：大声写出来

诗行？
胖胖的鸟，_____，一起_____，有点_____。
在桌沿，_____。声音_____。

- 大声地朗读下面这首诗，慢慢地读。当你朗读它的时候，留意哪些元音在你身体里产生了和谐的共鸣。哪些声音在你的胸腔、喉头、鼻子、腹腔、头脑中产生了回声？对你来说，什么样的声韵是最愉悦、最自然的？

点金术　塞琪·科恩

"后果"和它的重金属努力想换个形象
同时，一棵静默的松树，松散地共鸣，和湖泊。

确定了"地点"和"亲近"之后，她浮了出来，
轻盈飘纱地，浮于湖泊平静的凝视上。沉重的臂膊
被映照，释放。

鸟儿在风中塑造了自己的形状。树木星移斗转，
像雪花筛去了它的沉静一般，闪着光亮。

影子们把它们纤长的半个自我寄出，像许的愿望
像尚不知如何升空的希望。我坐下来成为两个，在松树旁。

从湖泊里，一个女人恳求我：离开吧——
倾听着她，就像吃桃。吃到底部的凹坑里。

所有绿色的事物，皱褶了，变成金黄。新征程起航。
铅一般沉重的是死亡，尚未找到路在何方。

第一次,"和睦"必须成为敌对者,踉跄地跌进"共识"就在微妙地超越了离别的地方。

- 拿出一支笔,为《点金术》这首诗做个图解,用不同颜色把每一个重复的声韵圈出来。(我选择了一首较短的诗,这样你可以很轻松地把它抄到你的笔记本上。如果你不习惯直接在书上勾勾画画的话,你可以在笔记本上完成这个图解。)

- 为你自己的一首诗做声韵图解。注意一下你会习惯性地重复哪些声韵。挑选语义相同的三个词语互相替换,看看哪个能更好地与整首诗的韵律节奏和谐一致。

- 罗伯特·布莱曾经坚持认为,如果一首诗的每一行里不至少重复三个声韵,那就不能被称作一首诗。写一首能让罗伯特·布莱引以为豪的诗。

第二十五章

学习一门外语
（或创造你自己的语言）

诗歌要求我们，邀请我们，哄骗、勾引我们，恳求着我们——以新的方式体验语言。一个松开自己想象力的腰带、创造更多和语言的独特的关系的绝佳方法是，选取一个新的方向让你自己独有的词汇开枝散叶，寻找新奇和惊喜，开拓新的方式去体验那些你已经熟识的词语。在诗歌中，引入你自己的独门语言也是一件可以做到的事情。

培养你的独有词汇

在一个我多年前参加的朗读会上，一个听众问了戈尔韦·肯尼尔这样一个问题："如果你只能对新起步的诗人给一个建议，你会建议什么？"戈尔韦简单地回答道："学习事物的名字。"作为作家，对物质世界的亲近和熟悉也就意味着用自己的感觉去感知它，然后再通过语言表达出来。

每一项产业，每一项运动，每一种业余爱好，都有它自己的文化和特有的语汇。参与一些新的活动，这样你也许就会发现一个词语的新世界，它将是之前你从未涉足过的一片新天地。在鲑鱼的孵化场，你很可能会听到这些词语：溯流而上产卵、拖钓、（雄鱼的）

精液和浅滩急流。我曾到过一个以伐木交易为基础的社区，社区的中心有一个作家休养所，在那里我发现了许多西北太平洋地区伐木工人的行话：短工、截口、劈痕、泡妹汉和钩棍。它们对我的耳朵来说是如此新鲜，即使被写在这纸页上它们独特的魅力依然不减。伐木工业的独特语言带领我以诗歌的方式走入了它的历史。

女芭蕾舞者，马背上的骑手，集邮，拼布艺术，投球手，速降滑雪者——它们中的每一个都有自己独特的语汇库来定义自己的与众不同。通过读一本书或加入一个课程来扩展自己的知识面，加入一个在线聊天群组，或仅仅只是做一些新鲜的事情，然后再看看那些语言会带领你去何处。

发明你自己的语言

都市传奇声称爱斯基摩人有几百个词语表达"雪"这个意思。什么样的主题或现象，你能完完整整地了解呢？爱情？相对论？轻型飞机？还是终极飞盘？

创造十个词语，把你自己的某个主题的方方面面淋漓尽致地表达出来。比如，也许会有一个词专门用来形容夏天里蚱蜢嗡嗡的吟唱，另一个词则用来形容蚱蜢的跳跃中那脆弱的乐观主义。写一首诗，用上你自己的词典里的至少三个词语。

在翻译中迷失（并找到）

找到一首用你不了解的语言写成的诗。用下面这种方式"翻译"它：一词一词对应，找一个和原词发音类似的汉语（在原作中是英语——译者注）词，或它能令你联想起来的某个词来取代原词。这样做的目的在于让词语的声音触发灵感，而不必考虑太多直译的束缚，甚至完全不必考虑意义方面的问题。

例如：

来自巴勃罗·聂鲁达的《此刻》中的一句：

第二十五章 学习一门外语（或创造你自己的语言）

Me vine aquí a contar las campanas

（此句为西班牙语，大意为"我来到这里，这战役之间"）

塞琪·科恩的"声音译文"：

My vine aqua a contrary last camp annals

（作者依据原文西班牙语在发音和拼写上的特征，从英文里寻找了相似的词语对应着"翻译"了出来。大意为"我的葡萄藤嫩绿色，一个相对的最后的露营年鉴"）

如果让我自己来写的话，我永远也不会写出任何像这行诗句一样的诗。这就是重点所在——跳出你自己语言的包袱，甚至技巧也会是一种束缚，然后看看那"嫩绿色的葡萄藤"会在哪里等着你。

制造一个语言的花生酱杯子

还记得那些老里瑟的《花生酱杯子》主题的商业广告怎样把发现糖果的过程变得妙趣横生吗？一个举着巧克力条的人，跌了一跤，扑进了另一个捧着一罐花生酱的人的怀中。然后这场出乎意料的"拥抱"还没来得及激怒他们，两个人都因为巧克力蘸着花生酱的味道而大喜过望，呼喊道："两个好吃的东西融合在一起的味道竟然更了不起！"

这样令人开心的意外同样也会发生在语言中。比如说，"便餐"①这个词，就处于把"早餐"和"午餐"连接起来的铰链之上。时髦的新词"估猜"②就来自"猜测"和"估计"的交织。"烟雾"则源于"吸烟"和"雾"这两个词。我于是有了一项新的爱好：在电影《耶稣会买什么？》中，有一场针对美国式的消费者保护主义的抗议活动，"制止购物"大教堂的比利教士生造的词语"商启"，就来自"商店"和"天启"两个词的合并。

---

① 这个词在英文中特指"早午餐"，指的是在两餐之间非正式的进食。
② 这个词在英文中的意义是"盲目地猜"、"瞎猜"。

写 / 我 / 人 / 生 / 诗

这些被发明出来的词语可以把两个原有的词语或想法中间的壁垒打破，使它们被编织到一起，组成一个崭新的、协调完整的表达，我们称之为"混合词"。透过这些"混合词"，我们能够看到两个原本分割开来、而现在被连接到一起的意义范畴。如果你想要创造你自己的语言花生酱杯子，你会把哪两种最美妙的味道组合到一起成为一个新词呢？如果你写一首主要由"混合词"构成的诗，它会在语言的声音、意义以及无穷无尽的潜能上给你带来什么样的启示？

重写词典

劳伦·格林的诗选《诗的词典》中诗作突出的特点是为词语在词典上标准化的定义里注入了新鲜的生命。下面是我最喜欢的诗之一。

牡蛎——一张模糊而无法触摸的嘴，接着
紧握住一种感觉：mu li①
名词。[源自希腊语牡蛎②
因为它的希腊语词
而变得更加个性突出，带着硬壳]③
我。用身体的皱褶，细啜大洋
　　（或海）
把它变成那精致的
鼓胀起来的
因酒意醺醺而光芒流离的生命
被咸味儿的盐分

---

① 原诗这里出现的是"牡蛎"（oyster）这个词的音标，在翻译为汉语时换成了这个词的拼音。

② 原诗这里使用的是英文牡蛎这个词的希腊语词源：óstreon。

③ 括号内的部分直接照搬了英语字典中对 oyster 这个词在词源上的相关说明，方括号是原诗的格式。英语中这个词在希腊语中的词源有两个，意义较为接近，此处的汉译仅在其基本意义上稍加改动而成。

94

第二十五章　学习一门外语（或创造你自己的语言）

　　组成的棍子
舒服地推来推去
　　然后跌落下来
内在深处，是一个两块骨头组成的
修道院。

　　你会通过诗歌的重新阐释来提升哪一则字典注释呢？从字典中选择三个词语：一个你欣赏的，一个你之前从没有听到过的，以及一个从没有吸引过你的。给它们分别写一首诗。看看这样做能给你带来怎样的新感觉。

第二十六章

小石子

> ……我决定每天找一个小石子,这样坚持一年……它们很普通,只在某些时刻显得有些特殊。随着时间的推移,我越来越注意留心观察周遭世界。不仅仅是注意它,而且还仔细审视它,参与其中,最后爱上了它。然后,我的眼睛,耳朵,鼻子,嘴巴和手被打开了。
>
> ——菲奥娜·罗宾

我们的生活由一系列连续的时刻组成,但是我们几乎从不像这样体味着时间:一帧一帧地沉思地吸入,带着惊异的情感命名每一个时刻。菲奥娜·罗宾的书《小石子:一年的时光》和相关的博客(www.asmallstone.com),提醒着我这个世界上每一个普通的日子都蕴藏着大量的诗歌原材料。

在罗宾的书和博客中,她给读者均提供了"小石子"。这些简短的句子或者段落给我们提供了一系列触手可及的,值得被仔细地观察的充满魅力的瞬间(具体例子见章末)。罗宾的每个例子都体现出了她深刻而又充分的感触,就像为我们呈上了一杯又一杯来自语言

第二十六章　小石子

本身的丰富养料一样。

如果我们跟着罗宾的步伐，选择一个"小石子"作为每天的一个标识——通过仔细研究一个简单事物或者场景，对生命之奇迹有了惊鸿一瞥，又将发生什么呢？在这些"小石子"之中，从光彩夺目的到伤痕斑斑的，从寻常的到不寻常的，我们也许会与我们的日子和周遭世界变得更加亲密，并感到它多么值得长久生活于其中。

试试这些

- 指定一个"小石子"日，在那一天你与你自己的经历对话，并把奇思妙想也邀请过来加入其中。把那一天的每一个时刻看成是串在项链上的一颗颗宝石，或是洒在小道上的一粒粒石子。把那一天反复咀嚼三遍，密切关注一件寻常的事物，然后把它写下来。
  - 把某个来自大自然的事物作为一颗"石子"。
  - 审视一下你和某人或者某事的关系，把它作为另一颗"石子"。
  - 最后，找出那些你平时可能注意不到的事，因为你的大脑可能认为它毫无意义、不便实践或浪费时间而把它过滤在注意力之外了。
- 坚持"小石子"旅行。在这趟旅行中，挑战自己，每天都去捕捉简洁而诗意的时刻或者画面。
- 邀请你的朋友来进行"小石头"实践：
  - 召集十个或者更多人组成一个团队，做些活跃你们想象力的事情：出去散步，研究一些艺术品，通过自由写作召唤有意义的记忆，总之做些能激励整个团队的事情。
  - 让每个人都用卡片记下五个诗意的片段或者"小石子"。

写／我／人／生／诗

- 把所有这些"小石子"放在一块，让每个人从中选择三张他/她觉得很有意思的卡片（不能是自己的）。

- 围成一个圈坐下，要么互相面对面，要么背对背（你也许会想尝试这两种方式，因为每一种方式都很有意思，会有不同的结果），指定一个人大声地读出一个"小石子"来。

- 任何人如果感觉到他/她手中的卡片上的内容和那个"小石子"有某种共鸣的话，就把它大声朗读出来。然后邀请其余人做同样的事情，在共鸣的引导下一个石子一个石子地读下去，直到每一个石子都被朗读出来。

- 每个人花十分钟写一些东西出来，用来回应你挑选、阅读、倾听这些小石子的体验，以及它们之间的联系带给你的感受。

菲奥娜·罗宾的小石子

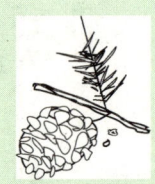

一月

太阳悬挂在天幕上。半个柠檬把脸埋进一个小水坑中，和橘子一块嗅着水的味道。万物都在寒冷面前绷紧了神经。

四月

一台挖掘机在用它的铲子耍着小窍门：沙子滑下，仿佛从一个杯状的手掌中流出一样。

七月

背靠着草地躺下，世界变得安静了。他们一个接一个地一步步向前走着。头上，是一轮削圆的月亮。金银花的香味渗在微风中。燕子编织着复调音乐，它们头上的一架飞机在拙劣地模仿。

第二十六章　小石子

下一扇门的玫瑰，在夜幕中挖着洞，像最红的口红一样红。

　　九月

　　天空在咀嚼：不是一片一片的天空，也不是你手中那种清寒而光滑的蓝天，而像是裹着芝麻的椒盐脆饼，葡萄干，苔绿色的南瓜子，密封在塑料中，被撒在三万英尺之外。

第二十七章

模仿是最高形式的发现

威胁是一种非常有效的毒杀诗意创造力的方法。我们都知道这种训练法:"[用你最喜欢的诗歌名句填空]——我永远做不到这么好,为什么要白费这些工夫呢?"

让我们直面它吧——你是对的。你永远不会像别人那样写作,因为你只能是你自己。但这正是写作有魅力的地方。一个惠特曼,一个狄金森,一个弗罗斯特就足够了。他们每人都做了他们自己分内之事。现在轮到你做你该做的事了。让我们离开那些书架上的英雄吧——他们也仅仅属于书架。但是首先,我们得突袭他们的衣柜,试试他们的鞋子、领带和雨衣,看看哪些适合我们。通过大大方方地模仿别人的作品——任何你喜欢的段落和篇章,你将发现一些你以前没有考虑过的使用声韵、语言、比喻和形式的新方法。

我们大部分人被这样教导:模仿是原创的坟墓。但我的经验得出的结论恰恰相反。耐人寻味的是,当我在一所大学教授创造性写作的时候,诞生自模仿练习的作品是整个学期里最有趣、最令人鼓舞的,也是原创的。某种程度上,让学生们和他们喜欢的作品并排站立本身就能激发出他们自己的创造力,发出他们自己的真实而又强大的声音——这其中有一部分也许就是他们所模仿的作品的回声。同样地,在万圣节穿着一套绿巨人服装,你也许就能真正了解你自

第二十七章　模仿是最高形式的发现

己内在的、无垠的、被绿色肌肉武装起来的灵魂，通过尝试其他诗人的方法和情感，能够帮助你发掘不同维度的自己，以及你不得不表达的内容。

在保兰·彼得森的第二视角工作坊里，她描述了她读到一首用诗中一个短语作为题目的诗的感受，这是一个全新的发现。在此之前，她说她从不知道诗人原来还可以有这样简便、容易的选择。我记得我第一次读到用数字给小节编号的诗作的时候有多惊讶，也记得从 E. E. 肯明斯的作品中学习到诗歌并不一定要符合标点符号的规则的时候有多激动。事实上，每一首你读过的诗都会教给你一些新的东西，诗中包含着太多单凭自己难以探索殆尽的可能性。这就是模仿的价值无法估量之处，它打开了一个逃生出口，让你从无意识地遵守着的诸多规则中挣脱了出来。当你一遍遍研读你欣赏的诗作时，你也就给自己的诗歌写作打开了一扇更大的潜能之门。你在别人的作品中探索得越深，你就越可能发现你自己作品中最鲜活、最迷人的地方。

试试这些

- 带上一首著名的诗，坐下来，大声地把这首诗朗读几遍。
- 写下你钦佩这首诗的三个地方，比如题目、主题、行和节的安排、音韵、比喻、语言的选择、大小写，等等。尽可能详细地阐述一下你为什么欣赏诗人在这首诗中做出的安排，以及你从中有何获益。
- 你有没有发现在诗中哪些做法是允许的，而且是你以前没有意识到的？
- 写一首诗，用上你所欣赏的那三点。这首诗的主题没有必要与你模仿的那首诗相同，除非你一定要这样做。
- 观察一下你的诗与你欣赏的原诗之间有何相同及不同之处。

第二十八章

饥饿的艺术家离开了大厦：
关于诗歌与成功

> 这是我们文化的一个悲哀的事实：一个诗人通过写作或者讨论他的作品，而不是真正从事写作实践，能够赚更多的钱。
>
> ——W. H. 奥登

我本科的专业是比较文学，我一个朋友杰恩，他的父亲是一个会计，问我学了这么一个模糊的专业，将来要做什么样的工作。"它会教我如何思考，如果我是个沉思者，我能胜任好多工作。"我反驳道。他的儿子和女儿学了很实用的专业：会计，新闻，医学。看到学历，每个人都知道他或者她能做什么。杰恩的父亲耸了耸他的肩膀，然后祝我好运。

五年后，当我在硕士一年级修习创造性写作的时候，杰恩的父亲问我为什么会选择这样一个无用的学位，毕业后该如何谋生？我开玩笑地回他道："我打算跟你儿子亚伯结婚，他会养活我。"杰恩的父亲从此再没有询问过我的职业道路。

我想，这种对话反映了一种普遍的文化恐惧：如果你追求艺术，

第二十八章　饥饿的艺术家离开了大厦：关于诗歌与成功

你就会挨饿。你会江郎才尽而不能继续待在这个工作坊，也没有其他人会雇用你。事情就这么残酷。这也是近年来很多父母不会任由孩子身上的诗人天赋、创造激情尽情发展的原因。（我很庆幸我有为我的写作生涯祝福的父母，他们自己也是诗人和作家。）

我从来没有成为一个经典的挨饿艺术家。对我来说，饥饿毫无趣味。身无分文也是一种折磨。就像不能在一座桥上种植土豆一样，你很难在没有坚实的经济基础的生活中开启创造性的实践之旅。一个蔽身之所和每个月足够维持生计的固定收入一直是我的创造力的基础。

写诗的时候，有一个使你不至于成为饥饿艺术家的简单方法：别想着以写诗谋生。杰恩的父亲说得对：大多数诗人不以诗谋生。但这并不排斥诗人走向成功。即便赚钱、变得富有对你来说很容易，我也建议你不要这样做。相反，我希望你考虑如何定义"富有"。对我来说，一个悠闲的下午，坐在一家咖啡店喝着咖啡，旁边有一堆关于诗歌的书，一个笔记本和一支笔，一壶可以续水的茶，这就是富有。跟一个朋友一次深入的聊天也是富有。我的狗舔了我的脸，也是一种富有。

但是，这并不是说我们写诗的人就能完全不考虑收入的问题。我只是指出收入是一回事，而富有通常又是另外一回事。华莱士·史蒂文斯，史上最具想象力的诗人之一，白天就是一名保险金估算员。威廉·卡洛斯·威廉斯是一个儿科医生。玛丽·莱斯佩伦斯是一个治疗师。诗歌有个绝妙的好处，即，日常工作并不会把诗歌从你的生活中带走。如果你喜欢诗，就挤出时间来写吧，无论你从事何种职业，无论这种写作需要耗费你多少时间精力。

我有一个营销传播学的编写业务，我用它来养活我的创造性写作。我发现当我真正开始商务写作时，我的写作创意也经常向我涌来。许多诗人也教书，其中一些著名的诗人会从出席公共朗读和演讲活动中获得不菲的酬劳。还有人觉得他们必须去做的一些单纯为了挣钱的工作，和自己的创造性思维之间毫无瓜葛。例如，大卫·塞拉利斯建造了他的写作王国，里面讲述的故事全是关于他为了养活作为作家的自己，而不得不去做的一些滑稽、奇怪的工作。它们全是待磨的谷物，和他们说的一模一样！

  你只需要知道对你来说财富意味着什么就行了，然后在写诗和赚钱之间维持某种平衡。这将有助于始终让自己的创造性头脑保持清醒，全情投入自己创造性的生活和工作中。

第二十九章

书写乐章：韵律、节奏和重复

> 我近来好多次被问到，写诗和写歌词的区别在哪里。我却让很多人，包括我自己失望，因为我告诉他们这两者之间是没有那么多差别的……
>
> ——保罗·马尔登

歌曲能够抓住我们的心灵，并余音袅袅持续不绝。我最爱的那些歌曲已经在我心上居住了好多天，好多年，甚至几十年。我敢打赌你也有类似的感受。歌曲到底做了些什么，以至于直接对我们倾诉一些东西就能如此深刻地打动我们？

在歌曲中，韵律、节奏和重复往往同心协力地向我们传递消息的同时，也勾起我们身体和情感上的回应——听一首歌的次数多了以后，我们一听到它就可以自动想起我们第一次听到这首歌的时间和地点——唤醒特定的气味和感受，哪怕是它们已经滑落到遗忘的边缘。似乎，我们喜欢的歌曲以某种方式嵌入了我们的神经系统，在我们的记忆深处扎下了根。而歌曲就是配乐的诗，当我们在诗中安排好韵律、节奏和重复的时候，我们便拥有同样的机会去感染读者。

韵律

在第二十四章中，我们讨论了声音的重复能够实现的愉悦感，以及在诗中建立起的整体感和前呼后应的效果。这就是韵律的魅力所在；把一些在声音上彼此回应的字词串成一串，它们就更容易被记住。这大概是因为这种方式不管听起来还是说起来都让人感觉很舒服。

节奏

歌曲的韵律完全依赖乐器得以表达，诗歌则用字词、分行和空格来塑造韵律；但它们之间的内在规律是相通的。你断行，分节，以及调配词语音节的方式类似于一首歌中保持节奏感的鼓一样。第三十三章和第三十四章仔细讨论了如何用分行和分节构建诗歌的气势。

重复

大部分歌曲都会有一段高潮部分——间歇性地重复的朗朗上口的一段歌词。圆满呈现的高潮往往是，它会在歌曲行进的过程中一次次重复出现，既类似又递进，以这种方式营造出一种听觉的快感和愉悦。在自由诗中，重复也可以采用相似的方式发挥作用，但并没有统一固定的格式。重复的精妙之处在于，每一段重复的内容都拥有新颖的样式，并让一个循环的理念或意象得到层层深入的渲染和申发；而不是让读者一次次回到同样的想法上，这会很容易让人感到厌倦。仔细思索简·肯扬的诗和德鲁·皮尔斯的歌词是如何通过重复营造了美感的。

让夜晚来到　简·肯扬

让傍晚的阳光
穿过谷仓的缝隙

第二十九章　书写乐章：韵律、节奏和重复

随着斜阳西坠
沿着捆垛向上生长

让蟋蟀变得絮叨
像女人拿起了针，线
让夜晚来到。

让露珠凝结在闲置在
野草里的锄头上
让星光显现
让月亮露出她银色的号角。

让狐狸回到它沙地上的窝巢
让风沉静下来。让散溢的
归回内核。让夜晚来到。

从水沟里的瓶子，
到燕麦中的勺子，
到肺里的气息
让夜晚来到。

让它来吧，顺它自然，
不必惧怕。上帝不会任由我们
不适和慌乱。所以，
让夜晚来吧。

城市　德鲁·皮尔斯

河床和涝水的码头之间的道路上，

写 / 我 / 人 / 生 / 诗

那辆锈迹斑斑的黄色公交车永远地停留在
二月里城市节那一天湿冷的阴影中
屋里,你在地板上睡着,
从这片灰暗中脱身,以梦为马

你试图见证一个深藏地下的理由,不经意的闪光
在云层撞击的地方,一根闪电的血管把你留在黑暗中细数

你来到这里,在下雨的黄昏拉上窗帘
又拉开它们去看渐瘦渐削的柴郡之月
你让自己始终被围绕在遗留之物中
达科他州的箭头,石化的枫树,地下的两英尺
也比你更容易被找到

你试图见证一个深藏地下的理由,不经意的闪光
在云层碰撞的地方,一根闪电的血管把你留在黑暗中细数
在云层碰撞的地方,一根闪电的血管停止了另一个老兄的心跳

但你能够继续保持清醒,依然有足够的光亮照我们去看,
沿着河岸行走再穿过马路。
你可以在那声音之中摆渡,抬起头望望苍穹,
看见如此美丽的事物你忍不住想哭
因为无论你听见什么或看见什么
无论你害怕什么或需要什么
美好的事情总在发生,一切都会过去。

不要把自己封闭隐藏,不要栖身于幽暗心湖
不要把自己寄托在落潮的慈悲上。
你已被锁在众人之外。不要等待被别人释放。

第二十九章　书写乐章：韵律、节奏和重复

你可以自己打开天窗，也可以自由翱翔。

你依然有足够的力量去爱和被爱。

你依然有足够的魅力值得去爱。

注意一下两个作者建构情感张力的方式。韵律、节奏和重复怎样协力传达了意义？

试试这些

- 模仿一首歌的歌词写一首诗，要包含尾韵、音节数接近的诗行，如果可能的话甚至可以有不断重复出现的"高潮"部分。把德鲁·皮尔斯的《城市》当做你模仿的对象。或者选一首安妮·迪弗兰科、德鲁·皮尔斯、莱昂纳德·科恩、露辛达·威廉姆斯、鲍克斯·赛特、保罗·赛蒙、琼尼·米歇尔、博诺、奥斯汀·威勒西、布鲁斯·斯普林斯汀的歌词，或任何一篇你喜欢的歌词都可以，把它作为你的模板和同伴。不要为模仿感到不好意思。注意在这样的练习中，有什么样类型的诗歌从你的笔端得到了释放。

- 写一首诗，在诗中通过对一个词语或一个片段的不断重复来深入地阐发一个理念或一种情感。尝试着去探索一个很难定义的宏大概念，比如死亡、自由或悲伤。把肯扬和里奇的诗歌当成范例。

- 哪一首歌的歌词在你每次听到的时候都能激活你的神经？你认为那首歌是如何做到这一点的？是主题还是音调还是声音在发挥着作用？音乐背后的那首诗在哪些方面对你自己的没有配乐的诗作们产生了教益？写一首诗，努力把那首歌带给你的感受也传递给它的读者。

第三十章

重新定义"真正的工作"

> 我们生活在这样一个社会中,"工作"即意味着看得见摸得着的某种"产品"(财政补贴就当然成为这类了)。作为一个诗人,得花必要的时间(当他可以的时候!)去思考,做白日梦,修炼内功。诗人的"工作"看起来游手好闲,但其实它是绝对必要的"产品"。然而,对于大多数文化人而言,这并不是"工作";只有"产品"(仅限于诗作,特别是发表的诗歌……)才被认为具有真正价值……这些年来,我终于明白了,我,仅仅是我自己,一定要相信自己创作过程所具有的价值,每个艺术家都有他自己独一无二的东西。一句话,这才是关键所在。
>
> ——玛丽·莱斯佩伦斯

几年前,我有幸得到了一个为期一个月的在休息寓所写作的机会,我们住在森林中的一个美丽的、共享的大房子里。那个月我一直高强度地专注于写作,我知道很少有人欣赏那种没有报酬的工作,尽管如此,我仍然工作。公寓写作的概念对我认识的绝大多数人来说没有任何意义。从同事到朋友,所有人都希望我度过一个美好的假期。在我一个月的"闭关修炼"期间,至少有三个人想要来拜访

第三十章 重新定义"真正的工作"

我,与我一起度假。

我明白,我想要一天八小时写作,而不去考虑我"现实生活"中的任何事或任何人,并且不需要别人付给我一分钱的报酬——这种念头这对他们来说简直就是一件无法理解的事情。

"这并不是一个假期,"我试图解释,"这是一个完成私人工作的机会,这样的工作提供的远远超过任何物质奖励。"

"你用这一个月能获得什么?"他们问。

"没什么,"我说,"除了一个把我的时间和精力全部献给写作的机会。"

这话也引起了一段沉默。

在大多数情况下,我因为一己爱好而进行的写作只能退居为谋生而写作的边缘。我知道的大多数人没有两个并行的职业:一个为了生计,另一个使生活有价值。在没有赞助或者组织资助的情况下,他们无法想象牺牲一个月的收入来做一些对参与者或组织者都没有任何可能的经济(或解决实际问题的)回报的事情。在这种社会期待心理的影响下,许多作家也受到这一意识的挑战。在我们迫切想要做"真正的作品"时,给自己一个创造性工作的空间其实并非易事。这种观念需要调整。

虽然在做未被商业意图塑造或定义的创造性工作时,可能会遇到一些烦恼(如上述误解),它还是会给我们带来极大的自由。因为很少人为诗歌买单,特别是在刚刚起步的时候,你不亏欠任何人,除了你自己。因为没有代理商、出版商或公众要求你来写指定的某类诗,你就可以自己决定你写作的准则以及写什么样的诗。你可能选择为某一些读者写诗,希望跟这些特定的听众交流,或者你可以简单地选择自娱自乐。你如何写诗,以及为什么写诗,完全取决于你自己。

另一方面,诗歌与商业的决裂意味着你周围的人可能不会欣赏或者重视诗歌——或者理解你为什么对这"所谓的工作"如此全神贯注。你可以让别人关于"诗人是什么样的人"以及"他们做什么"的误解和成见阻挠你,但我不推荐这样。写诗这项劳作真正的美感在于,你以此来定义什么是你真正的工作。

第三十一章

读你喜爱的诗

> 你无法从真空中写出诗来,除非你倾注生命于其中。参与到广阔的超越历史的、全球性的对话中去吧,读诗这件事一半的意义就在于此。太多吹毛求疵则会把它压垮。试着去阅读一切吧。
>
> ——赛迪·科勒

诗的写作只能来自对诗的阅读,唯有阅读才能使写作的泉眼永远活泼新鲜——舍此别无他途。就像月亮收集了太阳的光芒,再将它倾泻到夜空一样,你必须在诗中呼吸,先吸入它,再将它呼出。这是一个带着魔力的呼声:去读诗吧!在探索诗歌诸多可能性的方式中,愉快的阅读是最直接、最令人满意的一种,看一看在他人的诗作中,诗意究竟会抵达怎样意想不到的境地。

我第一次认真严肃地向诗之国度探险的时候,还是一个在玛姬·皮尔西的诗作《月亮总是女性的》陪伴下的懵懂少女。我那时虽不能完全理解,但它对我来说的确是一个向导,告诉我一个女孩如何成长为真正的女性,又要怎样在一段亲密关系中互动。多年之后,我才明白,通过抒写自我这一方式,自己早已踏上了成长为一名成

第三十一章 读你喜爱的诗

熟女性的道路。像一路贪食别人沿途洒下的面包屑那样，我追随着玛姬·皮尔西的踪迹，细细品味了她的数首抒发个体情怀的赞美诗，并把《拥有但无须掌控》、《致坚强的女人》抄写在卡片上，插进我卧室镜子的边缘——它们不仅是被引用出来、可资参考的佳篇，也与我自己的精神世界产生了强有力的共鸣。

一般来说，只有开始读诗，你才能明白需要从诗中获取什么。多年之后，我已经知道，自己读诗是为了被感动，被启迪，被重塑。我想一睹语言的力量何其伟大，并找到与自己惯性思维有所不同的其他道路。我想更好地检阅自己。我想看到自身以外的广阔世界。

除了阅读它，倾听它，经历它，再没有更好的学习一首诗的方式了。诗歌对你的指引将打破你个人经验（以及学校教育）中关于"可能"和"不可能"的监牢。既有的规则诗也能够——将它们打破。这也许就是诗为什么显得如此深奥的原因所在。在一种我们习惯事物非黑即白、非对即错的文化中，诗的答复是"均可"。如果没有绝对的是与非——只有诗呢？如果我们所梦想的一切都可以实现呢？难以置信吗？这就足够了吗？诗歌可以成为只属于你自己的绿洲，在那里你创造一切，而没有犯错的风险。

试试这些

培养读诗的喜好可以从简单的篇章开始，直到你发现某个心灵的触发点。下面是开始阅读时的一些建议。

- 向朋友、邻居或同事中读诗的人询问他们有没有推荐的作品，以及推荐的理由。
- 出席你所在的社区、团体的诗歌朗诵会。如果你喜欢某位诗人的作品，并且他有作品集出售的话，可以买一本。或者向诗人索要他的某本代表作，看看是否能吸引你。
- 花一些时间逛逛身边的书店，或浏览一下图书馆里的诗歌分

写 / 我 / 人 / 生 / 诗

区、独立撰稿人分区及文学杂志分区。如果你觉得被太多的选择压得喘不过气，试试随手从架上抽取一本书，翻到任意一页，开始阅读。如此不断尝试，直到邂逅一首让你心灵愉悦的诗。

- 咨询书店或者图书馆的工作人员，让他们向你推荐诗集，或者是时下的畅销书。询问一下架上有没有本地诗人的诗集或文选。在俄勒冈至少有三种著名的本地文选：《声音猎手》(Voice Catcher)——主要是波特兰地区的女性写作；《断词》(Broken Word)，这本书最初诞生于一个酒吧的自由开放之夜（open-mic night），书里展示的诗篇都来自那个口语词的集中地；最后是《鹿饮月色》(Deer Drink the Moon)，这本书突出了那些忠诚于"乡土观念"的诗歌，并以这样的方式赞美了俄勒冈丰富的自然资源。如果在你的社区有相关出版物的话，它们会是你纵身跃入诗歌之海、去寻觅宝藏的完美起点。

- 如果一开始你没有成功，那就再努力一次，再试一次。如果你不喜欢第一次，或者第二次，甚至第三次读到或者听到的东西，不要害怕。就像没办法喜欢每一种冰淇淋的口味一样，找到适合自己口味的诗歌，难免要花点时间。

- 每一次你读到你欣赏的诗篇的时候，用笔记下其中你日后创作可资借鉴的东西。越是了解你自己喜欢什么，你就越会陶醉于寻找诗、读诗，以及模仿着写一首诗的过程。

第三十二章

建立自己的写作小组

> 唐纳德·豪尔和我曾经在四年间每两周互寄诗作……信件在我们这一代人的生活中扮演了重要角色。我和戈尔韦·金内尔、路易斯·辛普森、唐以及詹姆斯·怀特他们会经常寄出打印下来长达四五页的书信,互相评价或是推敲我们每个人的诗作。在这件事上我们所花费的时间真的让我十分吃惊……关键是这件事让我们的写作并不孤独:每个人都需要有他自己的圈子。
>
> ——罗伯特·布莱

纵观整个诗歌史,在学院派的创作程式出现很久以前,诗人们有多种途径彼此分享作品,并互相给予反馈。就像罗伯特·布莱之前描述的那样,你可以给一个朋友的诗作写上六页评论,再把它投进邮箱。或者,你可以加入一个小型的、非正式的团体,每隔一定的时间就举行一次诗歌朗读活动,并彼此给予反馈。写作小组(一般也可称为研讨会)可以使你持续性地参与到阅读和写作的活动中去。

参加一个写作小组最大的好处是树立责任感。截稿时间能敦促大多数人写得更多;而当我们知道如果我们敬重的人会阅读自己诗作的话,我们往往会写得更好。写作小组为你提供组织以及固定的听众，敦促你为写出最好的作品而不断努力。同样地，这个组织带来的反馈也将有助于你从中学习——当你与读者们以你们喜欢的方式彼此维系的时候。

加入一个写作小组还有另外一个重要的好处，即学习如何批判性地思索和讨论诗歌。当你花费时间阅读朋友的诗作，并组织语言去指出其中可圈可点之处、哪里需要再润色以及理由何在，你将随着对诗学语言的不断熟悉，不断加深对自己审美取向的认识。研究其他人的诗歌，然后将你所学应用到自己的作品中，也会有助于锤炼自己对诗艺的敏感。

写作小组实际经验小贴士

找到一个由你欣赏的诗人们组成的写作小组。

邀请三到五个喜欢写诗的朋友建立一个定期会面的写作小组。大家共同商讨碰面的频率。较为典型的安排是：每个月抽出一个周末，进行一次持续时间为两三小时的组会。

在每一次组会之前，先对全部诗作做出评论。

- 在组会日前的那一个星期，每一个小组成员都要把他们即将拿来讨论的诗作用邮件发给大家。这会给每个人都留出时间阅读彼此的诗作，并为即将到来的组会做好准备。

- 在你收到的每首诗上都花 15 到 20 分钟的时间，写下这首诗中你所捕捉到和欣赏到的任何语言、意象、音律、观点方面的亮点，包括押韵、分行等等。第三十九章提供了一个表格，帮助你在推敲诗作时仔细地记下相关的事项。如果你不确定怎样开始诗歌批评，试试以这样的方式处理你收到的每一首诗。

- 记住，简单地说出诗里触动了你的部分，远远不及具体描述出你在诗中发现的闪光之处并陈述理由富有成效。让你的笔记和你一同赴会吧。

第三十二章　建立自己的写作小组

表达，倾听，专注地从彼此身上学习。

在组会上，讨论每个成员的诗作所需的时间是一样的。例如，四个人参加的两小时组会中，小组应该给予每首诗半个小时的研讨时间。轮到每一位组员时，大致程序都应如下：

- 诗人朗诵自己的作品，与此同时其他人也在阅读。接着另一个成员再把这首诗朗读一遍，这样诗人可以听到她的作品被其他人朗诵的效果。

- 在讨论开始之前，诗人可以提醒大家表达异见，或提出她希望其他组员关注的细节。

- 组员对这首诗提出明确、细致的反馈，尽可能地关注其中的闪光点。了解在一首诗中哪些成分真正发挥了作用，可以帮助诗人建立自信，并沉浸于写诗的愉悦之中。当然，了解到哪些部分给读者带来困顿，也是非常有价值的。

- 诗中所谓"我"，实际上是"抒情主体"，不应有人将诗中的内容与作者的真实经历混为一谈（参见第十四章）。

- 非常重要的是：诗人不应参与对自己诗作的讨论。她不需要为自己的遣词造句辩解或解释，不需要与其他人的观点争论，也不需要解释自己的意图何在。她只需要倾听和观察同伴们在自己诗作里发现的闪光点和费解之处。例如，一个她认为十分明朗的密语，却被小组中每一个成员误解，那么她就会知道那里可能需要改动。

- 在对作品讨论的最后，作者应收集其他人对自己诗作的批注笔记。组会接着进行对下一位诗人作品的讨论。

经过一段时间，写作小组的成员将明白你们中间每一个人的写作风格和独特的感染力。你和同道们互相切磋写作的过程越是熟稔，在给他人提供有意义、有建设性作用的反馈的过程中也就越能发挥更多的作用，而这个过程本身，也将使你的诗艺得到提升。

第三十三章

留白：以分行为诗塑形

  分行在一首诗中的作用就像推动读者走过诗篇的引擎一样。你以何种方式串联诗行，在哪里断句，以及如何通过诗行长短留白，都将影响到读者的阅读速度和诗作的难易程度——或流畅或缓慢地——从你的诗作中打马穿过。

  人们在诗歌中对分行的安排和选择非常个人化，以至于给最近的十位桂冠诗人同一段内容，让他们把它以诗的形式分行分节的话，每个人都会基于自己对节奏、音律以及意义的独特理解，而做出和其他人完全不同的安排。由于没有任何规定要求如何分行以及在哪里分行，有一些方面就需要我们予以关注。

  把换行处（也就是每一行结束的地方）当作一个逗号——读者会在这里稍作停顿，插入一个额外的节奏点。每个换行处都意味着一个想法的完成，或者让一个未完成的想法在读者的脑海中萦绕，激发读者进一步阅读的欲望。每一个换行处能带来不同的能量。当你换行的时候，想好你希望读者的目光在哪一个词语上停留的时间更长。鉴于有冲击力的意象或语言足以促使读者迫切阅读下一行，所以你也许更愿意以一个类似"衰萎"这样的描述性词语来作为一行的结尾，而不是一个修饰语，如"那个"。

第三十三章　留白：以分行为诗塑形

现在让我们看一看这些诗句本身具有怎样的形态。你希望你的诗歌给人的感觉是清新还是浓烈？是急促还是和缓？换行符可以在实现这些效果上发挥重要作用，尤其是当形式与内容发挥着同等效力的时候。例如：

> 紧紧地，词被拉紧
> 节奏，断了
> 数个短行，收缩
> 起来，甚至不必
> 再分小节
> "立定！"的声音
> 交织错落
> 如海浪在
> 砍了又砍

> 然而如果诗行绵长延续又萦绕不绝，也许意味着
> 一些宽广无垠的事物，就像帘幕
> 在窗边安详起伏地呼吸，或一次悠闲的散步
> 或是花边一般的浪花的泡沫，在追寻着
> 大海渐行渐消的回忆

你能感觉到诗节的形态是如何与它们各自的内容相呼应的吗？第一节是不是更紧张急促一些？而第二节给人的感觉是不是更缱绻、更悠缓呢？

这里仅展现了诗歌形态的两种可行之路，事实上的可能性是无限的。仔细研究你欣赏的诗人们雕琢诗行长短的技艺，是体验诸多惊人可能的最佳途径。使用适合你的诗行和留白来进行诗歌塑形的实验，使它能够贴合你想要传达的情感。随着时间的推移，丰富的实践经验会使你的诗变得越来越好。

写／我／人／生／诗

试试这些

- 下面是从简·赫斯菲尔德的诗歌《湖与枫》中摘录出来的一段,取消了原诗的分行,用自然段的形式呈现了出来。

    我想像这枫树一般,献出自己,不眠不休,毫不吝啬地燃烧三天三夜,在之后的两天里脱下所有叶子;也像这湖水一般,无论何物造访那一泓深邃的蓝绿,都在收下的同时又将它归还。在肖然的心灵中,万物都一一被接纳,世界得到了一个新生——两个旋转的地球,两个天堂,两只交错的白鹭;甚至在它游走之前,那鱼儿也瞬间成了两只。

    - 看看这个自然段,然后试试把它换行。不用担心你处理的方式是对是错,只需要试着去感受如何通过形式具体呈现诗歌的情绪、语言和叙述。

    - 想好在每一行结束的时候,你希望读者的视线在何处停留得更久。是在某些关键内容上?还是一些有趣的地方?或者是在一个漂亮的词语上?

    - 现在用一种全新的方式再做一次分行吧。如果你上一次主要采用了短句,这次就试试长句。如果你上次是在传达了完整的意思之后才换行,这次尝试在意思没说完时就断开它。

    - 把这两个版本放在一起对比。就你自己的感觉而言,哪一个更合适?为什么?

- 写一首满载怒气的诗,但不要在诗里使用任何明确表达愤怒的词语。你只需要尝试通过驾驭诗句之间的空白,让读者通过诗行的形态和词语的顿挫体验到生气、被激怒的情绪。让怒气从长短交错的诗行和留白间断续而出。

第三十三章　留白：以分行为诗塑形

- 在已经发表的诗作里找到一首分行上打动了你的作品。然后模仿它的诗句形态和句末用词风格创作一首诗。如果它的首行是一个完整的句子，你写下的第一行也要如此。如果一个描述性的意象从一行延续到了第二行，你也要这样做。

第三十四章

小节：诗的身体

诗中一系列诗行聚合在一起构成小节。有的小节只有两行，也有一节占满了整整一页的情况，甚至更长。有的诗会有一系列相似的小节（比如，每节都是四行），有的诗的小节则由数量不一的诗行组成。每一首诗都是独特的，诗人在聚行为节、雕琢形式和长度方面，拥有无穷无尽的选择。

可以从这个角度来理解小节：它是一首诗的肢体。如果一个雪人是一首诗的话，组成它身体的每一个雪球就是一个小节。每个小节的长短、形式都有其独到之处，各自有其独特性，同时彼此相关。整体上看，这些雪球一起构成了一个完整的雪人。同样地，诗歌的每一个肢体（即小节）一起呈现了诗的整体形态，构成了一首完整的诗。

小节同样也影响着诗的情感顿挫。诗句换行使读者多了一个延留的节拍，而小节之间的空行则构成了一个较大的停顿。所以，一个两行的小节和一个八行的小节对节奏的影响是很不一样的。最有代表性的一点是，前者会更显踌躇，后者则能使语言和意象源源不断地喷涌而出。（更多关于空白和节奏的信息，参见第三十三章。）

除非你写的诗对小节长短有特殊要求——比如十四行诗，否则你想怎样驾驭诗歌的形态、处理小节的长短，完全取决于你自己。

第三十四章　小节：诗的身体

一段时间以后，你也许就会在运用分节创造内涵方面培养出自己的审美直觉。比如，有那么几年，我惯于使用长而参差不一的小节，每当我有一个新灵感时，我就开始新的一节。之后几年，我创作时喜欢上了较短的，甚至只有两行的小节。我的朋友杰森封我为"双行女王"。那段时间里，与我频繁变换词汇和主题，穿梭在混搭的诗体中相应的是，我在创作中得到的主要经验都与为每一首诗探索到唯一最适合的形式有关。

我很多表达爱情失意的诗作都采取了短小的双行联句形式。我感到成对的诗行能更好地反映对伴侣的渴望。对我来说，把诗行剪短能够带来一种张力，联句和联句之间的空白也使诗中的哀思得到了更充分的表达。如果希望诗作慷慨激昂、适于吟诵，那就可以不分节，使用长句，传递出涌动的势能；或者使用极短的诗句，营造出紧张感。而一首关于禅意花园（Zen garden①）的诗，就适合由四个小节组成，每个小节四行，每行长度保持一致，这样才能感觉到形式和内容之间的协调。

和换行非常类似的是，给任何一群诗人同样的诗行，而他们很有可能根据各自对于视觉美感、韵律、节奏和意义的感受，自顾自地把这些诗行以完全不同的方式组成小节。到底哪一种方式最适合你呢？

——除了多多实践，没有更好的办法。

试试这些

- 钻研一本你喜欢的诗集，注意这位诗人在所有作品里一共采用了多少种不同的分节方式。

- 从知名诗人的作品中选择一首你喜爱的，关注这首诗的形式

---

① 音乐专辑名。

如何反映或象征了诗意或情感。感受分节如何从视觉或节奏上感染了你。试着体会诗人在构造诗节方面的匠心，以及背后的原因。

- 从你自己的诗作中选一首句式长短和你刚刚研读的名家作品较为接近的，并模仿那首名作的小节结构（即诗行、小节的长短和数量），将其重新加工。从中体会形式的改造为你的旧作带来的新面貌和新改变，以及这个新的结构如何影响了诗歌的情感与内容。

- 翻出一首你的旧作，以全新的眼光审视它。注意体会你在小节上做出的处理对诗歌起到了哪些正面或负面的作用。你会以怎样的方式重新调整诗行之间的组合，使诗歌的形态更好地反映或象征出这首诗想要传达的意义和情感呢？

第三十五章

培养写作习惯

　　写作习惯对于建立及支撑脑海中的诗之国度,是大有裨益的。当我们训练自己以某种特定的方式触发和协调自己的直觉与灵感,我们有可能像"芝麻开门"那样轻松进入大脑中的创作区域。在本章,我们将愉快地体验一种开启你最佳创作状态的方式。

　　写作习惯可以被视为对日常时间的清晰规划,对写作的地点的选择(卧室,前廊,公交车上,或咖啡厅),这个地点的周围环境(声音,可以被目光搜寻到的线索,光线),你的写作工具(笔记本,电脑,信封的背面),甚至包括你所喝、所吃之物,乃至你写作时的穿着。你的创作习惯和你本人一样是独一无二的。

　　诗人艾德·梅斯说他曾每天凌晨五点都在他自己家的地下室里写一首诗,以这种方式写了整整一本书。首先,他大声朗读字典的一页,好让自己创造力的齿轮开始转动,然后他开始轻松自如地写下一首诗,诗的长度刚好占满他活页笔记本上的一页。

　　克里斯蒂娜·凯兹,那位"作家妈妈"[①],说她童年时代卧室里那把拉兹男孩懒汉椅,成为了一块魔法飞毯,载着她飞入她自己隐

[①] 《作家妈妈》是凯兹的一本著作,作者在这里用书名来称呼凯兹本人。

秘的梦境，创作的灵感就从那里起飞。

写作习惯也不是固定的，它们可以像我们自己那样善变。我的第一本诗集由三个部分组成，分别命名为"纽约"、"旧金山"和"波特兰"。我把诗歌以这种方式分组，来反映我的三个界限清晰的人生阶段。我在这三个地点的写作习惯都大相径庭——而这显著地影响了我的创作。

在纽约，我四处散步的同时，用一个微型卡带录音机记录下我戏剧化的喃喃自语，然后在电脑上把语音转录为文档。在这种写作习惯下诞生的诗歌往往是对陌生人拥挤间产生的亲昵，以及城市街区丛林中的芸芸众生相碎片式的探究。

在旧金山，我习惯带着一个活页本去音乐俱乐部，穿着宽松的衣服，喝一杯苏打水，看着乐队的现场演出，在纸上随意写下令人激动而又不假思索的即兴片段，直到我的手写不动为止。第二天，我在有趣的短语下面画线，然后把这些片段敲进电脑。它们中的多数最终都会成为诗作。这样生成的诗要么诞生于音乐俱乐部——要么会采纳音乐的隐喻、主题、节奏，或以音乐为参照。

在波特兰，我每天都在云雾缭绕、弥漫忧郁气息的雨林间的空地上遛狗。我会随身带着用来记录的卡片和钢笔，把我脑海里冒出来的任何东西都潦草地记录下来。我也尽可能地出席了许多文学活动——然后发现，当我聆听他人的佳作的时候，自己也才思泉涌。在我的记录卡上，我捕捉每一个想法，不加任何判断。在我的书桌上，这样的卡片已堆积如山。最后，我把这些记录敲进电脑，然后找一个合适的时间，把里面有趣的内容收割下来，写成诗。

有的诗人需要持之以恒，有的诗人需要冒险和改变。有的诗人需要他们周遭有噪声和活动，而有的诗人则需要宁静。你又是哪一种？

第三十五章　培养写作习惯

试试这些

情境！情境！情境！

试着体验一下不同的写作场所和精神国度，看看它们分别对你的诗作产生了怎样的影像。试着在这些情况下写作吧：

- 乘公交的时候
- 裸睡时
- 在一个朋友的厨房里
- 在兽医诊所的等候室里坐着的时候
- 害怕时
- 在公共休息室里
- 在雷雨的轰响声中
- 忧郁时
- 在帐篷里
- 在一个音乐节上
- 在一个潜水艇里
- 躲在遮蔽物下，打开手电筒
- 来点咖啡因助兴
- 抚摸你膝上的猫咪时

音乐自耳入，诗篇由笔出

伴随着古典音乐写十分钟，接着听着重金属再写十分钟——再试试福音音乐，乡村民谣，嘻哈音乐等等。在这个队列中一定要加入一些你不喜欢的音乐，不舒服的感觉会促成令你惊喜的作品诞生。留意音乐施加于你的输入怎样在你的作品中成为了产出。

做有用的事

当你体验着不同的环境和有助于激发情感的因素时，让发挥了作用的不断重复，把其他的弃之不用。当你坐在浴缸里有莲花装饰的位置，舔着一块奥利奥夹心饼干，而这时前所未有的一首好诗降临了脑海，你应该马上让这个"偶然"成为写作的习惯，因为它能让你的创造力无拘无束地驰骋飞翔。

第三十六章

反抗写作习惯

> 进入最佳状态和陷入成规只有一线之隔……
> ——克里斯蒂娜·拉文

诗的国度充满矛盾。特定的写作习惯有助于写诗,同时也会妨害它。有一个最适合自己的写作习惯会给创作活动提供可靠的切入点,但有时候,如果你过分适应了某个特定的写作惯例,你会发现自己所有的诗都在以相似的方式行进和终结,像同一个模子刻出来的一样。或者,随着对一种惯例的不断重复,你思想的锋芒会被磨钝,你也许会面临这样的风险:生活和创作中再也没有出人意料的活力和兴奋点了。

如果你已经有了一个很棒的写作习惯,祝贺你!现在是时候开始体验打破这种习惯的感觉了——并不仅指你的写作习惯,也包括你的生活习惯在内。

试试这些

- 改变你的形象。穿上你伴侣、孩子或朋友的衣服,不管它们在你身上的效果多么滑稽。以完全相反的方式分开你的头发。从鞋柜深处翻出你在过去十年里都不好意思穿上的鞋子，穿上它们，系好鞋带。戴一顶帽子或一件珠宝——选择那些在颜色或者尺码上完全不是你日常风格的款式。

- 让自己——还有别人——感到惊讶！在我二年级的时候，我从我母亲那里学到了关于创作生涯的最重要的一课——她建议我把一篇按部就班的读书报告以演唱的方式表现出来。在她的怂恿（以及帮助）下，我把我的《勇士拉蒙纳》按照《你是一面年迈的大旗》的旋律和节奏重新写了一遍。第二天我把影印的歌词带到了班里，我们一起把我的报告唱了出来。要与众不同，要被人记住——我妈妈强调说。我这样做了，并且做到了。你会怎样改编一次按部就班的交流呢——以更诗意盎然，又充满力量的方式？

- 换个地方！改变你写作的地点，便可以把新鲜的想象，全新的风景、气味和对话带入你的写作中。你平时是否习惯在一间房门紧锁的安静小屋里，或是一个充满各种喧闹声响的拥挤的咖啡屋里写作呢？不管你平时的写作环境是怎样的，去一个完全超出预期的地方试试——甚至一些你不喜欢的地方——看看会有什么样的事情发生。

- 关灯！如果你在一个灯光明亮的房间写作，把电灯换成蜡烛。如果你对营造氛围的灯光有特殊的热爱，让自己在一排荧光灯管的直射下写起来吧。

- 用你平时不写字的那只手写字。看看什么样的词语即使写得艰难、迟缓、潦草，也值得被写出来。

- 不管你上一首杰出的诗是在什么时间、什么情况下写出来的，以完全相反的方式再写一首。

- 如果你喜欢随时记录，清空你的钱包、口袋，空着两手去散

第三十六章　反抗写作习惯

步。看看在你回家的路上，什么样的瞬间和记忆依然萦绕于你的脑海。而如果你之前从来不会自发记录下脑海中任何关于写作的蛛丝马迹的话，是时候开始不管去哪儿都随身带着一个笔记本了——记得要让它超载。

- 放弃一些你觉得你离了它们就活不下去的事物。注意探究在它们离开之后到来的想法、感受和言语。

- 参加一个你从没有加入过的充满神圣感和崇敬的宗教仪式。不管你是否信仰上帝，试着从这样的视角注视之。

- 写一首情诗，一封致歉信，或一封宽恕的信——写给从某个时刻起你一直都试图回避的那个人。

- 走一条更远的路回家。或者当你要去一些平时常去的地方时，选择你之前从未走过的路。

- 知无不言，言无不尽；或紧紧闭上嘴——哪一个更不像你日常的作风，就试着那样做。

- 穿上一件披风，并宣称自己是某方面的超人：花生酱和果冻三明治，遛狗，巧妙地连接动词——任何你已经准备好向世人宣告的闪光点都可以。

- 把两件完全不相关的事（比如诗歌写作和体育广播）结合到一起——以这种方式写一首诗，就像杰伊·利明在他的《写诗的人》里做的那样。

把自己撼醒

如果你没有孩子，生一个。如果你已经有了一个孩子，就添一个妹妹。如果你有很多工作，那就做得更多。如果你做得不够，那就做得再少些……如果你不喝酒，开始喝吧。如果你喝酒，那就清醒起来。如

写 / 我 / 人 / 生 / 诗

果你在上学,退学吧。如果你已离开校园,何妨再去逛逛。如果你觉得生命只剩一年,想象一下你还有 100 年。如果你觉得能活到 100 岁,想象一下你只剩一年好活。如果你惯于理智,就去发疯。如果你平日疯疯癫癫,试着从中摆脱。如果你正在恋爱,分手吧。如果你单身,去找个爱人!这是新事的震撼——把自己撼醒。

——艾丽尔·阿尔

写诗的人 杰伊·利明

这里有一个开始写诗的人而已
在布鲁克林的一个小房间。他的窗帘
在微风中鼓得明显。我们即刻出发
去看看这情境里的哈利,他身上

有什么样的故事正上演?"喔,查克——
他已经开始写第二小节,而且看起来

第三十六章　反抗写作习惯

干得不错。他用蓝色的墨水，这个时代
大多数诗人都用蓝色钢笔水，其实蓝黑色

也是不错的选择。他的窗帘确实胀鼓鼓的
被一阵微风吹起，还有，他的散热器
也莫名地发出哨音。他还没写出一个隐喻，
但我知道他正在那周遭搜寻——

从他灵魂的小茶叶罐里，很快将给我们
翻出一些东西。哦，别急——查克，这儿有个突发新闻，
窗外有'鸟儿啁啾'，还有一辆
突突作响的汽车刚刚开走。没错……绝对的

对那只啁啾的鸟儿的确证。"打扰了，哈利
但是那首诗似乎被写得很有听觉的质感
你说是不是啊？"是的，查克，你是对的，
但几年来的经验令我不敢妄自断言

这首诗最终会走向何方。我为什么会记得
1947年的弗洛斯特和1953年的史蒂文，当时是什么样，
并且，如果那些日子里还有一件关于诗歌的事情
今天依然未变，依然在此地上演，他就只需把窗帘

比作他母亲，他会把那散热器描述为'和历史的红海象
一起深沉地怒吼'。现在到了关键的一行，
尤其是出现在这里的，诗里某些迟来的成分，
当所有的明喻都要回家时。事实上他看上去

似乎为写那一行诗而筋疲力尽，

又有谁会这样呢?看起来就像……哦对,他放下了钢笔
起身去刷牙了。回来说你的查克吧。"那么,
感谢哈利。哇哦,艺术家的生活。说的就是现在,

只要他们一旦出现,我们将把更多细节一一奉告。

第三十七章

它究竟意味何在？
——当诗读来不知所云

> 读诗时感到有点茫然不解是很正常的……我们并不需要理解全部事物。保持无知的感觉十分重要。诗歌并不总是在第一时间就交出它的全部。
>
> ——泰斯·加拉赫

我曾每周都寄一首诗歌（在别处发表过的）给我的朋友——他们要么喜欢诗，要么希望更多地接触诗。一个朋友的兄弟是个内科医生，要求加入到这个行列中来。每星期他都给我发一封邮件，让我解释我发给他的诗是什么意思。

"当它说东说西的时候，它到底想说的是什么啊？要是我把这首诗理解错了怎么办？我就是不明白作者想说什么，而且我不想犯错啊。"

听起来很耳熟吧？那么，我就把我告诉那个内科医生的一个小秘密也透露给你们：你认为一首诗的意思是什么，它的意思就是什么。我知道在这个我们身在其中的非黑即白的世界里，这个答案不那么容易被接受，但它是事实。一个诗人一旦像射出一支箭一样，把一首诗发射到这个世界中来，诗就完全地属于读者了。思索作者的意图究竟何在也许也是趣味盎然的事，但我认为斟酌这首诗到底为你带来了什么要有用得多。对"你"而言，它究竟意味何在？给"你"带来了什么样的感受？成为一首诗的作者和读者，你就已经踏入一个凡事皆有可能的世界——所有的解释都是对的，只要在你那里它们能自圆其说。

也许一首诗对你来说没有任何"意义"，这同样是完全可以的。这本书里的很多诗是"叙事诗"，里面包含一些可被理解的故事。但并不是所有的诗歌都在字面上清晰可解。也许一首诗会给你带来某种感觉，但你却并不明白个中缘由何在。也许一首诗把三个词组合为一行的方式令你大为惊讶，从而使你对遣词造句有了新的想法。诗中往往嵌满诸多令人惊喜的礼物和启示——而且它们对每个读者来说都各不相同。不要管诗人的意图究竟是什么，诗在你手中已具有某种独一无二的特性。你将和那首诗在意义上达成只属于你们的共识。

自然，并不是你读过的每一首诗都有值得欣赏和喜欢的成分。有时一首诗不会带来任何独到的启发。这就关系到所谓的口味问题了。就像你不可能喜欢所有你遇到过的人一样，不是每首你读到的诗都能于你有所触动。

有机会写出一些你自己也不是很明白的诗是很好的事。对我来说，这样的诗往往诞生于信笔挥洒之中，就像我在第五章中描述过的那样。当理性退让到一边，潜意识往往能提供一些十分有趣的原材料。当我写着一些我自己也不知道它字面意义何在的诗篇时，我就遥想米开朗琪罗雕凿着大理石块的时候，他是怎样发现了在里面等待着他的那个雕塑的。我相信这里面有些内在规律是相通的。一旦瞥见这种可能性的微弱闪光，我就拼尽全力想方设法找寻出它在词语中的形状。这需要一种别样的理解与信任，像在黑暗中探索，像在寻找一种可以支撑起我全部重量的框架结构。

第三十七章　它究竟意味何在？——当诗读来不知所云

也许诗歌最难的部分就在于，没有一种绝对正确或错误的写作方式，也没有一种独一无二、永远适用的解释方式。没有任何一种凌驾于你之上的权威力量能够判定你已通过正确的道路抵达终点。比如，几年前，在一个诗歌讲习班上，诗人朗读完一首她写于浴室中的诗歌之后，一个学生说这首诗描绘了某种宗教仪式，通过这一途径诗中的抒情主人公和上帝实现了沟通。很多学生赞同这种解读。而我几乎有点尴尬地承认，我从这首诗中读到的是对暴食症的恐惧与自怨自艾。而我们都对自己的理解有十足把握。对这一群听众而言，这首诗从两个完全不同的角度传达出了明确的意义，和他们实现了沟通。同样地，我也写过对我而言有独特意义的诗，但我在写作研习班上，从我的读者、我朗诵会的听众那里得到的反馈中，我发现其中一些诗对其他人而言却具有另外一些独特的意义——他们做出的解读和我最初的意图完全不同，甚至大大超出我的想象。

当我们读诗、写诗的时候，不知所云的感觉往往让人想把它揉成一团丢进垃圾桶，认定诗就是一件非常难的事情。我们绝大多数人都生活在一个社会化的教育体系中，这个教育体系告诉我们，世间任何事都有非对即错的答案可循。但诗的结尾永远是开放的——毫无疑问，它对我们的思维惯性构成了挑战。

然而，我依然要说，在诗的国度里，绝对性的缺席并不一定就是失败。"不确定"能提供无限的潜能。诗让我明白，当我们超越文字表层的意义结构，投入诗歌生存其中的那个拥有无限可能性的世界的时候，生活和言语的内涵将丰富得多！

在接下来的一章中，我们将仔细琢磨一系列字面意义含糊不清的诗，它们也许会令你感到某种独特的意味，也许不会。我们将在这些诗篇中一遍遍地探索出只属于我们自己的、隐秘晦涩的真相。

第三十八章

疯狂的释放

有一次,我和堂姐玛瑞乐正在打电话,她的儿子肖恩问我们一个可以用来形容太空中的情形的词语。"失重",我说;玛瑞乐重复了一遍(并拼了出来),肖恩把它写了下来。这让我回想起我和我弟弟玩过的一个游戏:"疯狂的释放"。我们在家庭自驾游的时候,竞相在后车窗上兴奋地潦草涂写。那些缺少关键词、需要填空的句子让我们随心所欲地折腾着词语,就像是一头扎进了深水中嬉戏,而监督者只能远远站在泳池边。我们沉浸在造出一些滑稽、奇异的句子的乐趣中,绞尽脑汁地使我们的词语组合吓到对方。

我发现对于学习诗歌的人来说,事情也是这样的。沿袭一首别人的诗作的结构——优先选那种整体上字面意义很含糊的作品,对于解放你自己的想象力和发掘新的语言组合大有裨益——让它们启发你,令你惊喜吧!

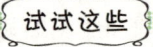
试试这些

下面这三首诗中的意象和音韵没有被限制在一个线性的、明确的叙述性结构中。注意看这些诗人是怎样驾驭语言的。橘子皮和单身有什么关系?如何把风景当作铅笔一样削尖?一朵洋甘菊是什么

第三十八章　疯狂的释放

样的？当你全身心地体验过这三首诗以后，在后面的填空题里创造出你自己的"疯狂的释放"吧。自由地去体验任何你觉得合适的词语，但并不需要有什么字面上说得通的"意义"。这样做的目的在于找到放松的途径，写的过程中不必深思熟虑。

杰克逊维尔港，佛蒙特州　詹森·欣德

因为单身，所以我有一块橘子皮

它的生命在黑暗中度过。
在橘子里面，我双目失明。

我不知何时一双手会到来，剥开

那些血的微粒。有时
一只黑鸟会把风带入我的头发。

或者，黄云在冰冷的地面落脚

野兽已开始厮杀
在漂泊之苦中挣扎。我所认知的女人们啊

已被大雾化为废墟。而鹿，在夜晚走过了田地

从内心开始的长远距离　瓦利德·比塔尔

从内心开始的长远距离（不要把它们称为梦）
午夜比平时小多了，
像一匹匹矮马。内心远隔千里，
和飞机不同，没有座椅
人们相隔太远

只能彼此呼喊（至少没法雅致交谈）
而挨着坐下时没有膝盖，嗓子也缄不作声
他们的驴子和堂吉诃德，假装成
寒冷气候里的海市蜃楼。这景象
在我听起来如铅笔被削尖。
它为自己画下素描：我的耳朵都听得见
可以用白色的事物，和家里别墅上的大理石，
为一只鸟儿着色，不然
鸟儿便混入一片地面，消隐不见
而时光，你同样看不见它；为什么
还要在胸前哺养，使它成长为
一天天，一月月，一年年？
还是留它独处吧，往北走一点点
来看望我吧；这儿的人们在镜子里
剃光了脑袋；而我
依然（在外表上）是我的本原。

牧歌　詹妮弗·张

田野上，有些
不停劳作之物。根，窸窣作响
小枝，伸展有声。疲劳的叶绿素
组成植物，它们没有
名字。田野上还有些事物
懂得拿捏分寸，从它们长在栅栏
　近旁就看得出
黄色的果子，有自己的
凹坑与种子吗？冬天的茎。
草长之声，除草之声，厮打。
泥土，和赞美诗。田野上还有

第三十八章 疯狂的释放

金鸡菊。我想说的不是这个。
黄色的花瓣，有没有
枯萎的天赋？有没有孤注一掷地
肆意流丽？叶落了，
为发芽而焦虑。它喷薄而出的艺术。
田野上还有
潜伏的事物。
蝉。这也不是我想说的。
它可曾呐喊怒放？
它可曾沿途跟从？一株带刺紫蓟
忧虑的沙嗓，如此巧妙的
牵缚。茎的声响，
雄蕊的歌唱。我可以是椴树花么？
可以是洋甘菊么？
田野上总有些事物不可以。

　　　　　_____，_____ [**城市，州**]

因为_____，所以我有_____的皮

它的生命在_____中度过。

在_____ 里面，我_____。

我不知何时_____会到来，_____

那些_____的微粒。有时

一只_____会把_____带入我的_____。

或者，黄_____在_____的地面落脚

_____已开始_____

在漂泊之_____中挣扎。我所认知的_____啊

已被大雾化为_____。_____在夜晚走过_____。

从内心开始的_____

从内心开始的_____（不要把它们称为_____）
_____比平时小多了，
像一匹匹_____。内心_____，
和_____不同，没有_____
人们_____
只能彼此_____（至少没法雅致_____）
而挨着坐下时没有_____，_____也_____
他们的_____和_____，假装成
寒冷气候里的_____。这景象
在我听起来如_____被削尖。
它为自己_____：我的耳朵都听得见
可以用白色的事物，和_____的大理石，
为一只_____着色，不然
_____便混入_____，消隐不见
而_____，你同样看不见它；为什么
还要在_____哺养，使它成长为
_____   ？
还是留它独处吧，往_____走一点点
来_____我吧；这儿的人们在_____里
剃光了脑袋；而我
依然（在外表上）是_____。

第三十八章　疯狂的释放

牧歌

_____上，有些

_____之物。_____，窸窣作响

_____，_____有声。疲劳的_____

组成_____，它们没有

名字。_____上还有些事物

懂得_____，从它们长在_____近旁就看得出

黄色的_____，有自己的

_____与_____吗？冬天的_____。

_____之声，_____之声，厮打。

_____，和赞美诗。_____上还有

金鸡菊。我想说的不是这个。

黄色的_____，有没有

_____的天赋？有没有孤注一掷地

肆意流丽？_____落了，

为_____而焦虑。它懂得喷薄而出的艺术。

_____还有

潜伏的事物。

_____。这也不是我想说的。

它可曾呐喊_____？

它可曾_____跟从？一株带刺_____

忧虑的沙嗓，如此巧妙的

牵缚。_____的声响，

_____的歌唱。我可以是_____么？

可以是_____么？

_____上总有些事物不可以。

第三十九章

修改的艺术

　　诗歌最复杂，同时也最自由的地方在于，不存在针对诗歌价值判断的所谓黄金标准。没有了这一项标准，判断一首诗是否圆满也变得不那么容易。因为每首诗都想要带来一些新鲜的东西，而这一点是否已经实现则完全取决于你自己。这不是件容易的事，即使对于已经有数十年写作经验的人来说也是如此，但在实际过程中它一定会令你有成就感！

　　关于修改，一定要记住，这是你更加熟悉那首诗、更充分地发挥出它的潜能的过程。在修改的阶段——在我看来，这是诗歌这出戏里的第二幕——你重新造访，重新发现了你在语言、意象、声音、音乐、诗行、节奏、韵脚上已经做出的选择。

　　这项微妙的平衡中包含了对诗中诸多可能性的广泛体验——超越了你第一次写在纸上的内容——却不会让促使你的诗诞生的灵感和情绪的完整性受到破坏。这是一项只能被逐渐培养的技能，经验和感受在其中扮演了重要的角色。如果你觉得修改的过程像是在黑暗中摸索，恭喜你已经找到点门道了！

　　关于诗是怎样创作出来的，或者你要多努力、花多久时间才能使一首诗定稿，都没有一成不变的答案。每首诗的写作过程都会不一样，有它独一无二的成长轨迹。我有几首"浑然天成"的诗，就

第三十九章　修改的艺术

在钢笔和纸张流畅细腻的摩擦声中一气呵成，而另外一些诗则花费了我十五年甚至更久的时间才完工。大多数情况下，我要用几周或几个月的时间去雕琢一首诗。有时我认为一首诗已经写完了，过了几年再读起我才发现我当时错了——那首诗向我恳求一个新的尾韵，或是分行结构上要加以调整，或是需要一个新的题目。

至于修改的目的，我建议你把写作和修改当成两件完全不同的事来做，它们需要在不同的座位上，不同的日子里完成。这一系列"检查—调整"的工作，意义就在于给自己一个独立的空间：让自己写诗的时候不会被内心想去修改润色它的冲动打扰。大可放心：如果它现在很糟糕，它下周还是会这么糟糕，而到那时你自然会去修补完善它。

在初稿的写作过程中，一旦你感到最后一滴诗意的灵感都已经坠落纸面、任何可能性都已经被试验，或你感到被卡在某个地方，不知下一步要通向何处时，把那首诗放在一旁搁置一会儿吧。下一次再回到这首诗时，你便戴上属于编辑的工作帽。我的经验告诉我，时间是最好的编辑。一首诗不被打扰地独处得越久，当你坐下来开始修改它的时候，未竟的诗意进一步延续下去的可能性就越大。

试试这些

那么，你现在戴上了编辑的帽子，袖子已经高高挽起，还把邮件检查了几百次，所有的餐盘都被收拣好，三杯咖啡也已经下肚——再没有什么能让你分心了，现在开工，如何？下面这些问题或许可以成为你修改工作的启动之处。

- 你诗中最生动活泼的部分是哪里？找出来那些使整首诗焕发着诗意光芒、使其更为饱满丰盈的诗行、词语、措辞和小节。

在它们下面画线，这样做会使你在修改的过程中更容易注意到哪些部分能够实现更好的效果。

- 在诗作的开头有没有阐释性的部分，或者在诗作的结尾有没有总结性的内容？——如果它们对整首诗没有多大帮助，就可以被删掉。诗作中往往会有类似这样的成分，砍掉诗最开头和最结尾的几行试试吧，看看会有什么样的情况发生。

- 到底是谁在诉说？如果这首诗来自另外一个言说者口中，它该会是什么样子呢？例如，如果是一首关于母亲和女儿某个共同经历的诗，并且是在女儿的视角下被讲述出来的，那么，试着从母亲的角度讲述它吧。

- 如果你使用的是第一人称，试试第二人称和第三人称会带来什么样的改变——反之亦然。亲疏程度的变化会影响到被讲述出来的内容。

- 所有的明喻和暗喻都成功地实现了它们的效果吗？如果把一个明喻换成暗喻，或者把暗喻换成明喻，它是否会更加鲜明生动？如果一首诗采用了一个延伸性的暗喻，它是否在整首诗中前后连贯统一？

- 哪个地方的语言呈现出了疲软、破碎的态势？你如何给它们注入更多力量，使它们富有生机？审视每一个词语，仔细思索还有没有更有力量的方式来表达同样的情感与思绪？消极、负面的词语可否变得积极活跃？繁复的修饰语可否被删去？"坠落"可不可以改为"骤跌"？

- 词语的时态：如果这首诗以不同的时态写出，它会变成什么样？即使事情真的发生在过去，也试着用现在的时态写写看——反过来也是一样。看看哪一种时态能够赋予诗作更大的能量。

第三十九章　修改的艺术

- 诗作的形态（诗行的长短、分节、空白的部分）能否反映诗作内容中的情感与节奏？它应不应该反映？

- 标点和大写字母是否前后连贯统一？

- 如果不使用任何标点符号，诗作会呈现什么样的情形？如果一直不大写呢？（或者反过来——视你的原作而定。）

- 谁将是这首诗的读者？它是否有明确的针对性（也就是说，这首诗是不是专门为某个人而写的）？这一针对性发挥了作用吗？

- 整首诗中重复的声音有没有形成良好的乐感？

- 每一行在断行上的处理有没有激发出更强的阅读兴趣，那些停顿带来的节奏变化能否促使人继续读下去？它们有没有紧紧围绕重要的瞬间或词语，并使之得到强调，更加凸显？

- 题目是否很好地服务了整首诗呢？它能不能表达你在第二步中删去的那些部分的意思？——如此一来你就可以直奔诗歌内容的精华部分而去了（例如："甘泉润泽的农田，1989"）。诗中是否有关键的一行可以和题目此呼彼应？题目要怎样更进一步地对整首诗起到提纲挈领的作用？

- 整首诗中动词的时态前后一致吗？时态需要前后一致吗？

- 诗行的顺序合适吗？它们的长短是否顺应了诗歌内在的抑扬顿挫？如果你对此并不确定，试着一行一行或一节一节地把整首诗切碎，以完全不同的方式重新安排它们，如此重复多次，直到你被那个完美的形态击中，情不自禁地惊喜一呼。

是否有这样的经历——在某一首诗中，你删掉了一些你虽然喜欢却不能很好地发挥出作用的语句？回头看看第七章，学着如何处

写/我/人/生/诗

理、拯救你在修改过程中删掉的"心爱之物"们，使它们枯木再逢春。

第四十章

便利是灵感杀手

我记得曾读过的一则新闻，报道了人们被预先洗好、切好并套袋的菠菜中的大肠杆菌夺去了生命。那时我还读了一篇访谈，苏西·布莱特采访了一个农民，农民说菠菜本身是绝对安全的。是我们追求便利的欲望——打开袋子就可以得到别人已经为我们洗好、切好的蔬菜——导致了一系列加工程序，从而使蔬菜变得更容易被病菌污染。

大肠杆菌因为消费者对便利的追求而变得有毒害性——我认为这恰如其分地构成了对另一件事的隐喻：高度机械化和强调绩效的现代文明，使我们在对速度和舒适的不断追求中，有了无穷无尽的方式去污染我们的生活和想象力。绝大多数情况下，当我们想获得创造力的时候便利毁灭了一切。

几年前，我再三让自己在诗的氛围（例如，白日梦）中开车。我对"限速"这个概念的独特理解并没有得到知音，相反地，交警大哥说："超了就是超了。"两年内，在一个限速 25 英里/小时的路段上四次飙到 38 英里/小时的代价是暂停使用驾照 30 天。我不得不"脚踏实地"了。

开车当然会带来更多便利，但我对雷达下的生活会是什么样却有更强烈的好奇心。如果没有了开车带来的好处、节省的时间，我会是什么样，会怎样享受我的整个人生呢？

我从中领悟到的是，带来更少便利的事物能更好地把你的知觉唤醒。在一个令人焦躁的夏日里，我不得不去一个我不想去的地方，天空因此尤其地晦暗，空气也变得沉闷且黏稠。但似乎让身体出去走走，爬爬坡也不是个坏主意。当我的大脑和脚步都开始认真对待这件事了以后，我在差不多距离我房子以南四分之一英里的地方，在 41 大道的人行道上跨过了一张撕下来的纸，它看上去像是某个人的家庭作业。

在一个人满为患的等候间等了一小时以后，我又花了一小时走回去。这一次，我在那张安静地躺在人行道上的纸片边慢下了脚步。它是一张黄色的纸，上面写着一个数学算式，蓝色的横隔线间隔很宽，是从什么人的笔记本的最上面撕下来的。在这一页的顶上，有蓝色的钢笔字迹写着圆胖的泡泡形字母，组成了一句话：没有人能夺走我已经做过的事。

我站在这张纸片旁边，就好像这张纸是从一个鸟巢里掉落的雏鸟，而我不知道鸟巢在哪里。我走过它，又跳了回去，像在唱歌。我阅读了它，又阅读了一遍。我放眼把整个街道都扫视了一遍：空无一物。抵达天堂的道路上，没有任何人。谁把它放在这儿的呢？我在这张纸片旁边又站了 20 秒，然后忽然一个冲动，我捡起了它，折叠好放进了我的钱包中，好像会有人把它从我手中夺去一样。

"没有人能夺走我已经做过的事"。在这个洋溢着绝对的、澄明的、深不可测的魅力的瞬间，我紧紧抓住这片"人行道真理"的破破旧旧的图腾，继续缓步向家的方向走去。它在我的布告栏上存在了一年之久，在某个时刻它成长为一首诗，一篇散文，一种学习聆听周遭的世界对我们的倾诉的哲学。你也试着让自己在不那么便利舒适的情况下被唤醒吧，让自己足够清醒敏感地留意到世界不经意

第四十章　便利是灵感杀手

地在你脚边放下的礼物，如何？

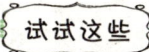

- 慢下来。慢餐运动和简约生活运动都围绕着同一个中心：慢下来，在你正做的事情上面投注更多的耐心、注意力，保持清晰明朗的状态——这样，才能体会到更多愉悦。试着刻意放慢你的日常行为和习惯的节奏，看看你在慢节奏的生活中会发现什么。

- 以更困难的方式做事。把导航系统和地图搁到一边。给食品料理机放一晚上的假。用手写一封信，而不是压缩一封电子邮件。从自动化的世界里脱身出来，完全手工生活一天，一个星期，一个月，看看在这个新的生活乐章中，什么样的灵感与启示会涌现。

- 从汽车中出来。如果你习惯于去哪里都开车的话，请停止这样做。用一周的时间，试着换一种方式到达你想要去的地方——步行，骑自行车，或使用公共交通工具。如果上述这几种都不可行，就搭别人的顺风车吧。哪怕只是扮演一个乘客的角色，也会给日常的惯例行程中增添不少新鲜的味道。

- 花一个小时（或一天，一个星期）像一个新闻调查记者或私家侦探一样思考、行动，把发生在你身边的任何事都当做一条线索。为什么那个人行道上的男人推着一个空的婴儿车？是谁把那个律师事务所改建成了六车位的停车间，目的何在？用任意一个虚构的，却最能激发你的答案来填补空白吧。

第四十一章

让梦指引你

> 梦是灵魂最隐秘、最深处的休憩地上一扇小小的、被藏起来的门……在夜晚原始的黑暗中,梦使我们走进了那更博大、真实、永恒的人类的庇护所。在那里他仍旧是完整的,而且完全处于他的内在世界中,和大自然水乳交融,没有任何狭隘的自我意识。正是从这些纷扰交汇的深度中,升起了梦……
>
> ——卡尔·荣格

梦能够到达我们的理性到达不了的地方。本无法实现的可能性在这里被确证,被井井有条地排序。梦从我们双螺旋形的基因密码中升起,和先祖们此呼彼应,交换着我们多种多样的过去与未来。我们重新发现,重新创造,重新兴奋不已。在梦中,任何事都可能发生,而理解力往往超越了我们的掌控。我把梦之国度的风景想象为一片盛夏的原野,充满纵横交错的道路,道路之上是更多的道路,两旁满是成熟了等待被采摘的真理、隐喻和意象。我们可以把一只只水桶都装满,十个手指一齐上阵,狼吞虎咽地饕餮到嗓子眼——尽管如此,那里的宝藏依然无穷无尽。对一首诗来说,还有比这更好的原材料吗?

第四十一章 让梦指引你

有一次我接受电台采访的时候，主持人邀请我朗读一首她喜欢的诗。这首诗再现了一个梦境中出现过的场景和画面，所有事件也是按梦中发生的次序来排列——在我看来，因为它内部象征符号之间所产生的共鸣，它完全配得上被称作是一首诗。当我朗读完毕，采访者祝贺我写了一首勇敢的诗，讨论了一个绝大多数女性不愿意提及的话题。我不记得我当时说了什么，但我记得当时气氛有点尴尬，我也有点困惑。我无法理解：她究竟认为这首诗讲述了些什么？我完全不知道。后来，一个听了那次广播节目的朋友打电话告诉我，她非常喜欢那首关于流产的诗。没错，那个主持人一定也是这么认为的。也许那首诗曾经确实以之为主题，尽管它写于多年以前，而那时我还没有任何类似的人生经验。但我就是无法理解整个事情，因为那首诗仅仅来自我的一个梦境。

我讲出这个故事是因为我认为这是个极好的例子——那些从我们的潜意识里筛选出来、降临到我们清醒的意识中的原材料，是缪斯赠予的礼物。我们的梦像莲花一样独立完整。它并不需要被赞美、被理解，不需要浮出水面——它们无限的美感扎根于我们难以触及的地方。作为诗人，你的工作只是努力划桨，学习怎样能距离你潜意识里的神秘世界更近，与它们更好地打成一片。

试试这些

- 把一支笔和一个笔记本放在你床边很容易够到的地方。

- 在睡前邀请梦境的到来。如果什么事令你很感兴趣，或者有些事你想更进一步去探索，就明确地暗示自己要在梦中去那里神游一番。

- 就像你训练自己要对婴儿夜间的需求立即做出反应一样，当进入梦境的时候，就立刻把注意力转向它们。唤醒自己，把精彩丰富的内容记下来。它真的十分重要。

- 不要试图强制改变那些自然浮现的言语或形象。想象一下你自己正在追踪一只野生动物。简单地跟随着这只神秘的生物——也就是你的潜意识,看看它会带领你去往何处。

离开鸟巢:被圣人科恩排列过的梦境

我有过一个梦。不是马丁·路德·金式的梦。它只是一个普通的梦。只是更大了而已。在那个梦里,我知道我一直在变形,却不能变回去。一个出生的梦。一个死亡的梦。一个鸟巢。

有一次,我在拜访萨拉,她的丈夫詹森,指着他们露天平台外面一棵树上最低的桠权,那儿有个蜂鸟的巢。它的周长和深度大约是一只顶针的两倍。我盯着那只鸟,看着它嗡嗡扑闪着的翅膀慢慢减速到静止。只有蜂鸟的尾羽能够和她小杯子一样的鸟巢里的花纹匹配。她戴着它,就像穿着一件条纹T恤,她从这件T恤里伸出的头颈自有一种沉静的尊严。我走下了台阶,站在她下面。我其实可以跳起来碰到她的,但她知道我不会那么做。这是我们之间的契约。

那个鸟巢有它自己的季候。随着每一次的抵达和离开,它时而尚未成型,时而被重新制作。它和自然的关系,远比那些典型的人造物和自然的关系自由灵活得多。我梦中的鸟巢到来的时候是未完成的。我走在它的下方,随着日子一天天过去,它越来越不完整。直到昨天,最后一片破碎的毛皮也带着其他东西一起坠入了潮湿的冬风,在我的梦境中飘落而去。

那只曾经离开这个鸟巢的蜂鸟究竟是谁?她从何处寻觅到了安宁?"真实"在某种意义上等同于无家可归,漂泊流浪,而我正在学习如何于内在生命中同它共处。

第四十二章

诗作为"自他交换"① 的实践

佩玛·秋卓从事"自他交换"修行的教学——这是一种冥想式的修行法，它要求我们随着呼吸吸入我们自己的，以及这个世界的苦痛；然后为我们自己和他人呼出同情。她说，"自他交换"的核心精神在于令我们意识到，苦痛并不是一己的负担，而是具有普世性的。它引导我们把苦痛变为一条唤醒内心的小径。并且它召唤我们直面并迎向我们的苦痛，由此他人便可从中解脱。

当我开始按照佩玛·秋卓的指导，带着这种意识呼吸的时候，一个想法涌入脑海：我其实已经有过"自他交换"的经历了，即诗歌。我吸入自己和世界的苦痛，并在诗中将它们呼出。诗给了所有苦楚一个去路。它使一个个细微的瞬间变得恒久长存，也给了读者一个在苦痛中穿行的机会，给予我们启迪，使我们的心灵得到净化。我穷尽一生都在寻找我自己的经历在他人的诗作中被更清晰地表达出来的时刻。并且我最近刚大大地呼出了一口气——一本诗集出版了——我希望能够通过它让我的读者们放松自己，了解自己，在诗

---

① 即"tonglen"，又称"施受法"，一种静观默想，配合呼吸的藏传修行法。修行者在静修时观想一个所爱的人正在经历许多苦难，吸气时想象这个人的痛苦如同浓烟般的乌云进入你的鼻孔，然后深入内心。让苦难在心中停留片刻；接着在呼气时，呼出你所有的祥和、自由、健康、良善与美德给那个人。参见《自他交换》，http://www.douban.com/note/10522770/。

写/我/人/生/诗

中透过我的眼睛看到他们自己的悲喜。

诗歌无法解救被棒打的小海豹，无法阻止家庭暴力，无法使贩卖儿童的惨剧不再发生，对小到斗狗、大到种族屠杀，乃至一切最难以"吸入"的苦难都无力拯救。但就像摩托车骑手必须倾斜才能在转弯时避免摔倒一样，诗歌成为了某种意义上的转换装置，能够提供一个倾斜着贴近你所经受的苦难的语境，并安全地从中驶出。我父亲常说："经验就是在你没有得到预期之物的时候获得的。"而诗歌就是能够从意料之外的经验中挖掘出来的财富。想想吧，在那些被误会、伤感、失望、惋叹笼罩的心灵中，有过多少在深切的情感和痛彻的领悟中被激发出来的蓬勃昂扬的诗思，在蓬勃茂盛地生长。

如果你试着把你在诗歌上的作为当成一种"自他交换"的实践——沿着这条路，你将从那刺穿了你、直指灵魂内核的事物中穿过——会有什么事情发生？也许，不公正的事会引导你明白何谓不妥协；而你最感到痛苦与懊悔的时刻将有助于你走入内心、冥想深思。也许，在你放松下来的时候，你将洞明离婚、死亡、暴躁，和改变这些概念内部亘古不变的真理，并在一首诗中将这一切奥秘优雅地照亮。

试试这些

- 当你发现你在无家可归的流浪汉面前掉转头去，对首页新闻视若无睹，或是对抽泣着来到你院墙前的邻居不闻不问的时候，让你的内心转过来，走向苦难吧。去看，去听，去感受，细细捻过所有和你交流的讯息，体察它们如何影响了你。究竟发生着什么？这一次恐怖事件有什么特殊之处？它使你想起了什么？这种经验给你的身体带来了什么样的感觉？你在哪里绷紧了神经？你在呼吸吗？试着深深吸入一口气，直到腹部，继续重复这个动作，并放松你的身体。要明白，世界上有千千万万的人正在和你一起面临同样的困境，你们对痛

第四十二章　诗作为"自他交换"的实践

苦和艰辛的体验紧密联系在一起。

- 为自己，为无家可归的流浪汉写一首诗，也为那个连院墙的缝隙都被她的悲伤填满的女人写一首诗吧。要明白，在为自己的经历命名的过程中，你成为了他人生活的见证。这是来自神恩的礼物。想象一下，随着你的写作，你进入了这种痛苦并在其中穿行，你所做的事情正在让另外某个人类似的苦痛得以减轻。

- 和一个正在经历或已经历过类似困难的人分享你的诗，或者在一个能够给读者的内心带来挑战——就像它曾挑战你一样——的地方发表你的作品。比如说，我曾向一个帮助过我资助一个中国孤儿的慈善组织寄去了一首诗，内容就是关于被我资助的孤儿的。我的诗作和很多体验过类似痛苦的人达成了共鸣——他们中有很多人甚至直接向我反馈了这一点。

- 任何时候，当你面临一些难以承担的苦难时，打开一张空白的纸，让自己在诗行中缓步穿行。

第四十三章

我很形容词，我动词名词：
关于词语的选择

本章的题目是对特定语法格式的戏仿。我们可以很容易地填入：我很饿，我能吃下一栋房子。或者：我很累，我能在钉子上睡着。（看到了吗？语法公式往往让句子成为陈词滥调。）为了使人们能互相理解，我们说话、写作的时候完全遵守特定的模式，被语法牢牢框住。这种做法在不同类型的交流中固然十分有用，但诗歌并不依照这个规则运作。相反地，诗歌给了我们一个机会去探索全新的、令人惊异的驾驭语言的方式。固有的句子结构只能反映标准化的思考方式和表达方式，而诗使语言得以从中突出重围。所以，让我们放开手，随兴而作，直到我们被激动人心的惊喜击中。

试试这些

- 把吸引了你的十个名词，十个形容词，十个动词列成一张表格。也许你喜欢它们写在纸上的样子，或是它们的声音或意义，随便什么理由都可以。在一周的时间里随身带着笔记本或许有助于你完成这件事。当词语降临到脑海、当你体验着它们的时候，把它们记下来。

第四十三章　我很形容词，我动词名词：关于词语的选择

- 从一本已出版的读物中挑一个自然段：报纸，杂志，小孩的教科书，或一本小说都可以。把它抄下来或者敲进电脑里，但是把每个句子中的名词、动词和形容词都以空白代替。接着把上面的表格中的词语随机填入到对应词性的空白中。不要太多想它是否合理，能否说得通。这样做的目的在于，完全自由随机地折腾语言，看看会有什么结果。

- 填完所有的空白之后，再重新做一个新的版本。在曾经是动词的地方填入名词，在名词的地方填入形容词，在形容词的地方填入动词，或者在名词的地方填入副词，等等。让这段话看上去尽可能奇怪、尽可能地"文理不通"。

- 把这两首实验性的"诗"中所有令你兴奋、有所启发的短语都记录下来。圈出你最喜欢的那个。这里是一个深得我心的：让我悦耳之声你华丽英勇的冲淡。这句话是什么意思？什么意思都没有！那它的意义何在？它促使我思考词语搭配、协调的新途径，解开了束缚着我的语法规则。

- 在下面的空白中填入你能想到的最追新求异的字词或短语。不要想太久。只需要填入第一个涌入你脑海的词，一往直前。

    - 我诚惶诚恐地告诉你_____
    - 只有那_____会相信_____
    - 她一直都想_____但是_____
    - 不久前，_____变成了_____，尽管它曾经是_____
    - 两个_____永远不可能会是_____

- 下面这个练习是诗人兼教师詹森·马沙卡的最爱。使用这个方法提取出一个故事最诗意的内核。

    - 写一个描述性的自然段。
    - 通读一遍，圈出最有力量的词语。

- 把这个段落重写一遍，只使用你圈出来的那些词。（它们有怎样的声音？它们抓住了什么？遗漏了什么?）

- 只有在不得不补全意义的情况下，才能添加新的词语。（当然了，什么时候"不得不"补全意义完全取决于你自己。试着只添加十个词语。接着删掉五个。看看你能把一个故事扩展到什么程度，同时能否再把它压缩成最核心的精华。）

第四十四章

关于"真相"

"到底什么是'真相'?"有一天,兔子这样问道。那会儿它们正挨着彼此躺在苗圃的护栏边上,娜娜还没有过来整理房间。"它是不是意味着让事物在你内心嗡嗡作响,再附加一个悬臂把手?"

"'真相'并不在于你怎样被造出来,"思肯马说。"它是一件发生在你身上的事情。当一个孩子长久地爱着你,不是说着玩玩,是真的爱你的时候,你就变成真的了。"

"会疼吗?"兔子问。

"有时会",思肯马说——他总是令人信服。"当你成为了真实的自己,你就不用担心会被伤到。"

"它整个儿的都在一瞬间发生",它问道,"还是一点一点慢慢发生的呢?"

"它并不是一瞬间全部完成的",思肯马说,"你会变化。它需要一段漫长的时间。这也是它在容易脆折、性格桀骜,或必须被小心伺候的人身上难得一见的原因。一般来说,当你成为真实的自己的那一刻,被爱过的头发都会脱落,眼睛也会掉出来,你的关节也

写/我/人/生/诗

> 会松松垮垮，看上去衣衫褴褛，破旧不堪。但这些事情一点儿也不重要，因为一旦你成为真实的自己，你就不会丑陋——除非看你的人本身不明事理。"
>
> ——节选自玛杰里·威廉姆斯：《天鹅绒兔子》

在我不写诗的时候，我写的东西是关于市场营销的：这是我白天的工作。在过去的十多年里，我人生的主要内容是通过技巧性的谈话，调整商家和消费者的不同利益需求。诺亚·布莱尔是一个对社会和科技的潮流趋势十分敏锐的人，我最近和他有过一次关于"营销作为和平干预的潜能"的谈话，之后我开始思考我的诗歌是否也是一种销售工具，向人们推销着我个人的合法性——作为一个人类个体，以及作为一个作家的合法性。因为事实是，不管我的简历（或我的母亲，如果有必要的话）说我有多大的成就和价值——人们还是花了将近十八年的时间才通过档案、文件、资料等等各种形式的确证慢慢信任了塞琪出品的东西——这是我见过的最持久的多媒体战争。

珍·勒芒，是博客圈上启迪和希望的重要来源之一，她对性格外向的人的描述逗得我哈哈大笑，她形容他们在写任何东西之前，要先把那些东西全说出来。她暗示这比性格内向的人直接转向纸张或电脑屏幕的效率要低得多。我猜我写东西的过程在某种意义上和珍完全相反，虽然我并不热衷于谈论它的效率高低。绝大多数时候，我需要先把东西写下来，才能知道我在想什么。只有当我看到词语一个接一个地被呈现出来，在真实的行列中彼此关联，又在一首诗（或文章）中和其他的行列产生了联系，我的想法才能找到在脑海中扎根下来的地方。最终，它们往往是以对话的形式泉涌而出。

如果我们把自己的诗作看作是一个女人或一个男人的战争，以便能更加靠近我们存在的本质或人生的真相，那么诗歌与营销或许

第四十四章 关于"真相"

没有我曾经以为的那么水火不容。它们都是两面巨大的镜子，通过语言以更近密的方式映照出了这个辽阔的世界。

然而，诗歌和市场营销的核心目的毕竟不同。营销的论坛关乎如何令人信服以及如何销售，诗歌的论坛则关于展露真理赤裸的内核。诗歌写作是一项艰难的劳动，它喜欢我们卸除戒备、收拢棱角的时候。诗歌柔化了我们，引导我们走向我们本来的样子，以及即将成为的样子。它向我们召唤着一些比我们绝大多数人生经验更具审美性、更彻底的事物。一首无法进入真正的"真实"空间的诗歌难以与他人发生关联，甚至与写它的人都难以产生共鸣。诗歌把我们高高举起，举向一个更高的标准，在那里我们能更清晰地审视自己，如赤子般走出帘幕，成就自我的真相。只有以写作的方式，我们才能穿过诗歌这片棱镜——然后把我们写出来的东西与众人分享——并抵达那衣衫褴褛的"真相"的最隐秘处。

第四十五章

伸展双臂，拥抱艺术

在我成长的过程中，我爸爸有过一张海报，上面写着："在艺术面前展露自己。"在这行标题下面是一个裸跑的人面对一尊雕塑脱下了自己的外套。这一幽默的形式使它传递出的信息更有穿透力，我常常会回味其中的智慧。

如果你想从事艺术，你首先需要去体验艺术——体验它的纷繁多样。这样做最重要的理由是摒弃你可能会有的任何成见——有意识的或者潜意识的——比如：阅读或写作某事物的方式只有一种。真实情况往往是，你以为"应该"的那种方式，并不是你自己的方式。如果你把它作为出发点，你又能走多远呢？

我最近加入了一个朗诵会，在那里许多女作家和女诗人向观众展示了她们写的诗歌或故事。每人都有独特的表达自己作品的方式。有一个人的方式很滑稽有趣。有一个人令人深深被感动。有一个人的声音非常低弱，我几乎听不到她在说什么。还有一个有特殊的韵律和节奏，给人的感觉像是海浪在平整如镜的海滩上一波又一波地前赴后继，又消失无踪。

在那个朗诵会结束的时候，我们中的少数人聚到一起，讨论这个夜晚给我们带来的享受，并向作者们表达祝贺。珊娜，熟练地在众人面前朗读了她的小说，很想知道她有没有正确地读出她自己的

第四十五章　伸展双臂，拥抱艺术

诗歌。她很遗憾自己没有使用"诗的声音"。"你知道，"她说，"在每一行结束的时候，我的声音都忍不住会提一个八度，后面还会跟着一个夸张的停顿。"我一再向珊娜肯定她朗读得很好。她的表达方式给人的感觉十分自然，感情也很生动——和她诗中表达的内容十分融洽和谐，作为一个听众，我被她吸引和感染了。

关于珊娜的担心，我还想多说两句。许多年来，每一次我看到读者以和我不同的方式表达他们的作品的时候，我就会感到恐慌。后来有一次我亲身感受了丹·拉斐尔的表达。他的朗诵就像语言的地震，从地层深处的源头爆发出来，经由他在星球表面掀起了翻腾不绝的巨浪。我想知道我是否也可以如此，围绕舞台迈开步伐，遵从诗的旨意做出相应的夸张动作。于是我在卧室的镜子前模仿着尝试了几次，最后我得出结论：这不适合我。

听着戈尔韦·肯尼尔的朗读声那华丽不失庄重的回响，我不禁在心中为我细弱的嗓音默默致哀。在纽约的新波多黎各诗人咖啡馆，我第一次参加了诗歌朗诵比赛。那种放松的、性感的咆哮式赞美诗的表现方式和经典的诗歌朗诵——在一个主持台后面站得端端正正一字一句地朗读——如此大相径庭，我之前从不知道原来诗歌还可以被这样朗诵。这种新鲜的形式唤醒了我内在的某些东西，我开始在朗读的时候去探索如何能抵达更深刻的层面，如何能与我的作品和听众建立更强烈的情感联系。我甚至花过五分钟的时间考虑要不要把一条皮裤作为我的演出服穿上。

我从没有像戈尔韦、丹，或是朗诵界的女人们那样朗读过——他们的朗诵总能从舞台上优游地滑入观众的掌声中，我把所有这些可以采取的方式都记了下来，挑选出每种方式中有用的成分。在我一生中逐渐累积起来的作为一个听众的经

验与智慧像一个缓缓到来的黎明，它使我终于明白，朗读一首诗没什么正确或错误的方式。每个人都在以他自己的方式传达诗歌——对他而言，这就是唯一真实纯粹的方式。对我们绝大多数人而言，需要花很长时间，并且在大量实践练习（这其中有很多是通过模仿实现的）之后，才能找到最适合我们自己的那种方式。对另外一些人而言，表演是一种先天的技能，他们总是能不费吹灰之力地通过朗诵使他们的作品得到了提升。你越多地伸展双臂，拥抱鲜活生动的诗歌朗读艺术，你就会越来越清楚地理解这一点。

试试这些

- 参加三个诗歌朗读会或朗诵比赛——听录音带也行。如果你无法进入诗歌朗诵会现场，下面是三个在线诗歌朗诵资源：

  - 美国诗人学院（Academy of American Poets）——www.poets.org
  - 诗歌创立会（Poetry Foundation）——www.poetryfoundation.org
  - 来自鱼屋（From the Fishouse）——www.fishousepoems.org

  把每一个诗人表现他们作品的方式记录下来。

- 选一首诗——你的或别人的都行——朗读这首诗，并尽可能地模仿你所听到的每一个诗人的朗读方式。对着镜子读，对你的小狗读，或对你信任的朋友读，注意你声音的状态，你看上去怎样，你有什么样的感受。询问你朋友注意到了什么，把你认为最真实、最有趣的内容记录下来。

  - 保留有用的部分，丢弃其他。
  - 不断重复！

第四十六章

为你的诗歌实践建立一个体系

进入诗歌写作状态越是容易，你就越有可能马上着手这项工作。许多年来，我一直把能有助于诗歌写作和发表的纸质文档和电子文档保存在我触手可及的地方。这里是我用过的一些编目细则，如果你喜欢，就尽管拿去用吧，并用你自己的诗歌实践充实它。

分类	内容
佳句摘录	把使你有所触动的内容记下来——关于写作或其他任何吸引了你的主题均可。往往一句恰当的引用预示着一首诗的开始。或者，你可能会在写作一首诗之后意识到某个片段蕴含的智慧之光可以使它成为一句完美的箴言。
喜欢的诗	我根据我喜欢的诗人来分类、整理所有我喜欢的诗，并经常把它们找出来重读。无论何时我需要更新思路、思考诗歌中的诸多可能性，这样做都能带给我新的灵感、启示和信心。
橡果们	专门找出一个容易进入状态的地方是很有用的。在这里你可以记录、编辑促使你触发思绪阀门的想法和诗行片段，并能轻易引用它们到正式创作中去（参见第六十二章）。
加工中的诗	所有未成型的诗稿都被保存在这里。我大多数诗作都曾在这个文件夹下有过一段慢慢成熟的时间。当我坐下来戴上"编辑之帽"的时候，我一般会从这里挑些诗出来。
完成的诗	把你已经成型、准备发表的诗作存放在这里。在你已经准备好向文学期刊提交作品的时候，这会有助于你决定寄出哪些诗歌。
竞赛活动与出版物信息	文档提交要求、诗歌竞赛和期刊的投稿期限都放到这里，以提交时间为序排列。这有助于你不会错过提交作品的机会。把你所需要的讯息放在触手可及的地方是十分有必要的。

续前表

分类	内容
提交日志	用一个手写的清单、Word 表格或 Excel 文件跟踪记录你在何时何地提交了你的作品,以及它是否被接受。记录下你收到的每一封来自编辑的通信,这样你下一次提交作品将会更有效率。
已发表的诗	为你已经发表的诗作以及它们被发表在何处列一个清单。这样有助于避免犯错,比如寄出一首已经发表过的诗……这也会使你的个人简历紧跟着你最新的成就。
朋友的诗	和能够激发你的灵感、助益你写作的朋友、同行分享你的作品。我喜欢在过去一段时间之后不断重读朋友的佳作,并为其中的光彩与进步喝彩。

第四十七章

让"用掉"多于"留藏"

> 关于写作,我所了解到的事实是:用尽它、射穿它、玩弄它、丢弃它,毫无保留,毫不迟疑,不分时地。不要为这本书中接下来的部分保留一些看上去不错的东西,甚至把它们留到下一本书再用。拿出来用掉它,用掉它,全部用掉,就现在……稍后将有更多东西涌现,更多更好的东西。它们将从身后、从地下源源不绝地涌出,就像井水。同样地,那种想要把你束缚在你所学到的东西里的冲动并不仅仅令人羞愧,还具有破坏性。任何你不自由地、任其百花绽放一般地释放的东西都将消逝无踪。待你打开你防护的外壳,只会看到一地灰烬。
>
> ——安妮·迪拉得

如果你像迪拉得建议的这样写作——以及生活——事情会呈现出什么状态?如果你在每一刻都尽情绽放,讲述真理,在万事万物中冒险;坚信不论获得或失去了什么,它都会开启下一段全新的冒险,新一轮绽放,坚信真正的启示只会对那些愿意张开怀抱、信心坚定的人露出微笑——事情会怎样?如果你把写作当做幸存的唯一

写 / 我 / 人 / 生 / 诗

希望、在写作中解除一切束缚，事情又会怎样？

这真令人胆战心惊。如果你允许你的配偶、你的老板、你的邻居，还有杂货店里在你前面排队的人，目睹你纯粹原生的完全释放，最终的结局可能是你会被开除、无家可归，结账走人的速度倒有可能会更快。也有这种可能——仅仅是一种可能——所有被你吸引、领略了你丰富多彩的全新一面的人，都会觉得你变得更美了，如果你愿意多展示一点美腿，多分享一点复杂的内涵的话。

另一方面，在某些场合某些人也会认为你面目可憎，并且离开。我经常问自己这样一个问题：如果最后这样，真的就是糟糕的吗？逃离旁人的视线只会加固你虚无的安全感幻象。但我还没讲出来的这个事实最具侵略性：最终你会如梦方醒一般地发现，所有宝石都已成为灰烬——你诗心里那些没有被播撒出去的种子，永远也没有绽放的机会了。

上星期在健身房里，我的跑步机旁边是一个在很多大学任教的跑步教练。我经常在健身房见到他。他能很轻松地跑好几个小时。当我转过头去看他炫耀自己的体能的时候，我好几次失去平衡，而且不止一次很可笑地弄伤了自己的脑袋。我一次次把自己调整过来，忍不住哈哈大笑，然后重新开始我初学者的跑步之旅后，我对这位夸耀先生说，我不能聊天了，不然我掌握不了平衡。也就是从这个时候起，他开始拿我的笨拙取乐。

"嘿，"我以牙还牙地用骄傲的语气说道，"摔倒了多少次不重要，重新找回状态、继续努力才是最重要的。"这句话让他闭嘴了。他可是个教练，怎么会跟我争？

如果是你，你怎样写以"让'用掉'多于'留藏'"为题目的一章内容呢？你如何做到释放出去的比紧紧抓在手中的还多，如何让自己建立在过去的经验的基础上的想象和期待，在创作一首诗的过程中纵情驰骋、创造出新的感受？如果是你，你会不会因为自己的错误而放声大笑，尤其是那些最滑稽的、还被你一犯再犯的错误？你会不会每一次从跑步机上摔下来以后，都跟跟跄跄地折腾一会儿，

第四十七章　让"用掉"多于"留藏"

再重新开始跑？

几年前，我在一个小木屋里度过了一月，全部取暖设施只是一个烧木头的炉子，它的名字叫"公爵夫人"。公爵夫人教会我许多关于诗艺和写作的东西。我发现写作在某种意义上是一个有催化作用的转换器：我从生活经验中获取了最初的原材料，写作使它转化为一道耀眼的光芒，一股有着旺盛的力量并延绵不断的热浪。曾经的痛苦和艰辛都成为令我放松和愉悦的养料。去体验一切感受，体验到快乐、悲伤的滋味，被这个世界感动，才是活着最激动人心的意义所在。

情绪是一种绿色燃料。我建议你站在它旁边，让它自由地带你去任何想去的地方。忘记一切，看看当你完全伸展怀抱、打开外壳的时候，那些光芒灿烂的宝石是多么美丽。

试试这些

- 写下你自己"'用掉'多于'留藏'"的清单。像头脑风暴一般尽可能地写下所有从你的舒适区域中走出，遇见更真实、更深刻的自我的方式。例如：

    - 给一个到两个你曾经从它上面掉下来，又调整节奏重新回去继续跑的跑步机起个名字。
    - 做任何令你感到有点不安、心虚的事。如果你只在淋浴时唱歌，那就去找个 KTV 打开嗓子，完成首次登台演唱。如果当众讲话会让你紧张到肠胃翻腾不停，那就在某个公众场合拿起麦克风朗读点什么。如果你恐高，就找个很高的地方爬上去。
    - 如果因为对自己的表现不满，就停止了某个习惯或者退出了某项运动的话，重新拾起它并把注意力集中在参与感上。不要评价你自己，不要担心自己的表现是否完美，只需要注意当你全身心投入到这项活动中时，那些涌入你脑海中的想法和情感。

- 给一个人写封信，在这封信里把过去对他有所隐藏、从没有和盘托出的事情完完整整地讲出来，关于事情的全部真相，一字一句地说完。请注意，我并非怂恿你必须把这封信寄出去。这样做的目的仅仅在于寻找一个倾诉的对象，看看这种做法会给你带来什么样的感觉，以及它召唤出的语言会有什么样的特点。

- 为你曾经犯的某个错误写一首诗，想起来那件事依然能让你脸红到脖子根，或者是你希望当时在场的所有人都不认识你。在写作的过程中，让所有的羞耻感都向你奔涌而来，然后（这一步是延伸性的，不过还是建议一试）把这首诗重新写一遍，把这个错误当做某种了不起的壮举、一个宇宙级的玩笑，看看你能否以幽默、优雅的方式来坦然面对曾经的失望与尴尬。

第四十八章

从标题开始写诗

在第十二章中,我们讨论过一首诗的标题如何像一只飘摇在诗歌上的风筝,能够给读者的阅读经验开启新的维度和视角。多数情况下,人们先写出诗,再定题目。或者是刚开始动笔就先写下了题目,接着在真正的灵感和创作冲动降临、使真相水落石出的时候,重写一个题目。在这一章中,我建议把标题这件事放到一开始。让我们从一个现有的题目出发,并围绕着这个标题,写一首和它匹配的诗。标题会像一个锚,而诗则成了一只飞向一个全新的、令人惊喜的高度的风筝。

下面列出了很多当代诗歌的标题。把这个列表当作一本配对手册:任何时候你感到思维停滞、不知道要写什么了,你都可以从一个能给你带来思维火花的标题开始,点起一堆熊熊燃烧的创造之火。

写完一首诗之后,找到它的原版本,把它和你自己的诗作比较一下。你可能会瞠目结舌地发现,仅仅一个标题就能带来如此多样的可能!

试试这些

试着从下面这些标题开始写诗吧：

- 《为浴缸被迫拥抱人体而叹息》（Pity the Bathtub Its Forced Embrace of the Human Form），马沙·哈维（Matthea Harvey）

- 《用来阅读彼此的惯例》（A Ritual to Read to Each Other），威廉·斯坦福德（William Stafford）

- 《女人想要什么？》（What Do Women Want?），金·安东尼兹（Kim Addonizio）

- 《我越来越成为了弗拉基米尔》（More and More I Am Vladimir），瓦利德·比塔（Walid Bitar）

- 《骨上的"零"》（The Zero at the Bone），凯伦·霍姆伯格（Karen Holmberg）

- 《星期天的早晨》（Sunday Morning），华莱士·史蒂文斯（Wallace Stevens）

- 《如何倾听》（How to Listen），梅杰·杰克逊（Major Jackson）

- 《有干燥边缘的罐子》（The Jar With the Dry Rim），鲁米（Rumi）

- 《莫奈拒绝了手术》（Monet Refuses the Operation），里莎·米勒（Lisa Mueller）

- 《有偏见的解释》（The Partial Explanation），查尔斯·西米克（Charles Simic）

- 《好人》（Good People），W. S. 莫温（W. S. Merwin）

第四十八章　从标题开始写诗

- 《天使留下了什么》（What the Angels Left），玛丽·豪（Marie Howe）
- 《为女性的勇武之气》（For Semra, With Martial Vigor），雷蒙德·卡弗（Raymond Carver）
- 《蒲伯的阳物》（The Pope's Penis），莎伦·奥尔兹（Sharon Olds）
- 《太阳恒久不言》（The Sun Never Says），哈菲兹（Hafiz）
- 《无你于内的诗》（Poem Without You in It），黛安·艾维尔（Diane Averill）
- 《给鼓手一些》（Give the Drummer Some），克里斯托弗·卢娜（Christopher Luna）
- 《马与人的灵魂》（Horses and the Human Soul），朱迪斯·巴灵顿（Judith Barrington）
- 《猴神哈努曼，为我起跳吧》（Hanuman, Leap For Me），维娜·斯勒伯格（Willa Schneberg）
- 《去高速路的关键》（Key to the Highway），马克·哈灵顿（Mark Halliday）
- 《如抒情诗的一年》（Lyric Year），罗宾·贝恩（Robin Behn）
- 《日子离去如野马过山》（The Days Run Away Like Wild Horses Over the Hills），查尔斯·布克夫斯基（Charles Bukowski）
- 《自由死去的声响》（How the Sound of Freedom Dies），克里斯汀娜·V·伯考兹（Christina V. Pacosz）
- 《玻璃底的船》（Glass-Bottom Boat），赫尔曼·阿沙诺（Her-

man Asarnow）

- 《一对新人躺在一起藏了三天》（Bride and Groom Lie Hidden for Three Days），泰德·休斯（Ted Hughes）
- 《战争中众所周知的事实》（It's a Known Fact That in War），布列塔尼·鲍德温（Brittany Baldwin）
- 《向老教师致敬》（Gratitude to Old Teachers），罗伯特·布莱（Robert Bly）
- 《雪，奥尔多》（Snow, Aldo），凯特·迪卡米洛（Kate DiCamillo）
- 《外部空间里的男人和女人们》（Ladies and Gentlemen in Outer Space），罗恩·帕吉特（Ron Padgett）
- 《那只蓝碗》（The Blue Bowl），简·肯扬（Jane Kenyon）
- 《为什么萨拉永远不会忍受怀特的阻碍》（Why Sarah Will Never Suffer Writer's Block），丹·科尔伯恩（Don Colburn）
- 《没有人会一直是雕塑的地方》（Where No One Stays a Statue），马克·尼珀（Mark Nepo）
- 《世世代代也许会按顺序死去》（May the Generations Die in the Right Order），佩内洛普·斯坦布莱·斯多特（Penelope Scambly Schott）

第四十九章

创建梦想小组

写诗并不需要寻找一个专门的小村庄；你肯定可以在独处的时候写出诗来——我们绝大多数人都可以。但就像人生中许许多多的历险和挑战一样，有一个良好的团队的支持会使整个旅程更值得享受。下面是我的一些建议：

写作伙伴

当你和其他人一起投入到同一件事情中的时候，一种别样的加速度就会产生。和一个写作的朋友约一个固定的时间一起写作，可以确保当你说你要开始做的时候，屁股不会继续赖在椅子上。见证了另一个诗人如何激发出自己的创作灵感，会有助于你在面临阻力的时候坚持写作，并找到自己的创作节奏。

我建议建立并坚持执行一些最基本的规章，例如：在开始写作和写作完成之后讨论十分钟；剩下的时间都用来写作。在写作完成之后也要专门留出一些时间用来分享、交流你们的作品。

拉拉队长

有时，你需要的仅仅是知道你所写的一首诗被一些在意它的人读过。在我公开发表诗歌之前很多年，我都是把已经写好的诗寄给我的朋友塞巴斯蒂安。她每次收到我的诗都很兴奋，会热情地勾画出在她看来的闪光之处。她经常会指出来她尤其喜欢的地方，或是她认为十分成功的地方。给这样一位读者写诗对我来说实在是一件很有成就感的事情，因为它使创作的过程圆满了：我写了一首诗，它被阅读与欣赏。对作为诗人的自己，和我的诗作而言，塞巴斯蒂安的这种参与最令人惊叹的重点在于，它零零碎碎地贡献了一种新的价值感。一段时间以后，这种价值感绽放成为了我对于自己在诗歌上占有一席之地的勇气和自信。所有这些都是从一个专注的读者开始的！

编辑

一个好编辑能够帮你看到你诗中发挥了作用的部分，看出你的发展趋势，以及提升的空间和机会何在。如果你认识一两个创作经验比你多的诗人，并且他们有空余时间，还愿意润色你的诗的话，你就走运了。

最近，我修改了我的朋友肖恩的几首诗。我们坐下来聊天，我给出我的反馈的时候，肖恩说，他十分尊敬的另一个诗人建议他做的事情和我的建议完全相反。这就是一个绝佳的例子，说明一个人多请几位编辑有多重要。如果大家在如何修改一首诗这个问题上没有达成共识，你也完全不必因此感到沮丧，这会让我们发现其实没有绝对的对与错，只有不同的观点。只有见识了更多的观点，你才能看到你的诗作所能拥有的更多可能。"专家"们的意见越彼此冲突，你就会越发信任自己的直觉（参见第六十四章）。经过一段时间，你就会越来越容易地判断出哪些反馈可以听取，哪些反馈可以忽略。

导师

探索诗歌中蕴含着的诸多可能的最有效的方法之一，就是直接

第四十九章　创建梦想小组

看看你钦佩的人是怎么做的。最理想的状态是，你的导师是一个你私下里也十分了解的人，你倾慕他的诗作，他也十分乐意花时间来帮助你提升自己。但你的导师也可以是一个已经公开发表作品的诗人，已经去世的或健在的都可以，你需要仔细地研读他的作品。或者，一个讲师，一个写作组带头人，抑或一个社区组织者都可以成为你的导师。任何一个人，只要他的作品（或他的生活）能够唤醒你对于诗歌、你的作品中的诸多可能性的强烈感受，就足以成为你的导师。

第五十章

做你喜爱的事：
团队会跟着到来

你也许想知道，一个从零起步的人要怎样建立起诗歌梦想小组呢？答案很简单：做你喜爱的事。当你全身心地投入诗歌相关的公开活动时，你也许会惊讶你能如此迅速地和那些分享你的激情的人打成一片。这里是一些如何与你欣赏的人取得联系并从他们身上学习的小贴士。

参加一个学习班

参加一个学习班会是取得你想要的知识和技能的最直接的途径。一个学习班能使你有机会接触到对你的写作大有裨益的导师和同侪。十五年前，我在加州大学伯克利分校参加了一个针对成年人的诗歌学习班。我们的老师恰好是当地一个有声望的文学杂志的编辑。在帮助我领会一些基础的诗歌写作方法、培养我的批判性语言之余，他对我的一些作品感到十分兴奋，把它们发表了。这个学习班使我对自己的作品有了信心，也使我对更为宽广的诗歌世界有了新的参与感。

后来，在工作组里，我遇到了我的朋友玛丽·勒·埃斯佩兰斯。在一年间，玛丽和我一起参加了一个研究生项目，一起成长为诗人。

第五十章　做你喜爱的事：团队会跟着到来

当我们拿到学位的时候，我们一起回到了旧金山湾区。在家乡的草地上，我们依然继续讨论、修改彼此的诗作，在多种多样的朗诵会上分享着同一个舞台，并在接下来的十年里把诗意人生在脑海里不断反刍。（今天我们仍然会这样做——只是中间隔着一段很远的空间距离。）我得说，那个学习班带给我的东西的确对得起我支付的学费！

走向公众

参加朗读会、课程、写作组，以及你所在社区的其他文学活动。当你参与到给你启发与滋养的活动中时，整个宇宙和有趣的人与机遇也会有更大的可能在半路上与你相逢。我把去年夏天里一个目的单一、持续了三天的会议给我带来的一段机缘作为一个例子，细细道来。

在波特兰威拉米特河举行的作家会议上，我在诗歌发表工作组执教。我在注册的时候和一个可爱的女子聊了一会儿，吃中午饭时，我们又碰巧坐在了一起。我们交换了名片并保持了联系。在接下来的几周里，我们又双双被同一个代理人选为代表。我们相遇的机缘和我们在写作目标上的相似使我们大为喜悦，现在我们依然在咖啡馆里一起写诗，也在那里谈论我们的写作生涯。

在会议上，巴诺书店设有一个书架，我的诗集摆在上面出售。在我的诗集签售会上，我和两个书商十分合得来，后来他们成为了我的同行和朋友。肖恩主动请缨担任我新书出版庆祝会的主持人，艾丽卡在她的店里提出了要开一系列诗歌朗诵会的想法，我就自告奋勇去为此张罗奔波。我的各种想法，她都鼎力相助。有了这两个慷慨无私的新盟友的支持和鼓励，我得以和波特兰诗歌团体实现了更广泛、深入的交流和理解，也为我自己的作品带来了新的读者。

上述这些机缘没有一个是预先计划好，或者预期会发生的。所有这些好运气之所以会到来，都不过是因为我参加了我心向往之的活动，并在那里遇见了和我有着同样的激情的人们。所有这些最终使我们结成了意义深远的联盟。

这就是一个诗意小村庄如何被建立的过程：通过做你喜欢做的事，向你在那里遇见的人表达你的热情，寻求合作的机会，并在成长的道路上共同学习。

伸出你的手

下一次你参加一个朗诵会、一门课程或加入一个工作组的时候，向坐在你两边的人介绍自己，弄明白是什么让他们来到了这里。主动和发言者交流，介绍自己。你的支持和参与对她的意义就像她的智慧对你的意义一样。让那个诗人知道你对她的欣赏和你从她身上学到了什么。告诉组织者这次活动给你带来了怎样的好处。衷心的感谢将会有力地促成团体的组建。你永远不会知道它会带你走向何处。

第五十一章

记忆：与一首诗合为一体

> 利用每天在曼哈顿东部的小道上慢跑的机会，我背下了"雷的话语"，艾略特的《荒原》的最后一部分。每天，我一遍遍地听艾略特背诵着那首诗，之后在做拉伸运动、走路回家的时候，我就试着自己背出来。我把一个章节和威廉斯堡大桥联系到了一起，一个章节和割草时的气息相连，还有一个章节则让我想到轮船驶过的情景。现在只要我回想起这首诗，我就会想起那些曾经渗入我内心深处的风景片段，以及我人生中的特定阶段。在我看来，这首诗成为了我个人历史的组成部分。
>
> ——努尔·艾尔莎迪

想在聚会、婚礼、第一次约会的时候，有全新的展现自己的方式吗？背一首诗。这就像在你的背包里放了一卷面巾纸，在任何你需要的时候，你永远不知道一首伟大的诗何时会从你的舌尖上流出。如果事先有所准备，就再好不过了。

与一首诗合为一体

背诵一首诗不仅仅会令你在文学方面的魅力给你的朋友和爱人

留下深刻的印象，相比朗读而言，背诵也会使你与一首诗建立起一种不同的亲密关系。你对声音、意义与节奏的感知会在不断重复记忆的过程中得到显著强化。你将走入这首诗的内部，它也会真正走进你的内心。

发现触动你的地方

十五年前，我背下了斯坦利·库尼茨的《触摸我》。它是一首作者写给他妻子的温柔的情诗，用很多年才写完。那一年我还背了其他大约六首诗，但只有《触摸我》长久地留存在了我的脑海和灵魂深处。我感到这首诗之所以能触动我的秘密是双重的：它深深地打动了我，而它的语言又是这样生动鲜活。当我说出它的时候，我几乎可以看见、可以触摸到诗中每一个词语，而这又不断加深了这首诗在我脑海中的印象，我怀疑直到我生命的最后阶段，我依然能够背出它。

相反，尽管我对华莱士·史蒂文斯的《观察黑鸟的十三种方式》十分欣赏，它还是在我几乎刚刚背下它的时候就从我脑海中蒸发了。因为它的每个部分都几乎是一首独立的诗，只不过是被数字分隔开了，我无法从整体上把握住它们前后的连贯性。每当我想背出它的时候，事情总是这个样子：我在章节之间完全迷失方向，不知道接下来要出现的内容是什么。

我们每个人看到、听到语言，理解它、使它概念化的方式都是我们自己专属的。在我纵身跃入一首诗里、开始背下它之前，我真的完全不知道对我来说什么才是理想的诗歌记忆素材。对你来说情况也是如此。通过体验不同人写作的不同类型的诗歌，你就能发现什么样的词句最能够在你的全部记忆中成为永恒不移的一部分。而在这个过程中，你对自己的诗歌口味也会有清晰的感知。

如何背下一首诗

当你想要背一首诗的时候，把这首诗抄下来时刻随身携带，这

第五十一章 记忆：与一首诗合为一体

样只要你有一小段空闲时间（比如在邮局排队等待，或者在咖啡馆等待你清晨的拿铁的时候），你就可以拿出来反复记忆它。一些固定的日常锻炼，如遛狗、去往健身房的路上、洗餐盘，甚至开车（当遇到红灯停车的时候）都可以提供理想的专注于语言并记住它的氛围。你可能会有不同的氛围和日常习惯来助你记住一首诗。

只管去感知不同的地点、一天中的不同钟点和不同的活动，直到你找到一个最佳的记忆节奏。从背下第一行开始，然后不断重复，直到你能流畅自然地脱口而出。接着再开始背下一行，以及再下一行。永远从第一行开始，然后当你消化了更多的时候，再把你背下的内容反复背出。在你理解它之前，你就可以在需要的时候反复背出你喜欢的诗篇了。

试试这些

- 背下三首你喜欢的已经发表的诗歌，一次一首。注意哪首诗更容易背下，哪首诗则更具有挑战性。

- 在那首你能更容易地背下来的诗里，作者对声音、形象、语言、比喻的驾驭哪里最令你敬仰？因为你能更容易地背下它，也许这个诗人在这些方面的选择与你天然的感觉是类似或契合的。

- 模仿一首你已经背下的诗，自己写一首。

- 背下一首（或更多）你自己写的诗。

写 / 我 / 人 / 生 / 诗

- 当你大声地背出自己的诗的时候，设想这是一首别人写的诗，而这是你第一次听到它。你听到了什么？你发现了什么？
- 对一个现场观众背出你记住的一首诗，在任何一个令你感到舒适的环境里：对朋友，对家人，或在聚会上。

第五十二章

谁在向谁诉说？

每一首诗里，都会有一个言说者——即一个人或者一个叙述者，由他讲述出这首诗——以及一个倾听者——即接受这首诗的人。诗人在由谁说出以及说给谁这两个层面上的选择，能够对读者的阅读体验有很大的影响。

比如，有一首讲述酒精上瘾会对整个人生带来什么样的后果的诗歌，这首诗是讲给他的"匿名酗酒者集会"，以期得到他们的支持；还是讲给他的上司，以期得到他的原谅；还是讲给他的儿子，以期教诲他不要重蹈自己的覆辙；或是讲给一般的读者，都会影响到诗歌情感和经验的走向。诸多的可能性说明，诗中的主体往往就是诗歌的叙述者，在以他自己的声音讲述这首诗。另一种可能性就是，这首诗是关于一个"父亲"的，但是由另一个叙述者讲述出来：可能是他的儿子，他的老板，或他的匿名酗酒者协会的同伴。

所有这一切都表明，任何一首既存的诗都可以从多个有利的角度去接近。（了解更多关于"视角"的内容，参见第十五章。）作为诗歌的作者，体验不同的进入一首既存的诗歌的方式，去领会你所尝试的讲述它的方式，以及你希望读者怎样理解它是十分有必要的。例如，你希望读者保持一定的客观距离，去理解那个年轻恋人心碎的痛苦吗？或者，诗里这个被指责的前任恋人，他脚步踉跄，耗尽了所有钱财、倒空了所有抽屉,你希望读者与他感同身受吗?不管采取哪一种视角,读者都会获得不同的体验和理解。

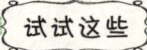

- 找出一首你已经完成的诗,以不同的方式再把它讲述一遍。比如一首关于你的某个独特体验的诗,它最初是以全知视角向一个特定的对象诉说。现在为了改换叙述方式,你要把这首诗的叙述语气修改为第一人称的,向某个特定对象——或许就是那天下午把你从校园接走的人,或者那个你希望他能这样做的人——倾诉。

- 体验一下叙述者的性别、年龄、性格脾气会给一首诗带来怎样的改变。

  - 写一个自然的句子,可以讲述一场暴风雪,以孩子的口吻来写——记得要体现孩子的视角。

  - 重新写一个句子,描绘相同的场景,从那个孩子堆好的雪人的视角来写。

  - 现在让雪松不断长高,俯瞰整个场景,并从它的视角来描述整个画面。

  - 最后,让读者从一个在他休假的时候,开着车铲雪的伙计的角度来欣赏这个画面吧。

- 现在,把这首诗重新写一遍,内容要"围绕"着一个风雪中的孩子、她堆的雪人、高耸的雪松,还有一个开铲车的人而展开。

- 下面这首诗采用了第一人称的叙述方式,以画家马克斯·贝克曼作为叙述者,设定了一个独特的"你"(这个往往被称作第二人称,即对读者的直接称呼)——这个人同样也出现在

第五十二章　谁在向谁诉说？

他的自画像中。(来自马克斯·贝克曼的《自画像》系列。)

浆果之谣　塞琪·科恩

带刺的灌木丛紧守她的秘密
低低贴着地面。
在雨的神秘中
我们一起跪下来，
面向浆果，低下了头。
醉鬼们长着叶子，悄然静默
我们的语声如雾弥漫
在那些不言之物间
那时，果实溅汁在我们身上，
还留下了道道擦伤。大地张口豪饮，
直到溢出的时刻
生鲜得像一本吸饱雨水的经籍
里面有上帝对人类的期望
我们是一首关于采摘与爬行的谣曲
沿着鼓胀的土地，在葡萄藤的项链间
穿梭。浆果们落下来
大睁着眼睛掉进采集杯中。
你背起了这温柔的负担

写 / 我 / 人 / 生 / 诗

把果实带给家人,
把祭品烹饪
做成甜丝丝的糖浆。

想象一下如果这首诗以不同的视角来传达,它会给人带来怎样不同的感染力。比如,如果诗中没有明确的第二人称,你会怎样理解这首诗——如果用"他"替换了"你",又会如何?如果叙述者成为了全知的(把诗中的"我们"换成"他们"),这个叙述又将以怎样的方式进行?试着采用上面的一种方式,把这首诗重新写一遍。

第五十三章

圣经诵读：
关于朗读与倾听的古老艺术

当我的朋友玛莎告诉我她所参加的教会组织是怎样一起读诗的时候，我兴奋不已。圣经诵读（拉丁语义即"神圣的朗读"）是一门古老的艺术，它需要人们和缓、深刻地聆听圣经——有鉴于此，这个教会组织创建了一种深入研究诗歌的惯例。我建议你也这样做。

下面是对圣经诵读的五个步骤的改编，这样设计的目的在于引导你进入沉思冥想性的诗歌阅读实践。和一个朋友或一个团队一起，确保每人手上都有一份你希望大家一起阅读、体会的诗。找一个舒适、安静的地点坐下来，使你们能轻松地看到、听到彼此。每一阶段的用时应该取决于整体的自然水平和注意力持续的时间长短。

圣经诵读的五个步骤[①]

1. **朗读** 指定一个人大声地把诗朗读出来，其他人只需专注地听。然后把诗传给另一个要朗读的人。

2. **细读** 拿着笔，自己把这首诗大声读出来。当你一遍遍地朗

---

① 感谢劳安·里德，是他改编了圣经诵读的过程，并慷慨地分享给大家。约翰·纳普在她的课上把圣经诵读描述为一种"通过诗歌靠近上帝"的方式。——原注

读这首诗的时候,在页边空白处记下你关于这首诗的思考。自由地记下你这些方面的想法吧:

- 提出问题。

- 独到的发现。

- 划出震撼你的字词或短语。

- 记下诗中这些表达和你之间的关联。

- 找到一个和你产生共鸣的表达。你也许能找出个中缘由,但找不到也没关系。

3. **交流** 在讨论过程中,团队中的每一个人都要和众人分享他的问题、发现、关联以及最喜欢的表达。每个人都可以对一首诗有独特的理解,同时整个团队也会在一些方面达成共识。每个人都可以随时提出自己的意见,其他人也可以自由地就此作出讨论。指定一个人记录整个讨论过程,记下团队在诗歌意义与鉴赏方面的探索和发现。在切磋过程中得到的任何结论都不是唯一的固定答案,这样做的目的仅在于启发每个成员对一首诗的独特理解。

4. **诵读** 这一步的核心在于沉思与理解,在此基础上拓展理解诗歌的新方式,并"倾听"它究竟向你诉说了什么。就像桂格朗读会呼吁人们要像"被诗意牵引一般"去阅读一样,我推荐你们按照下面的步骤去做。

- 在心中不断重复一个强烈地感染了你的词句片段,直到差不多能背下来。

- 每个人的发言都从这个背下的词句开始,当你听到的词句和你背下的词句有某种关联(或感到了来自诗意的牵引)时,说出你背下的那个词句。

- 继续说出诗中的语言片段,直到有其他人来接替你。

第五十三章　圣经诵读：关于朗读与倾听的古老艺术

- 最关键的地方是倾听。仔细倾听这首诗究竟诉说了什么，以及其他成员从这首诗的语言中发现了什么样的内涵。

- 留意他人的诵读给你自己理解这首诗带来了什么样的启发。当你再一次朗读它的时候，你有没有产生新的顿悟，或发现某个之前没有留意到的值得欣赏的表达？

5. **回味**　花几分钟时间静静地回味这首诗。你是否能感到诗中有一种邀请？你是否感受到它在召唤你去做一些什么？这种召唤——如果它真的存在的话——是否与你自己的人生经历、你对人类存在的思考、你在世间的立足点有所关联？你可以把一些想法记录下来，也可以只是静静地回味。

第五十四章

诸种介质：
整个世界都是你的画布

安迪·高兹沃斯，一个英国雕塑家、摄影家以及环保主义者，他的创作往往以大自然或其他激发了他灵感的事物为表现对象。在《河流与潮汐》这部有关他作品的纪录片中，我们能看到这位艺术家往往花费数天时间在一项艰难的雕塑创作上：小树枝，岩石，叶片，花朵，冰柱，泥土，荆棘，甚至是雪。这些作品往往刚刚完工——甚至经常还没有完成——就被大自然的伟力带走了：一阵风，一场雨，一大股流水，以及时间。这部影片给我留下的最深刻的印象是，相对于永恒而言，艺术不过是须臾的片刻；而我们在世界上留下印迹的能力，又多么有限。

为了向艺术的"须臾"献上充满敬意的和弦，著名的自由写作领导者纳塔莉·戈德堡建议人们在无意识的带领下不仅仅可以进行创作，也有必要把它们大声说出来。不要把这些想法当作必须被妥善珍藏的贵重物品，被大声说出来的语言会使我们抵达另一种境界：我们随性打开了创造力的水龙头，并培养了一种内在的信念——当我们受到感召的时候，灵感的泉源还会涌现更多。

安迪·高兹沃斯和纳塔莉·戈德堡进入艺术创作状态的方式都对艺术创作的过程投注了和艺术成果一样多（如果不是更多的话）

第五十四章 诸种介质：整个世界都是你的画布

的敬意。他们令我想到，也许创作一件事物的过程远比越过终点线的那一刻更令人感到满足。在"完成"和"收藏"之间的某处，曾在创作过程中无比活跃的部分会进入休眠状态。

这一章就是想让你唤醒自己，尽情享受语言生成的乐趣，除了体验它在你身上留下的痕迹外不怀任何目的。在这里，你不需要给任何人留下任何印象，不需要获奖、期许得到表扬，或者是后背被轻拍的鼓励。你不需要把这些挥动天赋之翼的美妙瞬间与任何具体目标的实现联系起来。是时候穿上你写着"诗歌为乐趣而生"的T恤，让整个世界尽在你的掌控之中。

笔记本是个不错的选择，电脑也很好——但假如你想扩展自己创造力的画布，探索更多写诗的方式和场所的话，该怎么办？如果你想体验在不同的表面、使用你从未想过的材料来写字的感觉，又会怎样？在每种不同的材料上会有怎样的诗浮现？餐巾纸会带来一首皱巴巴的、凌乱散漫的诗吗？一首用粉笔写在你私家车道上的诗会谈论人性的无常吗？如果你用无法擦除的笔迹在一些东西上写写画画，并因此让自己惹上麻烦呢？在一面蒙上了水蒸气的浴室镜上，你有没有不得不说出来的话？

试试这些

- 在索引卡上写一些东西。（在一个狭窄的空间里，会有什么样的思考、感受、形象持续不断？）

- 用水彩颜色把它们再写一遍，把字母写得大而圆胖，用紫色的，或其他鲜艳的颜色。

- 蒙上雾气的风挡玻璃和浴室的镜子是定格忧愁的瞬间的理想场所。

- 用自来水笔在一张羊皮纸上写一封情书。点燃它的边缘。

- 你还没有做完的薄煎饼有没有一定要诉说的东西？用打发的

写/我/人/生/诗

奶油或糖浆写在你的盘子上。
- 把你想说的告诉你的狗狗。
- 用棍子在沙地上写,写下描述瞬间的词语。
- 用旧报纸把卧室的墙或客厅的地板重新贴一遍。在上面画上大大小小的折线和圆圈。欢迎那些迫不及待地想要加入这样一种空间里的想法、诗歌或故事到来吧。
- 把你房子里面的一面墙喷上颜料。
- 在一个操场上用粉笔写字。
- 把一则讯息装进瓶子里丢进大海。
- 从桌子下面把一张字条传给别人。
- 在收据上写。
- 在水下说出它。
- 做一面旗帜,让它垂挂在你的正门外。
- 挤出洗洁精的泡沫,用它在你的锅里写。
- 自己做一个幸运签福饼,写下自己的幸运签。
- 在某个人的裤子上、T恤衫上或投影上写。
- 在一张便笺上写一则只占邮票那么多空间的讯息!
- 在树叶上写,在花瓣上写。
- 用针尖缝出你想说的。
- 大声地把它讲述给风。
- 把它发在网络博客上——你自己的,或者别人的都可以。
- 你非惯用手写下的笨拙的讯息,会是什么样子的呢?如果你用脚趾夹着钢笔写一首诗,它又会如何呢?

第五十五章

"一整天"的艺术

> 常人的问题不在于时间管理,而在于决断。
> ——克里斯蒂娜·凯兹

在一次访谈中,小说家格雷斯·佩里被这样问道:"你是一个母亲,一个妻子,一个作家,一个激进主义者。你怎么会有时间做好这么多事情?"格雷斯·佩里回答道:"事实上,我有一整天啊。"这个对话的片段让我想起了一整个月的沉静所教给我的东西。

几年前,我有过一次经历,它完全颠覆了我对时间的印象。我在俄勒冈州海滩上一个名叫皂石的女作家退休公寓度过了那一年的一月。在皂石度过的每一天都是一曲关于无物和万物的旋律:用独轮车搬运木头,修整柴火炉,烹饪,饮食,阅读,写作,入睡。逃离了被现代交通、截稿日期、要做的事、要打的电话填满的令人压抑的日常生活,我变得潮湿(这儿每天都大雨滂沱),我获得了宁静。土地和树木能够被嗅到,我和它们一起变得葱翠茂盛。曾经封闭着我的躯壳已在奔流的溪旁入眠,松散开来,缺口丛生。

在这个退休公寓里,我再一次让自己走近了这个真理:所谓的

写／我／人／生／诗

空间感不过是一种选择。有了完全属于自己的连续二十六个"整天"，我想知道：当我在家的时候，我究竟在忙些什么，以至于我没有时间去阅读，和我的邻居聊天，甚至当猫咪跳上膝盖的时候，我连爱抚它的时间也没有？还有什么比生命中的此时此刻更重要呢——记住这一点似乎变得很难。我第一次明白我拥有一整天，每一天，只要它就是我自己选择的生活方式。

试试这些

- **过一天"杯子溢出来了"的生活。** 与其过分关注你用来写作的时间，不如把注意力转移到你确实拥有的时间碎片上。在医生的候诊室里写上十分钟，在去往工作地点的地铁上写十五分钟，在健身房的椭圆机上写半小时。练习着让你自己和内心的诗意平台和谐一致。

   随身携带一个笔记本，或者一首你想背下的诗，或者当一小段絮语、某个特殊的表达划过你脑海的时候，用来捕捉它们的讯息卡。当你能驾轻就熟地和这些短小、充满创造力的片刻相处的时候，你也许会惊讶原来从拥挤不堪的日常生活中，你能够剥离出这么多写作时间！

- **建立写作大后方。** 如果你试过了在一小段时间里让写作的灵感与冲动狂奔，现在来体验一下将它延展为一场马拉松吧。专门找出一段不被打扰的、用于写作的时间：你能够承担的最长的时间。去任何一个你能逃离日常事务、让自己专注起来的地方。在拐角处的咖啡店里待两小时也好，花一个星期去一个热带海岛也好，重要的是你获得了一块绿洲，在这里你不需要被闲谈、检查邮箱、上网冲浪，或其他任何形式的使你分心的东西诱惑，你可以完完全全地沉浸到这一块仅仅属于你的写作时光中去，享受它给你带来的愉悦。

第五十五章 "一整天"的艺术

- **变更优先顺序**。当我单身的时候，我把晚上的绝大多数时间用来看望朋友、去图书馆或者参加音乐活动。当我未婚夫搬进来以后，我把创作两部书放在了全天工作的首位，并很快感到如何分配工作后的时间成为了一个难题。经过一段时间的自我调适，我压缩了用来社交的时间，把写作（以及和我未婚夫的关系）摆到了更重要的位置。

  当你对事情的优先顺序有了明确的认识以后，你的选择就会反映出它们在你心中的价值高低。试着这样度过一星期：把写诗当作你生活中最重要的事。你会停止和谁煲电话粥？你会把哪个电视节目推迟到下周再看？为了配合你瘦削、吝啬的写作机器，你会把日常生活中的哪些赘肉削去呢？

- **把它做成涂鸦**。因为我是个很容易受影响的人，我会把想灌输给自己的任何印象都写下来并展示在眼前。"你有一整天！"

写 / 我 / 人 / 生 / 诗

就粘贴在我的电脑上,成为了我时时可以看到的一个好主意;我用它来提醒自己只要我为重要的事情腾出地方,我的时间就一定够用。写下一个能让你感到有充裕时间的句子,用它激发出你的积极性,让自己变得更有行动力。

第五十六章

慢下来

你无法让一个花蕾冲刺着绽放，它只按自己的时间舒展花瓣。同样，一首诗也只在它自己的时刻才到来。有趣的是，诗歌的钟点并没有固定的模式，也无法被预言。也许一首诗降临你脑海的时候已经自成一体，像一把新娘投来的花束一样。而下一首诗只有当你匍匐着爬过一个又一个花园，找到了最合适的重量与芬芳的时候，才能具有完整的形态。一棵有一百年寿命的植物，在它一生之中只开花一次——而这要用去二十五年的时间；我也才刚刚完成一首我从 1995 年就开始写作的诗。

当玛丽·奥利弗在最近的一个朗读会上被问到她为什么在六十岁以前没有公开朗读或者进行教学，她的回答非常简短又极富启发："因为我还没有找到自己的声音，我还没有准备好。"如果玛丽·奥利弗，一个诺贝尔奖得主，都要等到自己真正成熟以后才走向公众，我想我们大多数人都可以做一次深呼吸，放松我们靠在椅背上的肩膀，和她做同样的事情。

在当下这个被短信、电子邮件充塞，追求超速度和瞬间的成就感的世界上，诗歌提供了另一条可供选择的道路：一条更慢的路。诗歌教会了我对缓慢致以真诚的敬意。它是我愿意等候、研究、期待更多并继续研究的为数不多的事情中的一件。就像格拉斯对广播

写/我/人/生/诗

故事的热情一样，我对诗歌的爱一样热烈灼目；我相信每首诗都有它自身的潜能，即使释放这种潜能的尝试一再失败，它自身也不会受到损伤。因为追求着这种潜能的释放，我已经不辞辛劳地以一颗热爱之心，把越来越多的词语组合到一起，至今已有二十余年。而我期待着能够以蹒跚的脚步登上山顶，让我剩余写作生涯中的不完美与真爱激发的喜悦共同在我心中交汇，将我刺痛。

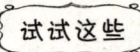 试试这些

- 你每天是否会固定地有一段在小汽车、公交或火车上度过的通勤时间？如果是的话，选择一条常规路线——去工作地、学校、拼车的地方，或杂货店，并照下面的做：

  - 当你在行进中时，留意你周围的环境。细致地写下沿途你看到、听到、闻到的一切。
  - 现在仍然是这条路，或这条路上的一段，如果可能的话，把你的交通工具换成自行车。当你回家后，写下你新发现的一切。
  - 第三次，请步行走过这条路。写下你新的发现。
  - 比较你写下的这三个版本。它们有多少是一致的？最有趣的细节出现在哪个版本？三者之中，你何时感到你所处的位置与你周遭的世界最为和谐一致？

- 有没有一些你已经做过的事是你之前梦寐以求的？（训练我五岁的有德国牧羊犬血统的狗在我的这个清单上！）

  - 从这个过程中你学到了什么？它给你带来了什么样的改变？在哪些方面使你变得更强大了？（我学到的是重复是彻底掌握一件事最快的，也是唯一的方式。）
  - 你将如何把你学到的东西应用到诗歌上去？（我试着在教

第五十六章　慢下来

会狗狗不要去咬猫的同时，怀着同样的耐心，以及日常守则，一遍遍地回到一首我已经雕琢了两年，但依然不成形的诗上去。）

- 写一首诗的初稿，然后设定一个在三个月内完成它的目标。每周都专门设一个时间来思考琢磨它，直到你在某个瞬间感到它已经无须改动。然后把它放在一边，不要再看它，直到下周那个设定好的时间到来。留意你对这首诗的感觉以及创作它的全过程。以这个方式写出来的诗与你在其他速度和间隔下写成的诗有什么不同吗？

第五十七章

艺术源自艺术

当然了，艺术源自生活。而生活，很多时候也源自艺术。在写诗的时候，第三个需要考虑的可变因素是"艺术源自艺术"这一传统。也许你听过唐·马克林的歌曲《文森特》（Starry, Starry Night），歌曲唱的是画家文森特·梵·高；你可能也看过电影《戴珍珠耳环的少女》，电影讲述的是扬·维米尔享有盛名的同名画作背后的故事。华莱士·史蒂文斯的诗作《拿着蓝色吉他的男人》，据说是为了回应毕加索关于绘画理论的某段陈述而作。关于艺术源自艺术，你也许还能自己想到一些例证。为什么不把它加入到你自己的诗歌创作中去呢？

如果你还没有试着为一幅画、一首歌、一个雕塑、一段舞蹈或另外的诗来创作一首诗的话，你也许会想放手一试。有时，在其他艺术家的脑海或审美世界中落脚，会给你自己带来一个在视觉、听觉或语言上全新的起点——它将与你自己寻到的大不相同。就像在一片陌生的水域上坐着小船随波飘流，你将在划回岸边的过程中学到许多东西。在这个过程中你会发掘出新的感受力和优势所在，而且对自己的风格也会有丰富的感觉。

试试这些

- 参观一个博物馆。找一幅你喜欢的画，并试图从画面内部切

第五十七章 艺术源自艺术

人，写一首诗。假设自己就是那个头顶竹篮的裸女，或者是那只耷拉在画面中正在融化的钟表。或者，就像保兰·彼得森在本章后那首诗中所做的那样，探索一种颜色可能会有的内涵。注意思考它对那幅画中讲述的故事来说意味着什么——或者，它怎样影响了那幅画留给你的印象。

- 观看一场芭蕾舞或者交响乐演出。写一首诗，但不要写它给你带来了什么样的感受，而要写这场表演自身想要努力捕捉或传达的东西。放松下来，想象一下你自己就是那舞蹈，就是那乐章，看看有什么样的语言会从你笔端流出。

- 就像弗兰克·奥哈拉在本章后那首诗中做的那样，他在诗中细细思索了自己的诗作中有何优长，并在诗中将此与他朋友的绘画作了对比。和一个艺术家朋友（她所从事的艺术领域是你自己完全不了解的）邀约会面，询问她进行艺术创作的过程。灵感是怎样产生，怎样发展，怎样调整修改，又是怎样在这一次或另一次的努力中最终得到了体现的？你能从这个过程中学到什么，并如何把它应用到自己的写作中去呢？

- 为一个你敬仰但并不熟识的诗人写一首诗。想象一下他创作某首诗的周遭情境。想象他的童年遭遇或他的性情气质对他诗歌的美学特征以及名声造成了怎样的影响。为什么希薇亚·普拉斯会抑郁？为什么杰克·吉尔伯特要生活在远离众人关注的地方？

- 为诗歌写作——或诗歌阅读——专门写一首诗。

为什么我不是一个画家　弗兰克·奥哈拉

我不是画家，是个诗人。
为何？我想我更愿意
当个画家，但我不是。好吧，

比如说，迈克·古德伯格

开始作画了。我顺带观看。
"坐吧,喝杯茶",他说。
我们喝了又喝。我抬头看画
"你的画里有沙丁鱼。"
"是啊,这儿需要加点东西。"
"原来如此。"我告辞。数天后
我再次造访。那幅画
依然在继续。我走了。日子一样匆匆。
我再次路过时,画作已经完成。
"沙丁鱼去了哪里?"
画上只剩下了字母。"那里太拥挤",迈克说。

可我呢?某天我在思索一种色彩:
橙色。关于橙色,
我写下一个诗行。很快,词语挤满了
整整一页。诗行已被淹没。
接着是另一页。其实还应有
更多更多。无关橙色,无关词语
关于橙色和生活乱作一团。
日子过去了。即使在散文中,
我依然是个彻头彻尾的诗人。我的诗
已经结束。而我还没提到过
橙色。它是十二首诗,而我把它叫做
橙色。某一天,在画廊里
我会见到迈克的画。名字叫做:沙丁鱼

马戏团——写在夏加尔[①]之后 保兰·彼得森

起初是一把红色的团扇

[①] 夏加尔,即 Chagall,俄国画家。

第五十七章 艺术源自艺术

在骑手的手中打开——骑手没有马鞍
我认得出红色。我知道它怎样
从她指尖跃向那身华裳
从马儿灰色的一侧倾淌。
我看到这把扇子与这身华裳,
怎样无视了她苍白的胸部,
假装只看到她的双唇
以及在她头发上啜饮火光的花朵。

流言在她和男人们之间流传
一对对炽烈如火的嘴唇,
言辞似乎在她衬衫深色的袖管中
消隐无踪
又在深深的衣褶里陷入牢笼
我知道这欢腾的号角,
吹响了一场盛大表演
而红色已到来,在很久以前。

第五十八章

书写时局话题

> 在这方面就相信我吧。美国人不想知道怎样死去,他们想知道怎样减重,怎样发财,怎样维持勃起的状态!如果你专写关于勃起功能紊乱的诗,你也就只能过上勉强糊口的日子。
>
> ——迈克尔·刘易斯

伟哥,全球变暖,伊拉克战争,官员性丑闻,布兰妮·斯皮尔斯的走红与消沉。当你在等候结账的时候,杂志架上的时局话题中哪个吸引了你?哪个明星的忧虑最令你感同身受?哪一个公开的凌辱或闪耀的时刻和你有了某种共鸣?哪一则新闻引起了你或信任之,或恐惧之,或期待之的情绪反应?

新闻报道的内容所指的所谓的客观事实,内容无非是热点议题,社会民生,以及透过媒体门户网站的单向镜头向我们潮涌而来的重大事件。你的诗歌能够给围绕着文化要素,渎神或喜庆的诸多对话中添加什么东西呢?看看下面这几首诗怎样为我们这个时代的社会思潮——以及重大事件——做出了回应,发出了他们自己的声音,做出了一己的解释,表现了他们怎样的智慧与幽默。

第五十八章　书写时局话题

洛雷娜　　露西尔·克里弗顿

它躺在我的掌心，柔软而微微颤抖
像新生的鸟儿。我想到了
当权者。它怎样能总是
固执己见，它怎样操纵他人，永远
不能被忽略，无法被抗拒；它又是怎样许诺
只要顺从就会有甜头等着
圣人，还有天使，都是那样做的。
而我打开窗户，张开手掌
伸向广阔的天地。我向上帝起誓
我相信它一定会飞起来

水仙，那朵青绿的花（节选）　　威廉·卡洛斯·威廉姆斯

从一首诗里找到新闻

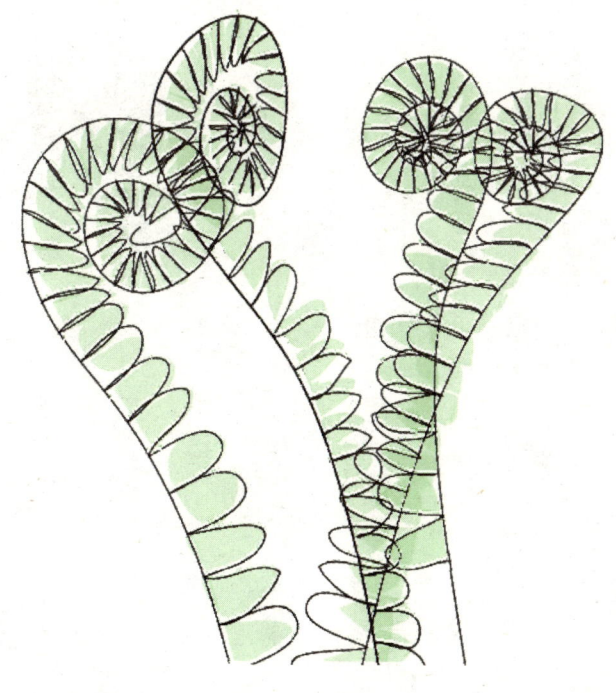

很难
然而每天都有人悲惨地死去
只是因为
能从那里找到的东西太少。

靓妹雪儿　多丽安·劳克斯

我想变好看点儿，
和一杯冰红茶一样高，
帘幕般的深色头发包裹着
她瘦削的双肩
长发垂下
茶包上的标签抚过
她并不存在的美臀。
我想穿着灯笼
像戴着顶帽子，像棵卷心菜，或墨西哥彩陶罐
穿着长筒高跟靴走路
鞋跟要有六英寸
我想要她脸颊上搽胭脂，
她的烟嗓在炫耀
她的声音如砾石又如三叶草
还有些关于衣饰的絮叨：
黑色的渔网袜和粉色的小绒球
袒胸露背的上衣有褶边，小铃铛
还垂着流苏，小巧的腰带
哦，性感的肚脐窝。
雪儿站在那里，细瘦的胳膊
绕着桑尼粗壮的脖颈
在埃菲尔铁塔前摆弄姿势
比萨斜塔
中国长城

第五十八章　书写时局话题

岩块剥落的金字塔，冲着镜头笑着
皓齿弯弯，浓淡相宜的美艳，
太阳从她隆起的鼻子上弹起。
把曾经的雪儿还我
那身材细瘦，不完美的女孩
在剃毛刀带走她之前，在他们
强行填塞了她的乳房之前，在
她的嘴唇被注射呆笨的凝胶之前。
我想变得健壮
和她驯狮人手中的鞭子一样，聪明或愚蠢
我的身体是一把火炬
在抛光过的钢琴上伸展延长
弯下膝盖，头发瀑布般散落
在桑尼粗钝的指头上
当他用拳头捶打钥匙的时候
用潦草的女低音
唱着最古老，最悲伤的歌。

在炸弹测试点　威廉·斯坦福德

在正午的沙漠，一只喘气的蜥蜴
等待着历史降临，它的肘部紧张起来
盯着某段特殊的路，蜿蜒
似乎有什么将要发生。

它在寻找某些
比人类视域更遥远之物，一个重大的场面
躲进石头，为保全可怜的自己
当一声长笛终结了所有

这只是一块贫瘠的陆地

写 / 我 / 人 / 生 / 诗

躺在最冷漠无情的天空下。
已准备好经历一场变故,肘关节们在等待。
沙漠上的手掌们,已全然紧握。

试试这些

- 以内在视角就你刚听到的某个新闻故事写一首诗,你的出发点可以是故事中的某个人,也可以是某个物体。不要描述这些事件带给你的感受。让你所选取的细节使情感得到流露。以露西尔·克里弗顿的《洛雷娜》为例。

- 访问"反战诗人"网(www.poetsagainstthewar.org),阅读"当月诗作"(Poems of the Month)栏目。写一首诗,表达你自己关于战争的思考、经历或信念。如果和网站的主题相合的话,可以考虑向这个网站投稿。

- 选择一个你一直乐于模仿或不喜欢的明星,就像多丽安·劳克斯在《靓妹雪儿》一诗中所做的那样。写下这个人最能激发你好奇心的地方。他或她代表了你哪些方面?通过推敲这个人,你对自己增加了哪些新的认识?

- 写一首有明确立场的诗:支持某位政界候选人,一个地方的、国家的或国际的政策,某项宗教戒律——任何关于当下的、最能令你激动的话题都可以。

第五十九章

讲述一个他人的故事

> 诗人们享受着这种无可匹敌的特殊能力：做自己或做其他人，全凭自己心意。
>
> ——夏尔·波德莱尔
>
> 在创作角色诗歌的时候，我总是怀着极大的谦卑。任何进入他人的视角、想象一个人的经历会给那个人带来什么样的影响的尝试都需要去"感同身受"——需要一种去理解和自己的直接经验保持一段距离的事物的渴望。它同样也提供了通过不同的视角反观自身的机会，去审视人生中那些特征各异、内蕴无穷的经历。理想状态下，这种努力需要一些事情去改变，在他人生命里扎根。如果我成功地写出了一首角色诗歌的佳作，我和刚开始工作的那个自己就不再是同一个人。
>
> ——特蕾西·史密斯

很多人认为，诗歌就是一个盛放一己情怀的肥皂盒。但你的诗歌完全不必只关乎你自己——至少不必直接相关。如果你在诗中可以成为任何人呢？哪个人的故事讲出来会最有趣，最奇特，或者最吓人？

写／我／人／生／诗

英语给了我们第一人称单数（I）和第一人称复数（We）。而诗歌给了我们"普世性的第一人称"：一种通过第一人称叙述进入普遍的人类经验，探索它并占有它的方式。在诗中，你不必受一己经验和知识所限。你可以是任何人，可以身在任何地方，可以身处历史上的任何时间——过去，现在，或未来。你甚至可以写一首诗，来描述黑武士达斯·维德透过他的暗黑盔甲看见了什么。达斯·维德是一个被虚构出来的角色——一个和你的真实人生绝无关联的人物。但这并不影响你想象他的感受，并以他的经验来写作，只要你愿意这样去做。

角色诗歌一般以第一人称叙述，在诗中作者想象她是她自己以外的某人或某物：一只动物，一个历史上的人物，或者一个物体。"角色"（persona）这个词在希腊语中的意思是"面具"。角色诗歌提供了一个独特的机会，给自己的观点戴上面具，透过另外一个人的眼睛去看世界。你也许会找到一种全新的表达自由，说出一些你在其他情况下不会说的东西；或者是体验到你在其他情况下难以体验的经历。角色诗歌可以妙趣横生也可以认真严肃，它完全取决于你。

我发现角色诗歌完全是一个偶然。在我大学时的创造性写作课上，教授给我们播放了录音版的《天赐恩宠》（Amazing Grace），我们需要写一首诗对此表示回应。听着这首曾经用于民权运动中的雄壮有力的乐曲，我被它带入了另一个时空，然后我发现我写下了一首关于罗莎·帕克斯的诗。

在我写这首诗的时候，我仿佛变成了罗莎，就在 1955 年她拒绝把她的座位让给一个白人乘客的那一天。笔在纸上沙沙摩擦，《天赐恩宠》的旋律抚动我肩上的长发，我的措辞因为恐惧而变得沙哑，全身的每一个细胞都为着一个清晰的目标而绷紧了。我看见公交车司机站起身走向我，看见他肚子上的肥肉都跟着颤动，怒火把他白色的脸变得通红。当我挺直头颈，目光坚定不移的时候，每一个乘客都把目光投向了我，这种气氛带来的压力令人窒息，却也难掩我内心的自豪……在写作这首诗的过程中，有那么一个瞬间，我穿越了历史。

第五十九章　讲述一个他人的故事

也许你也一直想知道为什么七个小矮人中脾气最暴躁的那个为什么脾气不好，或者，在总统办公室里的那根雪茄身上到底发生了什么。

试试这些

选择一个发声者。你最想讲述谁的故事？记住，这个选择范围远远不止"真正的"人。斯伯格先生，宙斯，帽子里的那只猫，装满苹果酱的罐子都可以成为候选者。

- 诗中发生了什么？选择一个场景或一个情节，讲述出来。不管它是普普通通还是不同寻常，要知道自己为什么要描述这个场景。

- 给自己设定一个时间。你的诗歌是发生在 2009 年，还是中世纪？

- 在词语选择上要深思熟虑。诗歌的指向或词语的选择会反映出它的发声者是谁，以及他在哪段时间里。比如说，玛丽·安托瓦内特（法王路易十六的王后——译者注）使用的语言就会和猪小弟的语言大不相同。

- 渲染基本设定。细节会令整个故事生机盎然。通过具体、细致的描写，让读者感受到诗歌发生的情境，给他们一个进入诗歌的机会。

- 标题也是值得推敲的对象。如何简明（同时意韵悠长）地通过标题，告诉我们这首诗关于谁，由谁来讲述，又讲给谁听，核心冲突又是什么。

- 你将讲述一个从来没有被讲述过的故事。享受这旅程吧！

第六十章

无为的魅力

我是一个行动派。我敢打赌，我在"待做的事"这个清单下的条目，比伊梅尔达·马科斯①的鞋子还要多。有时我也在想，我和这个清单的关系，是否与西西弗斯和大圆石的关系一样。我总是竭力挣扎着想要越过那条想象中的终点线，只有在那里我才能遇到其他所有的认为自己已经做的够多了、悠闲地散步的人们。

几年前，在旧金山的一次经历，彻底挑战了我这种偏执于成就感的狂热。那是网络公司繁荣发展的年代，这个星球上的每一个人都认定旧金山是最适合生存的地方。房屋租金高得离谱，工作机会少得可怜。就是在这个时候，我十分天才地把一只偶然遇到的小狗带进了禁犬的公寓，因为这个缘故，我很快被赶了出去。在这个绝望的情境下，为了寻找一个能收留我和我的两只猫、一只狗的住处，只要我醒着，就全力以赴地在网上找租房信息，给地产公司打电话，近乎疯狂地开车奔波在一处房源和另一处房源之间——和其他所有在绝望的边缘挣扎的人一起。我依然无可栖身。

有一天，我朋友桑福德建议道："你不如试试看什么都不做地待一会儿，看看会发生什么？"我看着他的表情就好像他刚刚建议我砍下自己的右腿一样。什么样的人会在有一堆事等着马上要做的时候，

---

① 菲律宾前第一夫人。

第六十章　无为的魅力

却什么都不做呢？

我声音里带着恶意："我知道如果我什么都不做的话，将会发生什么，"（夸张的停顿）"一无所获！"但我错了。

第二天我生病了，而且病情在加重。我身体的引擎在尖利刺耳的杂音中停止了运转，我别无选择。我不得不停止挣扎。

你瞧，不过 48 个小时的时间而已，桑福德在他去咖啡馆的路上，偶然看见了他邻居挂出来的"有房出租"的标志。他开车载我去看房，等我们到那里的时候，还没下车我就震惊了：这是我搜遍全城之后，遇到过的最大、最舒适，同时最便宜的地方！我拖着鼻涕，时不时还打个喷嚏，就这样我去见了正在试图把一堆大约四十个应用程序分类整理好的房主。十分钟以后，她把那一堆应用程序推到了一边，对我说："我知道这不是我预想的做决定的方式，但我喜欢你，这个地方是你的了。"

通过这次经历我明白，有时候静立原地和有所作为一样有用，当我们手头有十分重要的事情要做的时候。如果它知道要去哪里找到你的话，那条通往成功的道路自会迎向你走来。

如果什么都不做要比做了些事更有效率呢？如果你正在写、反复修改的带给你不断累积的挫败感的诗歌，只是需要被搁置在一边，好让它自己去发酵成熟，就像一块生面团到了一定的时间自会鼓胀一样呢？如果你倒空自己，让自己静坐在无知中，会有怎样神奇的灵感与真理被你偶然碰到？大自然有它自己成长、繁茂的时间，有丰收和休憩的时间。诗歌也同样如是。

试试这些

- 下一次你思路停滞、灵感枯竭，或不知道要怎样处理一首诗的时候，不妨考虑小憩片刻，出去散散步，做做瑜伽，下厨烹饪，或做一会儿园艺。体力劳动或游戏有助于松开在写作时纠缠在一起的死结。

- 把没有写完的诗歌放入"有待修改"的文件夹，并至少隔一个星期再去看它。

- 穿着宽松的长睡衣，在长沙发上度过一天，不给自己安排任何事情。阅读，饮食，倾听，看看什么最使你感到愉悦。
- 通过参加一些需要投入创造力，但是和诗歌没有直接关联的培训班来耕耘你诗歌的田地吧——比如即兴创作、花道、打击乐、水彩画，等等。

第六十一章

写作的"声音"

任何熟悉查尔斯·布考斯基和艾米莉·狄金森的诗歌的人，都能够轻易地把其中一个诗人的诗作和另一个区分开。这种辨认是能够做到的，因为，一段时间以后，诗人会发展出一种独特的敏感，来体现他们自己的风格、主题、语言、意象以及韵律。这种独特的表达也就是一个诗人的"声音"。就像指纹一样，没有哪两首诗歌的声音是彼此相同的。这也就是诗歌写作如此自由又如此令人沮丧的原因所在。

曾有那么一刻，我考虑过就此搁笔不再写诗——当我清楚地认识到我永远不可能像莎朗·奥兹、弗兰克·奥哈拉或努尔·艾尔珊德那样写诗的时候。那时我尚不明白的是，不能像这些伟大的诗人一样写诗将会给我带来更丰富和令人惊喜的旅程：去领悟如何像我自己那样写诗！最终，我反复模仿这些诗人的声音的努力培养出了我自己的力量和敏锐的感知，并自然而然地找到了自己的落脚点。这也是我为什么说模仿很重要的原因所在：它使你完全专注于另一个你没有亲身经验过的诗人。同样重要的是，它在诗歌的可能性方面给了你珍贵而多样的大量范例。（更多关于模仿的内容，请参见第二十七章。）

在伟大的先驱们消隐的那一刻，当你最终承认你永远不可能成

写 / 我 / 人 / 生 / 诗

为下一个布莱克、鲁凯泽、肯扬或加西亚·洛尔卡的时候,你非凡的潜力也会就此激发。新的机遇总是美好的,因为在这一刻,你将会偶遇新的存在方式,新的观看世界的方式,新的写作的方式——只属于你自己的方式。不必担心在这条崭新的道路上会出现的压力或徒劳之感,把它们当做你旅程的动力吧。让它们刺激出你对如何进入一首诗并在其中穿行的好奇心;让它们带领你洞察你人性的脆弱:这正是诗歌潜能最为丰富的来源之一。

诗人们一般都会围绕寻觅——或找到——他们的诗学声音而展开讨论。我把它等同于寻找适合你自己的鞋码。你的鞋码就在那里,即便如此,你仍然需要试穿许多双鞋子,才能发现它究竟是什么。"声音"不是一种你需要向外界求取的东西,你已经拥有它了。而自相矛盾的地方在于,你越是让自己更多地去研究、欣赏、模仿他人的诗学声音,你就越能够有效地为你自己提供滋养。

试试这些

- 花一些时间阅读你欣赏的一个诗人的诗作。至少阅读十首诗,去找到对于他的诗作的一种整体性、典型的感受——读得越多越好。

第六十一章 写作的"声音"

- 写下你注意到的关于这个诗人的语言的三个特点。(她在使用比喻方面是不是特别恰如其分?她的诗歌总是发生在大自然中,发生在家庭场景中,还是想象出来的画面中?她的诗歌是否有一种音乐性,让你想把它大声朗读出来?她是否典型地表达出了一种特定的情感?)

- 在接下来的两天里,选择另外两个诗人,重复这项工作。

- 当你觉得你对这三个诗人都十分熟悉的时候,把他们三人作一比较,记录下他们诗意语言的区别,以及他们每一个人对你而言具有怎样易于被识别的特征。

- 从你记录下来的声音属性的列表里,找出三个最吸引你的特点,专注地把这三个特点引入你自己的写作中去,努力去模仿每个诗人在他们自己的诗作中营造的诗意氛围。

- 几天后再找出你自己的诗歌。注意一下你是否做到了一些令你自己都惊讶不已的事情。(比如,我以前从不知道我可以写出这样有力的比喻;或者我一直都写的是关于自然的诗,而在这首诗中,我准确地写出了自己;或者我开始体验到把语言当做某种音乐的感觉了。)

- 就你所模仿的那个诗人而言,尽量模仿他的诗歌语言特点写一首诗,再以尽量相反、尽量不同的方式写一首诗。

- 任何时候当你因为某个诗人的非凡之处而感到沮丧、感到自己一无是处的时候,再回来读读这一章。

第六十二章

贮藏橡果：不断跟进你的灵感

当你坐下来开始写作，却没有任何灵感，怎么办？当你忽然有灵感的时候，我敢说没有比抵御它更大的罪过了。松鼠会贮藏食物好应对饥饿，你也可以这样做。如果你的大脑对灵感的橡果十分警觉——并且你有一个很好的贮藏这些橡果的习惯的话——你就可以把剩余的橡果收好。这个贮藏奇思妙想的秘诀可以使灵感的信号灯常亮，并让你在创造力冬眠的时候，能够安然度过最为艰苦的冬天。下面是一些捕捉灵感、将其分类以及贮藏的建议。按照任何一个吸引了你的建议去做吧，并逐渐发展出你自己的橡果体系。

即时捕捉信息

你的日常生活其实充满了各种各样的原材料。这里是一些捕获并保存它们的办法，能够在你准备好从中写出来点东西的时候派上用场。

- **便利贴**。我的电脑屏幕上贴满了各种纸张和便利贴。当我在书桌前坐下，做着其他工作的时候，这是在诗意灵感到来的那一刻把它捕捉下来的最快、最容易的方式。通过把便利贴策略性地贴在你最有可能用得到它们的地方，你能够确保每一个掠过脑海的好的想法可以安全地着陆。

第六十二章　贮藏橡果：不断跟进你的灵感

- **索引卡**。捕捉灵感橡果的诸多方式中，我最喜欢的一种是3×5的索引卡——它是我随身携带的东西。我把它们放在我的钱包中、我的车里、我遛狗的肩包里、我的书桌和我的床边。这样的话，只要灵光偶现，我就能迅速记下它，然后继续我手里的事情。索引卡很轻便，易于携带，而且当我想用一个新的想法取代某个"灵感贮藏"体系里的想法的时候，它也可以被随手扔掉。

- **笔记本**。吉姆·斯坦福，也就是告诉我这个关于橡果的绝妙比喻的人，他的钱包里始终放着一个他自己亲手制作的很漂亮的笔记本——他把他的橡果记录在那里。一个笔记本或者便条簿能够扮演容器的角色，把你的橡果收集起来，并保存很久。你所收录的每一条都成为它自己所能实现的可能性的一种——这样你就可以在一段时间以后，看到自己在彼时彼刻的所思所想。

- **录音设备**。并不是每个人都享受把自己灵光乍现的时刻用手写的方式记录下来的过程，或者是没有时间这样做。同样，对于更擅长口头表达而不是阅读视觉信息的人来说，把诗歌说出来会比把它写下来更适合他们。有时候如果这两种方式都可以选择的话会更好。我有时候身处的环境使得手写是更好的方式，有时候录音则能更好地发挥效果，这取决于我当时的情绪，以及是否能够解放双手，等等。带着一个轻便小巧的录音设备是一种捕捉你生命中的诗意瞬间的绝佳方式。

去粗取精，分门别类，并组织起来

当你潦草地记下了一段偶尔听到的对话，或在它像雪花一样融化之前捕捉到了一个独具魅力的瞬间之后，下一步要做什么？这是一些保存你的奇思妙想，以便随时调用的小贴士。

- **盆，篮子和箱子**。建立一个橡果贮藏箱，这样你可以把你的便利贴、索引卡、录音带和笔记本都放进去，以便在用得着的时候能随叫随到。我的朋友克里斯蒂娜·凯兹为每一个不同的系列专设一个塑料盆来保存她的灵感和想法。我有一些柳编篮和布料收纳箱来存放我那些创造性的想法。下一次你想写一首诗却不知道从何写起的时候，你可以在你的橡果箱里挑拣一番，就像你在搜寻宝藏一样。

- **布告栏和白色书写板。** 有时，让你的想法直接呈现在眼前会很有用处。让它在你的视野中陈列开来，使你专注于此，或者见证一个新的概念如何诞生。把它们写在布告栏或者一个可擦除的白色书写板上。我喜欢在布告栏上写下他人的诗句或我的灵感，在白色书写板上写下我最新的目标和雄心壮志。

- **文件夹。** 如果你有一个存放文件的抽屉或者金属夹，文件夹就是一种简便的收集松散的橡果们的方式。以这种方式收集的材料也非常便于随时取用。

- **电脑文件。** 我的电脑里有一个命名为"橡果"的文件，在这里我把所有在纸上潦草写下的想法编排成了连续不断的序列。当我的桌面上有了一堆索引卡和便利贴以后，我就把它们转录到这个名叫橡果的文件里，为每一个新添加的条目加上日期，如是循环往复。当我灵感的泉眼濒于枯竭的时候，我十分高兴我的创造过程中还有这样一个触手可及、不断积累延伸的档案。就在最近，它使我想起来就在不久前，我真的有过一个非常有趣的想法！

一旦当你开始体验橡果的乐趣，你就会找到一个记录、检索那些对你有用的想法的体系。你也许会感到惊讶：当你的大脑知道你对它有所关注的时候，它竟然会生出那么多诗意的灵感来！

第六十三章

塑造外形：感受诗歌的形式

我时常在思考这个问题：俳句到底是什么，以及它的意义和成就何在？当你的高中老师第一次向你如念咒语一般地读出莎士比亚的十四行诗的时候，你有没有跟着读出来？是否那不勒斯民歌、潘托姆诗和赛斯汀那诗①听起来像来自遥远外星系的一颗颗小星球？传统的诗歌形式带来了一种既定的结构，往往要求特定的押韵方式、节奏格式以及音节数。在这些多样的诗体给定的界限内写作的时候，我往往会邂逅一些灵感和新鲜的语言，而它们往往是我在其他的写作中无法获得的。"让它合乎规范"的挑战似乎施展出了某种自己的魔法。

下面是一些诗体的基本格式，也有一些使这些格式生动起来的具体范例。遵照这些诗体格式写诗吧，看看在每一个你选择的诗体中，会有什么样的主题与你邂逅。

俳句

俳句是一种日本诗体，在反映自然世界，人类存在状态，以及

---

① 那不勒斯民歌、潘托姆和赛斯汀那都是几种不同形式的诗体名称的音译。那不勒斯民歌（villanelle）是十九行二韵体诗，潘托姆诗（pantoum，亦作 pantun）是一种四行诗，赛斯汀那诗（sestina）是六节诗。

这二者之间的关系上有显著的成就，同时采取了简朴的语言，并不刻意追求押韵。所有俳句都由三个短小的诗行构成，下面这种音节的排列和数目是最为常见的格式（当然也有例外的情况，如后面的示例，它们都是俳句的常见形式）。

  第一行：五个音节
  第二行：七个音节
  第三行：五个音节

无题　作者：一茶　译者：简·赫斯菲尔德

 河面小树枝
 浮在流淌的波间
 枝上蟋蟀歌

潘托姆

  潘托姆是一种发源于法国的诗体，在这种诗体中，诗行在节与节之间循环往复，形成了一种类似回声的效果，能够使抒情主题得到很好的表现；每一节的第二行和第四行就是下一节的第一行和第三行。所有小节都要遵守这个规则——并且至少要有五到七节。在最后一节中，第一小节的第三行成为第二行，第一小节的第一行成为第四行，使得整首诗成为一个完整的循环。这种诗体的具体格式如下，后面还有一个具体的范例。

  第一行
  第二行
  第三行
  第四行

  重复第二行
  第五行
  重复第四行

第六十三章　塑造外形：感受诗歌的形式

第六行

重复第五行

第七行

重复第六行

第八行

重复第七行

第九行

重复第八行

第十行

重复第九行

第三行

重复第十行

第一行

写给柬埔寨的盲女们　玛丽·艾斯比尔蒙斯

多年过去我依然能从脑海中，将她们唤起
她们不见光明，这躯体的幽秘
失明，从记忆中释放
在沉寂的拒绝中，眼目黯淡无光

她们不见光明，这躯体的幽秘
这几乎是她们的仅有
在沉寂的拒绝中，眼目黯淡无光
她们的余生恰借此维系

这几乎是她们的仅有
这些女人已转向自身
她们的余生恰借此维系

写/我/人/生/诗

穿行在这焚燃，堕落的世间

这些女人已转向自身
永无回头的日子，舟已离岸
穿行在这焚燃，堕落的世间
她们的视野残余的只有忍耐

永无回头的日子，舟已离岸
我被迫直视她们被劈刺的苦难
她们的视野残余的只有忍耐
这就是她们转身离去的全部故事

我被迫直视她们被劈刺的苦难
失明，从记忆中释放
这就是她们转身离去的全部故事
多年过去我依然能从脑海中，将她们唤起

十四行诗

十四行诗最初是意大利的情诗，英国莎士比亚的创作使这种诗体广为人知。十四行诗的前半部分往往会设定一个主题，或提出一个问题；后半部分则对这个问题加以申发，在最后两行会有一个重大的改变（被称作"转"）。下面是十四行诗（莎士比亚式的）的韵脚结构：

第六十三章　塑造外形：感受诗歌的形式

第一行　韵脚为 a
第二行　韵脚为 b
第三行　韵脚为 a
第四行　韵脚为 b
第五行　韵脚为 c
第六行　韵脚为 d
第七行　韵脚为 c
第八行　韵脚为 d
第九行　韵脚为 e
第十行　韵脚为 f
第十一行　韵脚为 e
第十二行　韵脚为 f
第十三行　韵脚为 g
第十四行　韵脚为 g

十四行诗：116　威廉·莎士比亚

智慧的头脑从爱走向婚姻
没有什么能将其阻碍：真爱并非儿戏
找到新欢就移情别恋
经受不起任何风吹草动的考验
哦，不！它是一个亘古不改的标记
直面风暴但不曾颤抖一分
是漂泊的游魂凝望的星辰
即便不知它的珍贵，却依然能尽享它的恩惠
即便玫瑰的粉面红唇已不再，爱依然历久弥新
风霜的利刃只会让我们更明白：
光阴转瞬即逝，爱始终不弃不离
在死亡的崖边，爱一样孕育分娩

如果我说的这些被指有误
我仍会固执己见——总有爱过的人给我证言

更多关于形式的内容

如果你想更多地了解诗歌形式方面的内容（比如那不勒斯民歌、赛斯汀那诗或这里提到的其他诗体），了解这一章无法详细涵盖的细节信息，下面是几本我推荐一读的书：

- 马克·施特兰德、伊文·柏兰德编：《诗歌的创作：关于诗体的诺顿文选》(*The Making of a Poem：A Norton Anthology of Poetic Forms*)

- 保罗·福塞尔：《诗韵及诗体》(*Poetic Meter and Poetic Form*)

- 罗恩·帕吉特编：《教师和作者手册：关于诗体形式》(*The Teachers and Writers Handbook of Poetic Forms*)

第六十四章

信赖你的直觉

> 有一种我们看不见的生活在冥冥之中牵引着我们,它知道我们真正的方向和命运。我们可以比我们以为的更相信自己一些,并无惧任何改变。
>
> ——约翰·奥多诺霍

我的一个学生在两个专家的观点之间徘徊不定。她发给我一封电子邮件,向我描述了她进退两难的境地。首先,她听到爱德华·赫希论述了诗人和读者之间的关系的重要性。接下来,几个星期之后,她读了李利阳关于诗人和诗歌之间神秘关联的深入思考,而里面完全没有把读者的经验当做终极目标。这个学生不知道如何把这两种不同的观点糅合起来,带入自己的写作中。诗人根本上应当是为自己的诗作负责,还是为读者负责呢?当你与一首诗交流的时候,该如何平衡读者的需要和作者的需要之间的关系?

我向她确定了一件事,即这样的进退两难正是一个学习诗歌的学生需要的:在两种你都不同意的观点间保持中立。在诗歌的国度里,任何事都没有唯一正确的解法。所谓正确,也只是针对某个具体的诗人而言才有意义。你见到的不同观点越多,你也就越有可能找到对你来说最适合的那一种。

比如说,我最近读到泰德·库塞所坚持的观点——诗歌必须对最终的倾听者说出某些清晰、确定的内容。而我很不巧地并不这样认为。我自己的信念是,诗歌有其不得不言说的内容——这其间有的是读者可解的,有的则未必。如果我在之前读到过库塞的建议,并且这是贯穿我写作生涯的唯一的想法的话,我可能会把这些年来对我最有启发的大批作品都修改一遍。

每个诗人都有他自己的写作动机,也有自己的一套关于写作过程和体验的哲学。作为一个诗人,你的天职就是成为自己的专家,弄清楚自己为何写作,你自己关于写作的信念又是什么。你就是你自己独一无二的那件乐器,你要学着去弹奏它,以只有你自己才能驾驭的方式。这一门智慧不会在你闲坐苦思关于诗的问题的时候降临,只有当你细心观察你做了些什么的时候,你才能发现最真实的自己。你创作的诗歌越多,你就会越明白哪些观念可以接受,哪些观念只需忽略。

所以,倾听那些大师都说了些什么吧——越多越好——仔细推敲每一个理论,并用自己的实际感受去检验它。你写作的乐趣是否完全地单纯来自和听众们的关联?没错,就是这样!继续这样做!你的写作是否完全沉浸在与你自己的诗作之间那种神秘的交流之中?认识自己的创作历程是十分重要的,只有这样你才能够珍惜之,驾驭之。

当你找寻指引者的时候,让你的眼睛和耳朵始终关注着那些能够扩展你写作的边界、开发出更多可能性的事物,并尽量远离那些让你感到束缚的建议。记住,你在寻找的是能够有助于你把事情做得更好的声音——而不是那些告诉你,你正在做的事情其实不被允许的声音。

第六十四章　信赖你的直觉

试试这些

- 当你参加一门课程或一个朗诵会的时候，记下诗人们所介绍的他们自己的写作历程和哲学中的精华内容。

- 在文学期刊、文选、视频/音频资料中搜寻诗人的文章、访谈和记录，如果有条件也可以在线交流。注意听他们为什么写作以及如何写作。记下他们的做法和感悟。

- 建立一个你可以不断更新补充的文档，用它来记录你从专家那里听到的建议，以及你所学到的关于诗歌的体悟。这里是我用作开端的例子：

诗人的名字	关于诗歌的理念	我的想法
泰德·库塞	诗歌必须对最终的倾听者说出某些清晰、确定的内容。	诗歌只需要说出它一定要说的内容——不管它对读者来说是否有意义。

- 经过一段时间，你应该就会有走进某些诗人的多个入口。如果一个诗人的建议真的和你有契合之处，记下它来。比如，我发现泰斯·加拉赫和简·赫尔斯菲尔德的诗歌创作的确扩展了我的视野，给了我不小启发。

- 从那些和你真正有所共鸣的诗人身上挖掘更多的智慧。

- 时不时地，回头看看"我的想法"这一栏，看看你关于写作的想法和感觉有没有随着时间发生改变。

记住：让自己更深入地探察其他诗人所洞察的一切，能够帮助你领悟到怎样更好地信赖自己的直觉。

第六十五章

隐姓埋名之趣

我仍然记得将近十五年前，当我从昏暗的地铁拾级走进曼哈顿时代广场光明灿烂的午后时，心头涌起的那一阵激动。我刚从旧金山飞过来，要开始在纽约的生活了，因为我的毕业项目在接下来的一个月就要启动。

当我在灼目的阳光中抬起头，歪着脑袋看路牌找方向的时候，身边潮涌般的人山人海把我推挤得踉踉跄跄。在这个浮世绘一般的瞬间，我不过是沧海一粟。但这种被吞没在纽约城的庞大之中的感觉，却意外地让我很愉快。我的第一个想法是："这儿没人认识我，我可以做任何事，成为任何人。"当成为一个陌生的地方的过客时，这种隐姓埋名的感受中天然地带有彻底的自由和解放的成分。

当我在其他地方——国内的，国外的——旅行的时候，这种感觉也好多次地降临到我身上：背着双肩包在其他国度徒步跋涉，或是在自己的城镇里乘公共交通工具时被陌生的人潮推挤。当我们旅行的时候，我们就和自己在家中、在工作中、在自己社区里的特定身份保持了一定距离。我们逃离了那个充满各种束缚和限定的环境，我们获得了某种解放。通过和生活里那些重头戏保持距离，我们也许会感到在秘境的边缘畅游要自由自在得多。这种隔离了日常琐事的经验对于创作的头脑来说，无异于天赐之物。

第六十五章　隐姓埋名之趣

在我将近三十岁那年，我离开自己在加州的家，踏上了一段去往墨西哥某个边远的城堡小镇的旅程。我在便利贴上写下"找到伊莉莎"，并把它贴在了电脑显示器上。伊莉莎是我大学的室友，我和她已经好多年没有再联系了。我十分确定她就生活在我曾经生活过的那个城市，而且当我回来的时候，我想去看望她。而最后事实表明，我压根不需要等那么久。伊莉莎就住在我隔壁，在墨西哥安赫尔港，一个小巧的旅行者的门房里。一日，我从午间小睡中醒来，刚好看见她在吊床上来回摆动，和我男朋友聊天。这个例子恰好能够说明，一场旅行那种无法被预言的本质能够让你更容易被陌生的自己惊喜，并焕发新的生机。

而旅行并不是每个人都必须要做的事情，也不是每个人都能承担它的花费，让我们来寻找一些其他的方式，让你在每天的日常生活中，也能体验到这种旅程带来的自由与隐姓埋名的快乐。

试试这些

- 甩掉你的日常惯例，去体验新的地方，新的人群。
    - 在一个新的咖啡馆里买一杯咖啡，假装你是你的好朋友鲍勃，用鲍勃的语气和口吻对咖啡馆服务员说鲍勃可能会说的话。
    - 选择和你平时跑步的路线不同的道路去慢跑，观察你在这个新的地方所能看到的人群和景象。
    - 在高峰期乘坐公交车或火车去你不常去的地方。或者依然选择你平时的那条线路，但是在另外的站台下车。
- 去当地一些能让你接触到汹涌的人潮的地方：周末的购物商场，音乐厅，一场球赛，或马拉松比赛。记下来你发现的事物，以及被陌生人环绕的感觉。隐姓埋名于人群中的感觉对你来说是什么样的滋味？

写 / 我 / 人 / 生 / 诗

- 参加一个你此前从未参加过的社区聚会，一个家长会，或者宗教团体、政治组织集会。如果你喜欢坐在后排，那就选一个正对着主席台的座位。如果你比较羞涩内向，就想象你自己是你专横的姐姐，看看直言不讳地说一个小时会是什么样子。如果你是聚会的核心人物，试试看坐下来安静倾听会怎样。留意当你在这个新的角色中时，人们会怎样回应你——或不回应。

第六十六章

给你的诗找一个适合的家

> 网络杂志当然和印刷杂志具有同样的正当性。事实上，考虑到它们的即时性和不断提高的互动性，它们其实更有意义。
>
> ——西蒙斯·B·邦汀

当你已经准备好带着作品走向公众的时候，你有一系列可以选择的对象。下面是一些不同类型的出版物和可供发表作品的地方。

纸质期刊

纸质期刊是最经典也最受尊敬的诗歌发表渠道。这种出版物中往往包含一定量的诗歌和小说——有时也有散文、摄影作品和艺术作品。在文学期刊上发表文章并不会有固定的报酬，事实上往往只能收获一两本发表了你作品的样刊而已。

想要为你的诗歌找寻更多的发表空间，最好的选择是《诗市》(*Poet's Market*)，由作家文摘（Writer's Digest）出版。借助于下面这些关键词，你可以更轻松地找到最适合自己能力水平、发表历史、写作风格和主题的刊物。另外还有些有用的资源如下：

- 多蒲文摘（www.duotrope.com）
- 《诗市》网络版（www.thepoetrymarket.com）
- 《小众杂志及小型出版社网络目录》(*The International Directory of Little Magazines & Small Presses*)

网络期刊

在网络期刊上发表和阅读诗歌变得越来越流行了。正如西蒙斯·B·邦汀说的那样，网络期刊的反馈和出版周期都要比传统纸质期刊快捷得多。而且，因为网络期刊的种类更多，数量更大（它们中有很多都有自己特定的主题），你见证自己的诗歌被接受、发表的机会也就更大。不妨看看下面几个：

- 阿奇文刊（www.artsci.wustl.edu/~archword/）
- 会聚（www.convergence-journal.com）
- 光荧诗刊（www.doidepoetry.com）
- 不能说的旅馆（www.notellmotel.org）
- 范例（www.paradigmjournal.com）
- 慢火车（www.slowtrains.com）

在线搜索可以很快地帮你找到其他更多的在线刊物。你更喜欢读哪一家出版的诗歌，你就应该考虑把你自己的诗歌投到那里。

竞赛

竞赛是为你的诗歌赢取知名度和酬劳的一种绝佳方式。竞赛的获奖者往往既获得了发表的机会，又可以收到一笔奖金。绝大多数竞赛都要求缴纳报名费——一般十到二十美元不等——这方面的支出是不断累加的，所以要想好你参加竞赛的频率以及要把自己的作品投往何处。

你可以从下面这几个网站了解更多关于诗歌竞赛的可靠消息。

- 绝对写作（www.absolutewrite.com）

第六十六章　给你的诗找一个适合的家

- 作家基金会（www.fundsforwriters.com）
- 诗人与作家（www.pw.org）
- 艾丽卡·德莱福斯，实践作家网（www.practicing-writer.com）
- 作者亦赢家（www.winningwriters.com）

值得一提的是，有这样一类出版社和组织机构，他们组织竞赛，但不管不问有谁会参加。每个参与者都能获得一些这样那样的奖项。所有获奖的诗歌会被编成一大本书出版，获奖的作者则被怂恿以七十五美元乃至更高的价格买下它。这种出版机构被称作虚荣出版社，因为它们猎食的恰是那些不了解真相的诗人的虚荣与天真。你永远不需要为一本发表着你自己诗作的样刊付款。任何要求你这样做的出版机构都值得警惕。在你做出决定之前，记得要先掌握足够的信息。

简编本诗册

简编本诗册，也就是迷你的诗集，一般由五到五十首不限定来源的诗歌组成。它是你出版诗集之旅中重要的第一步。得到出版诗册的机会的一般方式是参与这方面的竞赛，提交你的作品（你可以从上文提供的资源中获取更多这方面的信息）。你也可以直接向出版商投稿，但这就需要你做更多的信息搜集和准备工作。自费出版也是一种可行的办法，如果你不想卷入"投稿—等待"的漫长周期中的话。这种方式能够确保作品被接受，并获得一定的知名度。如果你担心这种简编本诗册会影响你他日出版的更大卷宗的诗集可能使用同样的作品，放心吧！诗册会带给你一定的诗坛的地位——更不用说自信心的建立——甚至会有助于你下一本真正意义上的诗集的出版（一些诗作可以再次使用）。

诗集

诗人们一般都会在完成了五十首或更多的诗歌的时候，考虑出版一部诗集，而如果这五十多首诗歌中有十五到二十首是已经在期刊上发表过的，那么出版社则会更加认真地考虑这件事。和上面描述的出版诗册的过程很像，竞赛也是诗集出版的经典套路，自费出版也日渐流行起来。

  如果你想自费出版，同时又要把花费降到最低，可以考虑和一个这方面的供应商（如 www.lulu.com）合作，按他们的需求出版作品。你只需要按照格式要求在线提交你的诗稿，只要有人愿意购买，诗集就会得到出版。记住，你自费出版的诗集和你通过出版社出版的诗集受同样的规则约束。你不能把那本诗集里单个的作品拿出来参赛或者拿去发表，日后也不能让另外的出版商再次出版它。

第六十七章

怎样发表诗作

> 如果你没有任何证明，就直接在投稿信里写道"我将十分感激您花在这些诗作上的深思熟虑"。但如果你已经有诗作发表，列出来最具权威的三四个出版社则是个好办法，这个清单会呈现出那些曾经确证了你作品的价值的地方。
>
> ——简·赫斯菲尔德

一旦你开始花时间写作诗歌并润色它们，然后在接下来一段足够长的时间里等待这些诗歌——以及你发表它们的欲望——被安置妥帖，你也许就已经准备好把你的诗作投稿、拿去发表了。

只要你有了三四首你认为已经尘埃落定的诗作，你就可以把它们寄出去了。然而，为了给自己充分的缓冲区，以及让你对自己的写作怀抱更大的信心，我建议你最好在有了二十首完成润色的诗作的时候再寄出它们。这样的话，万一你对其中某首诗变得不那么有信心，你就有充足的候补队员去替换它。

通过信件投稿是很重要的途径：三到五首诗（数量会根据不同的投稿要求而变动），投稿信，以及一个写上了自己的地址、贴好了

写 / 我 / 人 / 生 / 诗

邮票的信封。出版机构会根据这个信封把你的诗作寄还给你。在线投稿是近年来流行起来的一种投稿方式，也许会在个人传记和发表作品记录中占据一席之地。电子邮件是在线投稿的重要途径。

当你准备好向期刊投稿的时候，下面这些建议将会使你在出版社那里获得一个更好的印象。

1. **不要向你不熟悉的出版物投稿。**在你投稿之前，你应该读一些你目标期刊上的作品，并意识到你的作品和其中已经发表过的作品风格上较为接近，或符合它的审美口味。你同样需要确知发表在这里的作品的具体质量，这样当你的诗作被它发表的时候，你能够引以为傲。

2. **要有一封精彩的投稿信。**一封高效的投稿信应该短小精悍，字词柔和细致。其中应该说明你希望被关注的竞赛或事件的名字。如果可以的话，还可以写上你投递的诗稿的标题。一份简要的个人履历应该包括所有相关的出版经历，教学或社区建设方面的证书等。要能让人清楚地感觉到你读过他们的出版物，并对他们很熟悉。最重要的是，语气要和蔼诚恳。

3. **避免一稿多投。**很多文学期刊都拒绝一稿多投。你可以给不同的期刊同时投出不同的诗稿——并且它们彼此没有重复。现在明白为什么之前说要等到有二十首诗的时候再投稿了吗？你可以把五首诗分成一组，同时投给四个不同的出版机构。

4. **在寄出诗稿之前，一定要把投稿须知读一遍，并遵守它。**投稿须知一般在出版机构的网站上，或在诗市网、《小众杂志及小型出版社网络目录》上。投稿须知会给出任何重要的截稿日期，格式方面的要求以及其他关键的投稿信息。比如，有些杂志会要求你在每一首诗后面都附上你的名字和联系方式，而有的（尤其是一些需要"盲审"诗作的竞赛）则会取消任何附有联系方式的诗作的参赛资格。同时，在投稿须知中，出版机构也会详细说明他们在一稿多投方面的具体规定。

第六十七章　怎样发表诗作

5. **专业一点。**尽可能认真仔细地校对你的诗歌和投稿信，就好像你要用它去竞聘一个职位。每一首诗都另起一页，在干净的白纸上打印好。认真严肃地对待你的诗作，将会促使收到你诗作的人们也用同样的态度对待它们。

6. **如果你的诗歌占据了两页，甚至更长，**确保你在每一页的页眉处都写上了诗歌的标题和页码，同时也要在翻页的时候注明这里是一个"新的"小节，还是"继续"上一个小节。要注意的是，除非那个出版机构专注于长诗（两页以上），否则，短诗发表的机会一般大于长诗。因为绝大多数出版机构没有那么充足的版面。

7. **意料之中的等待。**诗歌发表的国度里绝对没有什么你当下就能享用的愉悦和成就感，要做好这样的心理准备：每一份投出去的稿件，都可能要在几个月之后，才能给你反馈。而如果你的诗歌被接受了，你又需要等至少好几个月它才能被发表出来。（如果是在线投稿，反馈和发表的周期会缩短很多。）

写 / 我 / 人 / 生 / 诗

试试这些

诗歌发表的步骤

当你真正转向诗歌发表和出版的时候,最难的那一步已经做到了。记住下面这些固定程序,你可以一遍遍重复着这样做,直到给你的作品找到最适合它们的家。

1. 注意看当代诗人诗集上"致谢"的部分,看看他们之中谁的感受和你自己的最像。记下来最早发表这本诗集中的一些诗作的刊物的名字。

2. 去书店或图书馆,找来这些期刊。(有些刊物你可以在它们的官方网站上找到内容目录)。找出三个你感觉和你的作品最契合的刊物。你同样也可以去诗市网上找到关于它们更详细的信息。

3. 把你最得意的三篇诗作投向第一个期刊(一定要遵守他们的投稿要求)。如果诗作没有被接受,就把它们投向第二个期刊,然后第三个。

晕头转向的时候,还要留一点呼吸的空间:把这个过程当做一种实践,不要忧虑太多关于结果的问题。你在培养一种投递诗稿的习惯,它将贯穿你的整个生命,而这里仅仅是个起点。

第六十八章

用博客记录启航者的体验

博客（或网络日志）相比一般的网站而言，更新更方便快捷，而维护它的费用却更低廉。博客可供用户随时登录、随时在线发布。许多博主会规律地更新——往往每天都会更新。

诗人和作家也会用博客分享他们的作品、资源、灵感或者关于写作和出版过程的思考。许多内容包括了艺术品、摄影、播客以及视频。下面是一些我非常喜欢的博客地址，每一个都有它们独特的文学生命。

- 鼹鼠（http：//koshtra.blogspot.com/）
- Jenlemen.com（http：//jenlemen.com/blog）
- 群书之年（http：//yearofthebooks.wordpress.com/）

和传统的发表、出版不同的是，博客给了作家们低成本甚至零成本地发表他们自己作品的机会。和纸质期刊、书、文选无法提供反馈渠道不同的是，很多博客都有"评论"功能，这样读者能够和作者有所交流回应。这种沟通的范围极广，你可以和来自全世界任何地方的人对话交流。

为何使用博客

- **培养责任心。** 对刚起步的诗人来说，博客是一个很好的锻炼创作能力的工具。我 2006 年开始使用博客（www.sagesaidso.typepad.com），因为我想挑战自己，每天都写点新东西出来。而在将近一年的时间里，我真的做到了。即使我并没有把自己的博客地址告诉任何人，但发布出来还是会有人碰巧看到，这使我在把自己的初稿发布出去之前也会用心润色、修改一番。事实上，博客使我对自己的目标更加有责任心，同时也使我对潜在的读者负起了责任。

- **度量自己的进步。** 博客呈现着一系列不断积累的博文，最新发布的在最上面，时间越久的越靠底部。历史记录则按月份被编档。它提供了一种更轻松地把自己的作品存档的方式，你也可以更方便地观察到一段时间以来你所取得的进步。而且，回头看看六个月以来你每天或者每周写下的诗歌，会带给你极大的成就感：你履行了对自己的承诺。

- **建立圈子。** 博客是一个和其他刚开始写诗的人建立联系的绝好途径。你可以通过评论功能和其他人交流意见，分享感受，从每一个圈子里学习，与他们互动。

如何启程

开启博客之旅不过是一件几分钟的事儿罢了。所有你需要做的只是选择一个博客运营商，注册，走起！看看下面这几个博客运营商，哪个对你来说最称心如意——以及资费也在可承担的范围内（有的是免费的，有的需要缴纳较低的费用）。

- 泰派网（www.typepad.com）
- 雕刻语词（www.wordpress.com）
- 博客人（www.blogger.com）
- 期刊在线（www.livejournal.com）

你也许还有必要了解一下不同博客圈的整体氛围，以及谁的博

第六十八章　用博客记录启航者的体验

客最热门。这会有助于你找到最适合自己的博客。

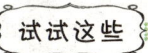
试试这些

- 注册一个博客。

- 每天，或在任何适合你的时间长度里，从本书里的"试试这些"中挑一条去做，然后把整个过程发布在你的博客里。

- 当你的博客上累计有了十五个条目以后，大大地表扬自己一番，并提高这个门槛。也许你可以挑战一下，让自己写更多，缩短更新周期，或者是发表更多已经完成的诗歌。你也可以写写你所参加的一个朗读会，或是你新发现的一个文学期刊。看看你自己能把经营一个诗歌博客的意义开发到多么淋漓尽致的程度。

- 邀请一个或多个朋友来阅读你的博客。看看当你知道你有读者以后，你写作的方式以及你对写作的感觉会发生怎样的改变。

- 如果你准备好了，写封邮件发到 sage@writingthelifepoetic.com，并告诉我你的博客地址。我会把它发布在"写我人生诗"的博客墙上，和其他读者的博客地址放在一起。阅读和自己水平相似的人的作品并从中学习可以为你自己的创作带来新的启发、灵感以及动力。

第六十九章

用博客建立读者群

如果你刚开始写诗，或者是刚开始把你的诗歌公之于众，第六十八章已经告诉你一切你需要知道的关于博客的信息——这些信息至少能管用好几年。然而，如果你已经有了一定的写作实践经验，并已经做好了面对更广大的读者群的准备——或你已经开始写博客——那么，也许是时候更有策略性地使用博客这一工具了。

博客能为你做什么

对中高级的诗歌作者来说，博客是一个让你获得立足点的绝佳方式。它能让你被更多的人认识，提升你的自信与诗艺的力量，扩大你在诗坛中的圈子。

- **提升知名度。** 随着每一篇博客文章的发出，你的名字、诗作与主题会更容易被那些使用在线搜索的人见到。一段时间以后，你会建立起一条潜在的通道，这条通道将会把真实存在的读者和你的作品连接到一起。

- **更清晰地反观自己的写作。** 在你反观自己作品的时候，没有什么比一个稳定的、持续的、互动的读者群，能带给你更好的洞察力了。一旦你开始保持规律地发布博客的习惯，你就会从给你评论的人们那里学到不少东西，而"评论"这一功

第六十九章　用博客建立读者群

能本身，又会有助于你读者群的扩大，鼓励更多的人参与到你诗歌的讨论中去。

比如说，你也许认为你对语言的音乐性的把握是你的独特之处。然而，从你的读者那里，你却发现你对意象的使用真正攫住了他们的心灵。又或许从你的读者那里你发现他们认为你是一个长于描写鸡蛋、马匹、心碎的时刻——或任何你多次描述的主题——的诗人。我一直都认为我的博客完全是一个"文学"的场所，直到我点开了一个读者的博客——那才是一片完全"精神至上"的天地。反馈渠道的建立是让你感受到你诗作的影响力的最佳途径。他们的评论使我能够以更复杂的视角去反观我自己的作品。

- **磨砺你的诗艺。** 当你写了一首诗，然后就把它放入抽屉、文件柜或是电脑硬盘中，那么直到你再次修饰润色它之前，再也没有灵感的火花会降临。然而，当你知道有真实存在的、活生生的读者——也许是很多读者——将会在你把它发布到博客上之后去阅读你的作品，你会想尽力去做到更好。

- **建立你自己的平台！** 在今天的出版界，博客在组稿过程中扮演着至关重要的角色。博客能够极大地扩展你的读者群，重塑你诗艺的伟力，并且向编辑及出版商证明你是一个严肃的、勤勉的诗人！（要学习更多一个良好运营的平台会怎样促成个人诗集的出版，以及怎样建立平台方面的信息，请参见克里斯蒂娜·凯兹的相关著作[①]。）

试试这些

- 浏览列在"写我人生诗"的官方博客（www. writingthelife-

[①] 英文书名为：*Get Known Before the Book Deal: Use Your Personal Strengths to Grow an Author Platform*。

poetic. typepad. com）上的诗人们的博客地址。

- 选择三个你喜欢的博客，并在给他们的评论中描述出你对他们某个特定的作品或整体印象上的感受。在时间允许的情况下，尽可能多地去造访并评论他们的博客。与其他博主展开互动交流有助于提升你的网络知名度并建立你和同侪之间的联系。一般来说，阅读了你的评论之后，作者或其他读者都会回访你的博客。

- 在你的友情链接栏——也就是一系列你最喜欢的网站或博客地址的链接——里加入你喜欢的诗人的博客地址。这对你和你添加进去的博客都有好处，它能双向提高你们的浏览量。

- 给每一篇博文添加"标签"，提示这一篇博文中所涉及的主题。这会使你的博客更容易被搜索到，也会提高你的可见度。

- 把你的博客当做你自己专属的文学期刊。你想以哪种类型的信息来吸引你自己和你的读者们？探索更多的途径，调整内容的种类，保持以及吸引更多的读者。博文评论（对一篇有趣的文章或博文发表看法并附上链接）会是一种轻松、快捷地呈现自己价值观的方式，你不需要总是从草稿纸的碎片中才能提炼出它。

- 玩得开心！把博客当做你真实存在的缪斯。用它去挑战自己、启发自己在博客圈子乃至更广阔的空间中探索新的主题、新的灵感、新的诗友。

第七十章

珍宝：让残纸断片枯木逢春

就像所有值得去做的事情一样，诗歌是一项需要我们长期投身其中的事业。对我们这群被立等可取的文化熏陶过来的社会人来说，坏消息是，没有什么让你诗歌的才能迅速成长的捷径；好消息是，在这条路上，任何一片语言或思考的碎片都不会白白被浪费。你所写下的每一个词语，都会让你更精微地认识自己的头脑，提升你驾驭语言的能力，把你的笔打磨得更加流畅光润。就我自己诗歌方面的经验而言，没有所谓"错误"或"损失"这回事，只有一条朝向理想境界不断延伸的轨迹，在这条轨迹上的你只会不断靠近它。

诗人们经常会犯的错误是在诗歌中留下他们喜欢的词句和片段，不管它们是不是能够很好地服务于这首诗整体上的需要。其实，在这首诗中不那么应景切题的词语或片段也许在另外一首诗中就能找到自己的用武之地。你往往在一段时间内会重复思考、处理彼此类似的观念或主题，而和一段话格格不入的只言片语也许在另外的地方就会成为绝妙的起始句（或漂亮圆满的结束语）。

当我把在一首诗里不那么协调的语句挑出来的时候，我会把它们直接存放在某个易于获取的地方，以备将来之需。我把这些被移除的宝石唤作我的"珍宝"，并在我的电脑里创建了一个以"珍宝"命名的、不断累积的文档。当我对新鲜的材料去粗取精、耐心打磨的时候，我可以很轻松便捷地纵身跃入这个词语的源泉之中。

在你作为诗人不断成长进步的过程中，保存下这些"珍宝"会减轻你斟酌增删自己作品过程中的压力。你不需要再与那些一时不适用的语句难分难舍，你可以把其中有保存价值的部分留下来以待他日之用，同时让自己的注意力集中于在当前这首诗中那些真正有用的部分。

试试这些

- **未雨绸缪留"珍宝"。**当你从一首诗里删减了你喜欢的语句时，留出一个"珍宝"专属的文件夹、文档或笔记本。在里面保存好这些闪耀着你天才之光的片段，直到适合它们的那首诗到来。

- **让灵感触手可及。**把你的"珍宝"放在你手边，这样下一次你需要启动这些语言王国中的宝石的时候，它们就在你的指尖。

- **经常翻看你的"珍宝"。**每一次你开始写一首新作，或在写作一首诗的中途思维卡顿的时候，去浏览一下你的珍宝储藏室，看看有没有哪一段文字能够给你些启发。体验一下把"珍宝"在合适的时候嵌入你的诗作的感受，并记录下来这样做会对你诗歌的运行轨迹产生怎样的影响。

- **把你的进步存档。**另外一种管理"珍宝"的方式是，当你写诗的时候，把这首诗曾经出现过的、经过修改的不同版本都留存下来。我的朋友劳伦·格林往往会在一首诗最终的定稿后面尾随着十个甚至更多的草稿版本——这真是一个有料的 Word 文档。除了有助于他回顾一首诗演进发展的过程以外，这个被精心保存下来的记录也会使劳伦再次斟酌字句，有时会把已经被他删掉的部分再添回去。当我修改润色词句的时

第七十章　珍宝：让残纸断片枯木逢春

候，我更喜欢给每一个历史版本新建一个 Word 文档（例如"点金术 1"，"点金术 2"，"点金术 3"，等等）。不管你选择哪种方式，把你的诗作曾有过的不同版本保存下来会让你更轻松地看到在它一路走来的过程中的所有得失。它同样会使你自己的编辑工作更自由，因为你不用担心失去什么东西之后会再也找不回来。

第七十一章

让词语表触发新的灵感

诗人泰丝·加拉格尔第一次加入诗歌讲习班的时候,参加了一个非常有趣的资格考试。候选考生们拿到了一张词语表,他们被要求用词语写一首诗:擦伤,马,牛奶,理性,新娘。加拉格尔把每个词都变成了自己手中的棋子,召唤着惊喜、新奇的想象,并为自己铺就进入讲习班的康庄大道。

杂货店的马　泰丝·加拉格尔

想得到赞美。
他不再思索那些为了站在这里
而被他放弃的一切,鸡群们奶白色的理性
在夜晚拂过他的脑海,草地
在白日里泼洒。不,他已站立得够长了
带着他优美的胸肌,乳头点缀其间
还有围裙,棉花,各种水沫,和他黑色的嘴唇
轻轻地分开,缩回了前蹄
周遭一片淡紫色的空气。他已经学会了被诽谤时轻蔑地喷一口气
数枚硬币满载无端的擦伤,形如新娘

就像我们在这首诗中能见到的那样,词语清单提供了一个有趣

第七十一章　让词语表触发新的灵感

的机会，迫使我们动起手来，开动想象力，去塑造一个意料之外的故事。我们可以选择一个词语/短语表，用它来打开新的空间，然后找到一个拥抱它们或编织它们的方式。把一首通过词汇表写出来的诗当做一门跨越语言拦路虎的课程，用它来挑战自己，从过去的稀里糊涂中脱身出来。

有一次，我见证了诗人凯西·布什朗读一首诗，这首诗完全来自幸运饼中的祈祷祝福语。它是一个光芒夺目的聚合体，包含了不预设前提的智慧，幽默的建议，以及可爱的"英语是第二语言"之主义——所有这一切都以奇妙的方式组合在一起，以至于它对我产生了极为强烈的触动，让我在第一次听到它多年以后，还依然记得。

诗人多丽安·雷克斯有一系列的诗作都是源于她的丈夫——诗人约瑟夫·米勒的挑战，把一系列既艰深又彼此完全没有关联的词语串联到一起，写一首成功的诗出来。在一个朗诵会现场，当她用最后一首诗结束了我们在诗国天空的翱翔之后，她把她诗作中最基础的词语呈献给了观众。从这一小撮鲁钝而平凡的词语，也就是我们收到的礼物中，竟然会诞生出那么多的主题，以及一系列的意象，它们竟然被赋予了自己独有的音乐感——这真是一件有趣的事。

你会聚合起什么？你会拥有一个什么样的词语表？一个什么样的词语表，会成为你向诗歌一路奔去的道路上一个趣味盎然的起点呢？

试试这些

- 用泰丝·加拉格尔第一次遇到的那些词写一首诗：擦伤，马，牛奶，理性，新娘。独立地创作一首你自己的诗，看看这些寻常的词语能为你的写作带来多少令人惊喜的灵感，衍生出多少新鲜的语句。

- 从你寓所中随便找一个已经列出的清单：购物单，"亟待完成"、"亟待阅读"的清单——它们越是普通寻常越好。把清

写 / 我 / 人 / 生 / 诗

单上的词汇写入一首诗中,看看它会把你带去何方。

- 从下面这首诗中挑出五个你最喜欢的词。把它们写下来。用它们写一首你自己的诗,营造另一个语言氛围,讲述一个完全不一样的故事。

拉甘尼塔斯的冥想 罗伯特·哈斯

一切新鲜的思考都指向失去。
和陈旧的思想并无两样。
比如,
那些消除了常识明亮的清晰感的诸多念头。
那只长着小丑脸的啄木鸟,
在桦树枯死斑驳的树干上笃笃探索。它的现身
令悲惨的坠跌降临在光芒的原初之地
——这光芒不会被分开
或者还有另外的说法
因为在这世间没有任何事物
能够与黑莓的刺棘完美对应,
语词便是它所指之物的挽歌。
我们谈论到昨天深夜,友人的话语中
有一封悲伤的薄电报,有着
近乎暴躁的抱怨语调。片刻后我就理解了
这种言谈方式可消解所有:正义,
松树,头发,女人,你和我。有个女人
我曾和她做爱,并记得姿势,有时
手握她小巧的肩膀,她的存在
让我感到一阵剧烈的惊愕
像对盐的饥渴。我童年时的河流呵,
河心岛上的垂柳,傻气的歌谣

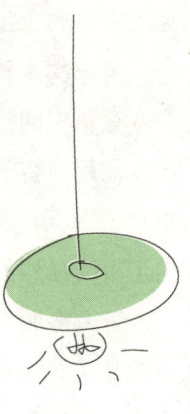

第七十一章　让词语表触发新的灵感

从愉快的船儿上飘起了
那片我们抓到过银橙色鱼儿的泥泞之地
它名叫瓜仁太阳鱼。这名字和她全无关系。
憧憬，热望，我们说。期待中总是充满
诸多无尽的距离。我一定到过她曾到过的处所。
但我回忆起了太多。她用手掰开面包的方式
她父亲说过的令她伤心的言语，她曾梦见的世界。
肉体获得了词语般的庄严与神圣，在过去的某一刻
日子总是在新鲜和美好中延续。
如许的亲切与柔和。那些下午，那些夜晚
黑莓，黑莓，黑莓呵——它们念叨着。

第七十二章

退稿信总会来的

> 没有人能让你感到自卑，除非得到了你的许可。
> ——埃莉诺·罗斯福

一个朋友给我寄来一封电子邮件，大意如下：

> 我给一家文学期刊的分部寄去了三首诗。我想我对自己预期太高了。退稿信接二连三地到来。我该如何处理？现在我恨极了这三首诗，没有任何可圈可点之处，像被扒了皮一样，是吧？

这封信几乎就是我曾有过的心声。你也一定有过类似的感受。每一个写诗，并把诗作寄给期刊，希望得到重视的人，都曾有过希望破灭、诗作被拒、对自己诗歌才华的信心被粉碎的时刻。对我们绝大多数人来说，这样的事情数不胜数。

应对这件事，最老生常谈的智慧是，你得把自己历练得皮糙肉厚些，但我不同意这样做。如果你能把自己历练得皮糙肉厚，你很可能是通过踢足球或者是在工作中疲于奔命而做到的，但绝不可能

第七十二章　退稿信总会来的

是因为写诗。就像细胞壁有选择地让养分渗透进来一样，一个诗人也必须同样有选择地让世间诸多痛苦与愉悦渗入心灵。对我们来说，学习如何在生活中保持极度敏感是走向诗歌的第一步。

那么，你该如何处理退稿信的痛苦呢？这里是一些有用的想法。

- **永远把下一批准备好**。因为娜塔莉·戈尔德贝尔格这样说过，我就严格地遵守了这条建议。当一封退稿信到来的时候——它们随时会到来——你就有了一个简单的、分离情感的任务要做，这会使你保持继续前行。无论怎样强调它的重要性都不为过。把下一批要寄出的信投入邮筒，然后你再开始面对退稿信带来的失落。这样，你就不会被挫败感和沮丧拦住你继续向前迈出的脚步。

- **专注于成功地寄出了作品这件事**。尽管大多数人都把发表当作寄出作品的最终目标，我还是认为，仅仅把信封投入邮筒就是一项大成就。因为发表这件事并不全由我自己掌握，只要我做到了我能做的部分，就足够庆贺！

- **不要把它当作个人事件**。追求自己作品的发表潜在地会带来对自己作品的信任危机。退稿信使你不得不直面自己的脆弱。虽然编辑确实对于发表还是退回你的作品掌握生杀大权，但他们也只是和我们一样有个人癖好、主观概念的普通人。很难说会有哪些行政管理方面、政治方面、个人原因或者纯粹自然的影响会左右一家出版机构在接纳稿件方面的决定。最好不要去问他们为什么、如何做出了这样的结论，在这个问题上浪费太多精力和想象力是不明智的。

- **让退稿信来得更猛烈些吧**。如果你不买彩票，就永远不可能中奖。同样，如果你不把诗歌寄出去，它们永远不可能得到被发表的机会。你越是习惯于寄出自己的稿件、又收到了退稿信这样回力镖一样的事情，每一封退稿信也就越显得无足轻重。经过时间的洗礼和反复练习，曾经在你脑海中沉重如

写 / 我 / 人 / 生 / 诗

山的退稿信也会变成一座容易跨过的小土丘，被远远抛在身后。

- **欢庆退稿信**。我把每年收到的退稿信都专门放到它们自己的文件夹中。每当文件夹被逐渐养肥，我会因为我曾把自己的作品投寄到这么多的地方而感到自豪。在我二十刚出头的时候，我有一个把每一封退稿信都贴在要事板上的朋友，每当他想要激励自己继续努力奋斗的时候他就看看那块板子，从中获得动力。偶尔为了取乐，他和他的室友还会往那块板子上扔飞镖，看看哪封退稿信是他们可怜的对头！

- **无论怎样都要热爱你自己的诗**。不管对其他人来说是不是这样，我的诗对我自己的意味非同寻常。每一首诗的诞生都对我人生的某个侧面有特殊的意义，在我的人生道路上打开了一个独特的空间。我能够通过诗歌实现对自己的理解与陪伴——这件事本身的价值是无法用被发表，或者任何外在的评判来衡量的。明确有力地表达出你对写诗的热爱，这会有助于让你专注于这个过程中你所发现的新的自己。

- **收集证据**。你当然不需要别人的认同和批准，但有它总好过没有。为什么不把证据——那些来自你的圈子、肯定了你的诗歌的价值的眼光——积累起来呢？专门用一个文档或清单保存你从朋友、家人、同学、邻居那里得到的肯定，并用它来提醒自己，你的诗作有知音。

昨晚，我睡着的时候（这是个例外）　　安东尼奥·马查多

昨晚，我睡着的时候，
　做梦了——这了不起的故障！——

第七十二章　退稿信总会来的

梦见我有一个蜂箱
里面装着我的心脏。
而金色的蜜蜂们
正建造白色的蜂巢
从我过去的失败中
流出了甜美的蜜浆。

第七十三章

国家诗歌月

你知不知道四月是国家诗歌月？在全国各地的社区中，像你和我这样的好公民会欢聚一堂，为诗歌举杯相庆。如果你生活在一个大城市，你将会在这个月里有机会参与到丰富的诗歌活动中去，像朗读会、研习班、文学活动等等，它们贯穿了整个四月。在这个即将到来的四月里，我强烈建议你参加至少三个诗歌活动。向自己保证，你一定要成为活动中最有趣以及最新奇的那个人。如果有机会参与其中——往往打开麦克风就会开启一场朗读会——务必准备好你负责的部分，准时到达，并拿出胆量！那些被你感染的人会感谢你的。

当然了，并不是所有人在自己住地都有参与类似活动的机会——要么是因为能选择的活动很有限，要么是因为自己的时间有限。但我认为，如果那些参加国家小说写作月的小说作家们能够在一个月的时间里赶工出一篇完整的小说的话，你也完全可以挤出时间，把四月完全交给诗歌——不管有没有社区诗歌活动这方面的条件。这里是一些把四月当做你自己的诗歌月的建议。

试试这些

- 用相机拍下你最喜欢的诗歌（你自己的或者别人的都可以），

第七十三章　国家诗歌月

然后把它寄给所有你喜欢的人。

- 给自己放一晚上（一整天或一个周末，你所能负担的最长的时间）的假，去一个你不需要为晚饭、孩子、洗衣服、工作而操心，也不需要注意自己言行的地方。吃一些放纵自己的食物，坐在充满泡泡的浴缸中，就着烛火大声地朗读一本诗集。

- 听诗人读诗的录音——在线，DVD 或 CD（在线朗读资料的相关信息，参见第四十五章）。尽量听到你喜欢的、你了解的以及几个你之前从未听过的诗人的朗读。

- 在加里森作家年鉴网（http：//writersalmanac.publicradio.org）上注册并同意让它们每天给你通过电子邮件寄一首诗来。这项服务是免费的，并且很方便，此外，每天都在收件箱里收到一首专门为你挑选出来的诗歌，像是一件礼物一样，这真的是件值得开心的事情。

- 在家里主持一个诗歌圈活动。如果你喜欢，也可以把它和晚餐结合到一起。邀请几个朋友带上他们最喜欢的诗歌和你共度夜晚。你们可以朗读自己的诗作并讨论它，如此轮替进行。留意他人的表现风格并做出评价和回应。怎样做可以带来一场成功的朗读会？你能从别人身上学习到什么？你从你选择的诗歌中又发现了什么呢？

- 参与到一个在线诗歌社区中去，和来自天南海北的诗人们联系起来，共同寻找灵感，提升技艺，分享诗歌带来的快乐。下面是一些很好的网站：

    - 野生诗歌论坛（www.wildpoetryforum.com）
    - 诗歌在线（http：//poem.org/blog）
    - 写我人生诗（www.writingthelifepoetic.typepad.com）

- 站在你的前院里，自由自在地写一首诗。弄一个房地产的标志物（就是带着一个狭槽、可以放入传单的那种），并把它装在你的前院。但你不用真的把"有物待售"的传单放进去，而是把印着诗歌的纸张放进去，填满那个小空间，并每周都更换新的诗歌。把这个标志物装饰一下，让它能容易被看到——在那里你给过路的人们提供了一份诗歌的礼物。

- 开展一场游击式诗歌闪电战。用你的诗作制作一份小杂志，然后复印100份。（记得要附上邮件地址，这样如果人们读到了你的杂志，就可以和你分享他们的喜悦。）把它们留在咖啡馆、图书馆、书店以及其他它们容易被注意到的公共场所，让人们阅读它们，并享受它们吧。

- 宣布你自己的国家诗歌写作月。每天都写一首诗。它并不需要是一首好诗，或者是一首经历了字斟句酌的诗。仅仅是一首诗而已。去见一个朋友，并且，如果需要的话，喝一大杯咖啡。打电话请病假。把没有洗的盘子丢在水池里。但一定要写一首诗。每天一首，每天一首，如此重复。想和一个好同伴一起做这件事吗？想在这个过程中得到更好的灵感吗？访问"诗歌伴我行"（http://blog.writersdigest.com/poeticasides），这是罗伯特·李·布鲁尔的博客，他是《作家市场》（Writer's Market）的编辑。布鲁尔就在四月坚持着"每天一首诗"的挑战，同时邀请他的读者一起每天写一首新的诗。我敢说你肯定办得到。

第七十四章

从事实走向真理

> 我发现诗歌能够讲出一些难以讲出、更难听到的东西。它可以为大胆的念头提供一个框架，讲出那些诸多的可能性，真实的存在，揭开真理之上的遮蔽。一个人有许多选择，阅读大量穿越了数十年甚至数百年的作品，从来自世界各地的诗人身上学习，并且，从中寻找到人类存在中那些共同的元素。
>
> ——托妮·帕汀顿

私人化的历史

报纸和历史书向我们提供了事实。诗歌则让我们进入历史事件的情感真相，我们可以与它感同身受，成为它的一部分，并把它和我们自己的情感加以比较，而不仅仅是抽象的概念。最重要的是，一首诗可以提供一个契机，让我们不仅仅是简单地理解一个过去的事件，而是能体验整个人类经验中某个更深层次的瞬间，并发自内心去感受它。下面是一首体现了这种可能性的诗。

三角牌女衬衫厂火灾　罗伯特·菲利普斯

我，罗斯·罗森菲尔德，是厂里一名工人

写 / 我 / 人 / 生 / 诗

我是幸存者。地狱之火降临的时刻
工厂大门已被老板锁闭

为了把我们限死在缝纫机上,
为了不让我们把边角料偷回去。
我问自己,老板们造了多大罪孽啊
我知道他们本可以拯救他们自己。

我离开了自己的大扣子缝纫机,
沿着铁楼梯爬上了第十层
那里是老板们的办公室。从落地窗上

我看见姑娘们穿着衬衫招摇过市
凯瑟琳车轮转得像飞艇一样快
——这窗外的世界,然而楼下的惨相呢
一件件叹息着的衬衫,在火海中撑开了遮阳伞

我看见巨大的炮弹自动填充
投向了通往顶楼的直梯
我挤了进去。但姑娘们被留在那里

我们像灰尘一样升起。消防员
用大力气把我们拉到了房顶。
脚下的沥青都变软了,我在哭
就在下面,我的一百四十六个同伴正走向死亡

或已经死去。其中一个是丽贝卡,
我唯一的闺蜜,是其他工人的领班
也像其他人一样,被烧死,像根柱子。

第七十四章 从事实走向真理

后来二十三个罹难者的亲属来了
穿着葬礼的礼服
每个家庭得到了七十五美元的抚恤金。
就像《泰坦尼克号》之后的那一年——
没人关心锅炉舱里那些人的生命。

那些门也被锁上了,那个海上的血汗工厂。
他们因为冰山而死,不是因为火,我此刻生活在
南加利福尼亚。但我依然看到

衬衣如降落伞一般翻飞,
姑娘们拍打着鹅卵石,闻到了烟味,
被烧焦的肉味,姑娘们像不值钱的扣子一样碎裂
像许许多多跌落的针线一样消隐无踪。

阅读其他材料中关于这场事故的记录,我们可以收集有关真相的信息,例如:一系列错误的判断导致了这场灾难的发生,当时的政治使它成为可能,以及死亡的人数。不管怎样,这首诗都邀请我们通过罗斯·罗森菲尔德的眼睛体验了这场事故,这正是诗人所描绘、所分享的。

叩问自己的良知

诗歌并不一定要刻意地给我们灌输客观上或道德上的正确观念。它往往会引导我们自己去思考善恶正误。

鹿的季节 芭芭拉·坦纳·安琪儿

我妹妹和她的朋友,强尼·莫利,
有段时间每周六都去班克罗夫特宾馆

拜访他的爷爷。

有一个秋天，鹿的季节刚刚开始，
那个老人告诉他们，

"当我还是孩子的时候，我猎鹿
那时这里还遍布林木，
但那件事以后我再没有回去过……

那个人走到野外，带我一起
而我第一次举枪射击了一头雄鹿。
它带着流血的伤口躺在落叶中，

于是他们对我说，
用这把手枪，打爆它的头。
我径直走向了它，
定定看着它的眼睛。

就在我要扣动扳机的时刻，
它舔了舔我的手。"

这首诗并没有宣讲打猎是对还是错。它只是讲述了一个来自特定捕猎者的饱蘸情感的捕猎经历，引导读者自己去得出结论。

传达更高层的善

我成长过程中经常听到这句话："棍棒与巨石也许会打断我的骨头，但言辞永远无法使我受伤。"就像我所听到的许多关于人生的话一样，这句格言并不能够恰当地总结出我们伤害彼此的纷繁复杂的方式。骨头会愈合，但言辞却永驻心间。我们中的绝大多数人，在

第七十四章　从事实走向真理

成长为成年人之后，无数并不善意的言辞会依然寄宿在我们内心最柔软的地方。我们在内心深处保留着这些言辞，好让我们不至于感受到更大的痛苦。这些言辞是如此强势有力：丑陋、肥胖、愚蠢、失败。

在《隐藏在水里的信息》（*The Hidden Messages in Water*）一书中，江本胜博士展示了水在不同类型的言辞影响下所形成的结晶图案。他有力地证明了思想和情感会对物质世界产生作用力。对同一个水的样本以书面或口头的方式施加不同情感倾向的词语，以及演奏不同风格的音乐的话，水分子就会呈现出不同的模样。

比如说，如果向水施加的是正面、善意的词语（例如"爱"和"感激"），水分子就会呈现出漂亮、美丽、缤纷的雪花般的形状。"爱"看起来像许许多多的宝石。然而，如果换成了负面的词语（如"挫败"、"愤怒"、"失望"），水分子的形状则呈现出破碎、不对称的图案，颜色也十分灰暗。水分子受到重金属音乐的影响以后形成的图案在我看来就像铜钹的脑袋一样。

我们的身体中四分之三都是水。由这个研究结果观之，我们是否有 75% 的部分同样会受到言辞的影响？某种意义上这也就是说，我们就是我们所言说的。

诗歌滋养着我们，同时引导我们走向对语言的尊重——它有让我们成为更好的人的潜能。当我们可以传达出我们真正的意图的时候，我们就可以与自己和他人建立更好的联系。

第七十五章

令汝之真我成真

雷恩是一个执业按摩医师，曾经为我的狗哈摩奇治疗背痛。他腰间有一个爪子形的文身，还在小臂上文着"珍宠贝纳特"。他第一次来我家的时候，我发现在那一天的其他时间里，我都在大肆鼓吹着一句摇滚女孩最有男子气概的言辞："尽管放马过来吧小宝贝，可千万别让我失望。"

雷恩按我的意思第二次到来的时候，我说："你最好保证能够在我把唇膏弄出另一个凹痕之前，把我放到我该去的地方。""冰与火之歌"，就是这样难以避免。

在他第三次到来的时候，我问他："把'珍宠贝纳特'这个名字纹到自己的身体里对你的生活产生了什么样的影响？"

他当时坐在地板上，哈摩奇躺在他的大腿上。她肚皮朝天，大字形伸展开，舔着他的手腕。他正在试图把她腰上连接着脊柱的绷带松开。因为我的问题，他变得活泼多话了。

"珍宠贝纳特是我的护身符，"雷恩解释道，"把她的名字写在手臂上，可以提醒自己我是谁，以及我想要怎样的生活。我到过不同人的家里，他们都能看到我手臂上写着她的名字，他们也会被提醒——他们自己是谁以及他们想要怎样的生活。它使我们开始谈论对我们来说什么是最重要的。"

第七十五章　令汝之真我成真

把有关某事或某物的名字、想法或代号以文字的形式写在自己的身体上——这个想法促使我想到了很多东西。在自己的人生中只身穿行而过，这些词语也许会提供一个平行的视角，一支和你自己真实的人生、扮演的角色同时行进的协奏曲——它是一个启迪或一种价值观，通过它你能确证你自己，并感受到自己生命的脉搏是否偏离了原初的轨迹。

我从来没有对任何词语、短语或信念的时限有足够的信念，足够到让我能够把它们刺入我的身体。然而，我的确在三年里都佩戴着一条项链，它上面写着："令汝之真我成真"。我感觉到这条项链有一种力量，就像神奇女侠那神奇的金属手镯一样，能够替我抵挡任何可能令我偏离自己最好的航道的魔力。我十分肯定地知道那些语言的确发挥了作用！

我的书桌上曾经挂着一个被框起来的小艺术品，是我母亲大约二十年前给我的，二十年来我不管搬家去哪里都会带着它。它上面写着："写作的艺术就是探索你的信仰的艺术。"这句话是戴维·黑尔说的。我的白色写字板上还吸着两张我的朋友帕姆寄给我的萨克卡，我通常用它来提醒自己截止日期将近。一张卡片上面写着"呼吸"，另一张上面写着"你所有的梦想都已经实现"。再重复一次：这些话里没有任何一句被我文进皮肤中，但它们都在我的日常生活中触目可及，当我想从脑海中那个浩瀚而透明的空间里追索诗歌的踪迹的时候，它们便扮演了线索的角色，甚至成为我诗歌最初的原材料。

词语可以成为一支支箭镞，让你的注意力专注在某些特定的方向上。它们也可以是方向盘，逐字逐句地影响你的选择与行动。我鼓励你仔细地思考（并感受）那些距离你很近的词语：你身体上的、你床头柜上的、工作地或生活地周围的。或早或晚，这些你视野中的词语会成为你信念的一部分。如果"珍宠贝纳特"就是那两个你需要它们始终出现在自己视野中、提醒自己真正的人生方向何在的词语，那么就要通过一切努力沿着它的指引前进，成为你想要成为的那个自己。不管你信仰什么或可能去信仰什么，让词语成为那股裹挟着你前进的洪流，让你的旅程始终沿着自己认定的轨迹前进。

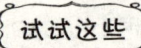 试试这些

- 选一个年度词语，用漂亮的颜色把它写下来，并把它挂在你时时可以看见的地方。我 2007 年的年度词语是"够了！"，2008 年的年度词语是"接受！"，它们都用魔法记号笔写在索引卡上，周围画着漂亮的手绘图案，在我办公室的公告栏上十分醒目，我每天都能看见它们。那两年都以它们的方式对这个设定好的主题做出了回应，还带来了其他的东西。你会选择什么样的年度词语呢？

- 《甜心俏佳人》这部电视剧说，每个人都需要一首主题歌——我同意这个说法。我们用音乐度量时间。我们用音乐度量人际关系。我们经常发现自己被聚会上的音乐、被表现生命降生与逝去的音乐、被婚礼的音乐所感染。选择一首主题曲，或自己为自己写一首。在任何你想提醒自己它其中包含着的意韵的时候，唱起它。

第七十五章　令汝之真我成真

- 把一些极其重要的信息写在你的手上或胳膊上——一些你能够经常看到的地方。如果需要的话，可以每天重复写一遍。看看和这些写在身体上的词语或信息一起生活会是什么样子。

- 每周写下一句引人深思、激发灵感的话——从别处引用来的也可以，然后开动脑筋变换不同的方式使它触目可见。比如把它寄给自己，或者把它作为自己的电脑屏保，或者用胶带把它粘在浴室的镜子或冰箱上。

第七十六章

允许休耕的时光

大自然有四个界限分明的季节循环。不管我们对自己寄予了多高的期望，诗人也和其他生物一样遵守着大自然的节律。

然而，尽管我们一生都在见证这个世界上不断在我们身边上演的萌芽、开花、花瓣凋谢、长出了青涩的果子、成熟、光辉灿烂的秋季景象、万物凋零、冬眠，再从头开始——这个过程周而复始，而我们仍然期待自己的循环只包含萌芽、开花、结果、丰收。（这并不奇怪，因为这就是我们这个文明的时间表：产出、产出、更多的产出。）但事实上动物和植物并不按我们期待的节律活动，我们自己也是一样。

连续不断地生产本就不是一件合乎自然、可长期持续的事。农民会轮流耕作他们的土地，这样土地就会在每一次收割之后有积累养分、自我充实的机会。想要从自我的天赋中收获更多的诗人们也应该做出相似的选择。不需要被人雇佣写诗，最大的好处是不需要去战战兢兢地面对监督者、主管或顾客。这也就意味着你完全可以自主决定写诗的方式、时间与地点。你可以依照自己的喜好让自己进入某个状态或从中走出。但我仍建议你找到一种可以让自己的生活与自然界顺应一致的方式，并从四季的轮回中有所领悟，学会去信赖自己的写作的季候。

几年前，作家艾莉丝·沃克接受了一笔拨款，专门用于写作。

第七十六章　允许休耕的时光

然后她紧跟着就搬了出去，住到了一个村镇里并在那里度过了一年，那一年中她一直在做编织。就在那段时间里，《紫颜色》这本书中的主人公们向她走来，逐渐在她脑海中成型，而整个故事情节也不断地汇聚过来，才思倾泻如雨。我猜想，等到艾莉丝·沃克真正坐下来，面对稿纸拿起笔的时候，整个故事将如一场真正的洪水般源源不断地从她的笔端流出。当收获的时节到来，读者们便能够幸运地从虚拟的葡萄藤上摘下《紫颜色》这颗丰盈饱满的果实。

我依然记得我第一次听到这个关于艾莉丝·沃克的写作的故事的时刻。我想知道她是否焦虑过——就像我有过的那样，尤其是当她"什么也不做"，而确实也什么都没有发生的时候。我想知道她身边的人是否焦虑过：一整年过去了，却没有任何关于书的迹象出现。很显然，这个作家比我更了解怎样欣然接纳并顺应自己的节律，以及自然的节律。

如果沃克在那一年里，每天都逼着自己坐下来，手里拿着一支笔，绞尽脑汁地思索，完全按一个严格的时刻表来工作，《紫颜色》这本书也许就没有那段休耕的时间——它恰恰需要那段时间去凝聚力量、逐渐成形，并酝酿出它今天所拥有的这种独特的叙述风味。你也许也曾在一段休耕的时间里强迫自己写出点什么来，却又不得不和自己不济的精力与诗作妥协。枯井再被泉水充满需要一段时间，你从那口井里打出水来，装满自己灵感的杯子乃至文思泉涌，同样需要一段时间。

我并不是说，你要完全遵守自然的节律，在整个春天和夏天里做一个丰富多产的作家，然后把你所有好的想法封存在冬天这只罐子里。我想说的是，你也有属于自己的四段节奏，它值得被探索出来，然后你就能够更好地明白何时是你高产的时期，什么时候你可以去修整花园，什么时候可以放松休息。

种植

对诗人来说，种植时光既包含了个人的积累，也包含了把诗歌的诸多可能像种子一样播撒下去，种在对你来说最好的工作方式中。你可以种下意料之外的经历、一次计划中的出游或人际大冒险、在大自然中度过的一段亲密时光、加入了一门课程或一个工作组、阅读充满指导性或给予人启迪的书籍，或参加朗诵会。

新的成长

这是你高效写作的时间。像风一样写作吧。然后写出更多！不要担忧自己是不是能做到完美。能够接纳自己、敞开怀抱去欢迎所有叩击你灵感大门的事物是更重要的事情。这就是你需要笔记本、索引卡、即时贴——任何对你有用的东西——的时候了，这样你就可以在任何地方，都不会让灵光乍现、奇思妙想白白地浪费掉。

收获

在收获的时节，你需要把你灵感的璞玉精雕细琢，使它们成为珠圆玉润、亭亭玉立的诗作。在这段时间里，一首诗最初的创作冲动，在你自己诗意才能的引导下，找到了适合它的形态、格式、风格以及语句，来把它最为充分彻底地呈现出来。

冬眠

这一段时间，亲爱的诗人们，就是你不用做（至少显现出来的情况是这样）任何与诗歌写作有关的事情的时间。你在休息，在享受愉快的生活，给妈妈打个电话。你不必担心如果你想不出诗了会怎样，你当然还会写出来的！事实上，你越不去关注它们，你的诗歌就会越热情地在你灵感的大门外排队等候，等待着一个时机蜂拥而至，就像中学里男生们围聚在女孩周围一样。休息之后，当种植的车轮再次转动，你的双手将被诗思填得饱满。

第七十七章

放手去做

> 只管写。我知道这听上去有点像老生常谈或者把问题看得太简单了,但除此以外没有任何事能教会你如何写作。你可以去上数以万计的培训课,读一千本书,但学习的唯一途径就是把你的手放在稿纸或键盘上,开始写。想象一个阅读了所有烹饪书的烘焙新手,他如果连一个蛋糕都没有烤过,又有什么用呢?所以,只管去写吧。如果它一开始显得平淡无奇或令人煎熬,哪怕一百次都是如此,也没有问题。虽然你自己可能感觉不到,但情况就是,它会一次比一次更好。
>
> ——莎娜·日耳曼

诗人泰德·库赛说,有的女孩们会策略性地使自己给别人留下如同一个年轻男子的印象,从这种策略的角度,他把他自己称为一个诗人,并会随身带着一本很厚重的大书招摇过市去证明这一点。许多年后,事实证明,如果他想成为一个诗人,他最好从写诗开始做这件事。而他确实这样做了——最终赢得了决定性的喝彩。

这看起来是我们周遭常见的现象:人们想象自己是一个诗人,

却从来不去写诗。我并不特别反对这种做法，一个诗人就是我所能想到的最有价值的理想状态。在泰德这个案例里，也许把作为诗人的自我意识和几个恰到好处的小道具结合起来，就是你需要为你的诗歌长旅的轮轴上涂抹的润滑油。然后有一天你会猛然惊醒，发现自己正在写诗！

我也见过相反的情况：有人曾经饱蘸热情地写诗，但只是自己写，如此多年但从不自诩诗人。他们中有人认为"诗人"的身份只能通过发表诗作或公共认可才能得到。因为外在世界评判和赋予诗人有效性的方式是这样的，所以我们也因循这种思路就毫不奇怪：我们只有拿出一些东西，以商业的途径显示出来，我们才被认为是合法的。我就注意到，当我拿到了一项奖学金拨款，用于在一个研究生培养写作项目中研究诗歌的时候，我的社交圈、朋友圈、家人（他们对诗歌都没有多少经验，更谈不上理解）对待我的态度都有了明显改变，变得肃然起敬了起来。突然间，因为一个庞大而权威的机构说我的诗歌配得上一笔款子，舆论才一致认为我的确是一个诗人。

得到某个机构或团体的支持当然是好事，能够通过研究诗歌、写作诗歌获得报酬甚至更好。但它们都不能够成就或毁灭一个诗人。就我所见，诗人就是那些写诗的人。这件事并不需要被授予特殊的徽章，也不需要任何机构为你祝祷。除了写诗的渴望，真的，你再不需要其他任何的先决条件。除了渴望，没有其他任何事能使你不断回到稿纸，在语言的土壤上耕作，不断写作，写出来更多，直到它们成长为一首诗精致的容器。

你用来确证自己身份的方式完全取决于你自己。写多写少也完全取决于你自己。但如果你享受和诗歌亲密接触、熟识的过程，并想建立一个长期稳定的关系的话，我建议你卷起袖子，让自己的双手始终劳作。除了沉浸在诗歌之中，没有其他方式能够使你始终对诗歌张开怀抱，并专注于那些涌入你心怀的一切。再没有像逐渐写出一首诗那样能够教会你如何栖息在整体之上的方式了。

第七十七章　放手去做

爱人之跃（节选）

玛莎·贝克

　　一个珠宝商朋友向我讲述了这个故事。一个男人问他的犹太教士："为什么上帝要在我们的心灵之上写下戒律？为什么不把它写入我们心里？我需要上帝的地方正在我内心深处。"教士回答说："上帝从来不强行把任何事物灌输到人的心灵中。他在我们心灵之上写下那些词语，这样当我们心灵破碎的时候，上帝就能走进去。"不论你信仰着什么，视何物为神圣，你都会发现只有一颗卸除防备的、破碎的心灵，才能最好地吸取你所信仰之物的养分。

　　如果你毫不费力地坠入一段亲密关系中，不必理会你内心的惊慌，不管是你坠入真爱之河——这当然很美，还是真爱叩开了你的心扉并入主其中——这其实更美。尽全力去把握它吧，也许你就会忘记坠跌时的惊慌。你将发现在远离地面的空中感觉其实会更好，并让一颗受过伤的心灵保持开启的状态，这样爱就会找到所有那些碎裂的小块。而当你下一次体验到那种大地忽然消失的眩晕感的时候，即使你条件反射般地想要低头躲避、想要抓住什么，你依然会听到从心灵更深处传来的直觉的呢喃："坠入吧！坠入吧！"

第七十八章

让你的荒原保持生机

> 独处的体验能够把你周遭的空间变成你的滋养物。但事情往往是，人们会把这种感觉等同于孤独，而孤独总令人感到恐惧……有一种方法，我们可以用它来让自己和世界的关系变成一场拓垦的远征：我们想要征服辽远的空间，所有在天界和我们之间的领土，直到生命中再无荒原。许多对他们伴侣的容貌变得麻木的爱人都用这种方法把自己的空间变成了被垦殖的土地。他们在真正认识对方之前，就豢养了彼此。
>
> ——约翰·奥多诺霍

在一个星期六的早晨，我搭乔恩的顺风车，在早上十点的时候到达了瑜伽教室。乔恩带着自己的狗继续开车向前，到达森林公园之后，在那里的泥泞道路上又疾驰了六公里，一直到了郊外的荒原的源头。我已经穿戴整齐准备走路回家，感到温暖和放松，就像我在一个三月的下午，把头伸出窗户所感到的那种温柔恬淡的忧郁一样。然而在包里翻了个遍却一无所获的时候，我才想起来我在车里用过我的钥匙，然后那辆车——以及那把钥匙——都和乔恩在一起。我只能一直被锁在门外面直到他们回来。乔恩并没有出门带手机的

第七十八章 让你的荒原保持生机

习惯，我也完全不知道他会什么时候回来。

我的轨道上没有了一个明确可视的终点，我感觉就像是一只断线的气球轻盈地飘起，在克林顿大街上漫无目的地优游闲逛。我想起来在我去往教室的路上有一个咖啡馆，我可以去那儿看看，然后向东走过三个街区，就到了"布罗德"，一个斯堪的纳维亚咖啡馆。那个咖啡馆是狭长形的，大小就像一节火车车厢，内部被用心地装修过，闪耀着抽象极简艺术的光彩。这家店的老主顾应该是来自波特兰而不是我居住的这个城市：他身材高耸，骨架突出，眼睛很有特点，黑色、棕色的比例很奇特的衣服悬在海洛因吸食者特有的瘦骨嶙峋的身体上，甚至有点衣衫褴褛的感觉。服务员和大厨都三呼乃应，身形瘦削的年轻男子东拉西扯地闲聊着关于刺青的东西，身上穿着过于紧绷的黑裤子，熟练地摆出冷漠高傲的样子，然而在这副冷酷的外表下却有着无处发泄、四处游走的渴望。羊毛袜隆起在我松垮垮的松紧裤里，羊绒夹克套在身上，没有洗的头发绕着松松的发夹落下来，我因为自己和环境格格不入而感到开心喜悦。在这个郊外的环境中，不必关注自己身上的某个部分是否合适，就像穿上了一件隐身衣，而我十分享受这种隐身的感觉。

我在咖啡馆里找到了一个座位，从包里拿出了一小堆索引卡和一支钢笔，开始写东西。一张张索引卡被写满了，总有新鲜的想法源源不断地从脑海中涌出来，从我笔端流淌不绝。这样的练习在二十年前就被确立了，而我的身体只是需要一个假定的地点去打开自由写作的水龙头。就在我写作的时候，一只精致的杯子装着香气馥郁的无咖啡因咖啡来到了我面前，一同到来的还有一只精巧的装着方糖的玻璃罐，和一个银色的四分之一升的玻璃小瓶。接着呈上的是一大瓶充满泡沫的橙汁。然后是三个丹麦小甜点，四分之一大的丹麦派蛋糕，上面洒满糖霜，并被厚厚的蔓越莓酱、枫糖及柠檬乳环绕着。赞美大厨。我就像一只掉进了瑞典天堂中的兔子一样倍感幸福。

就在我写作的时候，我的甜点和野蘑菇以及烤化了的洋葱簇拥在一起，在它们方形的烤物盘上散发着淡淡的热气，一只白色的方盘子里盛着被精巧地切成片的马铃薯派蛋糕，旁边摆着切成三角形的核桃面包，两只盘子整齐地排列在一起。我品尝着它们，内心感到惊奇，笔下又写出了更多的东西。就在我做着这些事的时候，我仿佛穿越了时光，见到了多年之前的那个自由自在的塞琪。她只有为数不多的收入，生活支出被压缩到最低，她唯一的嗜好就是在咖啡厅享用周末的早餐。她没有汽车，却有许许多多的笔记本，以及在那段时间里被她视作神物的诗集。她搭乘有轨电车，自由地倾听，观察，感受，写作，以及哭泣。那个塞琪完全凭自己的心意生活，她尚不是那个在无尽的委托、挤满的日程中喘息的成年人，她在生活中保留着足够的空间去等待惊喜的发生。

就在这段既无家可归又有精美食物相伴的短暂时光中，我回到了我二十多岁时的那片已经迷失在岁月中的荒原：那片开放的原野有着神性之光。我把她小心翼翼地带回了家，好像她是一朵压花一样——脆弱易碎，既是旧的，又是新的。在一个明朗清澈的瞬间，我能够看到我是如何把自己圈禁到了由责任、目的、公民职责组成的监狱中，把自己化作了一片被开垦的土地。一年又一年，我不断压缩着我丰美肥沃、繁饶珍贵的独处时光，教化出了一个看上去更精致、职业化的自己，但我自己真正想要的却是一些更为广大、灿烂、超出想象的鲜活的东西——它们却渐渐消隐了踪迹。

诗歌并不会使我们给自己的脑海设定的边界得到解救。它会在成就感和知足常乐的笼子里日渐枯萎。诗歌需要那片独处的荒原，在葱翠的灰烬中召唤回生命的活力。它需要在黑暗与光明中辨识自己的完整。你又是怎样囚禁了你的创造力，把自己如同荒野上的花朵一样自由的想象力圈养了起来，使它们不能在风中舒展呼吸？不管你做着什么样的工作，处于一段什么样的关系中，或每天的生活有多么忙碌，它们总会一点一点被做好。你依然能够拥有自己郊外的那片原野，你的诗歌就生长在那里。

第七十九章

如何举办一系列朗诵会

如果你想更紧密地融入当地的文学圈中，举办一系列的朗诵会是一个造成很大的影响力的好方法，而且工作量也不算太大。举办朗诵会这件事所需要的最重要的原料就是强烈地要做这件事的欲望。一些管理方面的技能会有所裨益，并且需要你或多或少是个性格开朗、外向的人。下面是一些举办朗诵会的关键步骤，任何一个主办者都需要把它们写入自己"亟待完成"的清单中。

定义你的活动

你希望这个朗诵活动举办的周期是多久？（一个月一次？一个季度一次？）每一次朗诵会持续多长时间？（我建议不要超过一个小时——超过这个时间，观众们也许会难以专注地投入到诗歌中去了。）每场朗诵会的结构方式是怎样的？（三个有特点的诗人到场，每人朗读二十分钟？一个诗人朗读半小时，剩余的时间用作开放的交流互动？整整一个小时都用来自由交流互动？诗人和小说家共同参与还是只有诗人？一场口头诗歌竞赛？）为你所要举办的朗诵会做出明确的定义，这样当你邀请旁人参与的时候，便可以清晰地与他们沟通交流。

建立人际关系

朗诵会与社区、团体密切相关。如果你现在还没有任何写作圈子，就开始建立一个吧。参加别人的朗诵会、写作组，参加会议、课程、诗歌沙龙——任何你能和与自己相似的文学头脑靠得更近、取得联系的场所都可以。这是一个开始培养稳定的诗歌交际圈的好方法。当你要举办朗诵会的时候，你可以从这个圈子里邀请到诗人与观众。如果你对于和陌生人闲谈感到羞怯，或者更喜欢其他一些建立自己圈子的方式的话，可以通过克雷格列表网（www.craigslist.org）、文学电子小组和博客把自己的活动信息公布在网上，让更多的读者知悉。在你开始着手准备朗诵会事宜之前，就要尽量把前三次活动的读者们编排好。

选择场所

对场所的选择决定了整个活动的气氛：图书馆，酒吧，书店，互动会议室，咖啡馆，剧院，舞蹈室或一个供表演的空间都可以发挥不同的作用。你需要考虑的两个最重要的因素是，你在这个场所中会感到舒适和放松，以及这个场所对你所要举办的活动表示欢迎。要充分考虑场所的容纳空间和你预期的到场人数，麦克风和主持台也是你在协商中要重点考虑的元素。

大体上，如果你选择的地方交通便利、步行可达将会对举办朗诵会十分有利。此外，如果一个场馆愿意为你的活动付款的话，很可能你需要在活动中提供免费饮品，一点小折扣，或给你的读者提供一些补贴。

选择固定的聚会时间对你和场馆都有好处，也会有助于参与者记住，比如每个月的第一个星期三。

要注意：确保和场馆协商的时候，要讨论好是否在活动时间里允许诗人们在场馆中出售自己的诗集和诗册。一些大书店可能会不同意这样做。最好了解清楚整个活动中你所能做的事情有哪些，这会大大影响到你对场馆的选择。

宣传

这里是一个简明的工作安排时间轴：

1. **在你做其他任何事之前**：制作一张媒体联络表，内容应该覆盖你所在的城镇及附近的报纸、实时通讯、广播电台、社区电子邮件清单、创作联合会等等相关媒体的文学艺术编辑们。

2. **朗诵会之前的两个月**：把与会诗人们的名字列一个清单，包括他们的个人经历简介以及正面头像照片。

3. **朗诵会之前的六个星期**：写一则关于这次活动的新闻短讯，并把它发送给你的媒体清单中所列的对象和所要邀请的诗人们。（电子邮件是一种方便、快捷、高效、流行的发布新闻短讯的方式。）

4. **朗诵会之前的一个月，以及在朗诵会之前的一星期还需要再做一遍**：写一封邮件，大力宣传你的"系列朗诵会"，并邀请他们参与到你即将到来的活动中。如果你的活动预算允许，你还可以联系明信片商家参与并让他们在公共场所（如图书馆、咖啡厅、百货商场等）散发活动传单。

5. **朗诵会前一星期**：提醒计划中的参与者活动的具体信息：时间、地点、朗诵顺序，以及任何你想要告诉他们的消息（例如，"不要忘记带上你想出售的诗集！做好朗诵二十分钟的准备！在活动结束后有签售时间！"）。和场馆再次确认他们已经为你的活动做好准备。

当你完成了自己的部分，其他人就会到来

当你邀请到了有影响力的作者，同时让听众们感受到了你的热情，有舒适的体验，你的团队和圈子就很可能会形成一种稳定的势头。在

传单上写下电邮地址并签署名字，这样你可以发展更多的人参与到你的活动中。在每一场活动结束的时候，感谢你的朗诵者，感谢你的听众，感谢场馆，并公布你下次活动的时间——以及下一场活动你邀请到的朗诵者。经过一段时间，你的系列朗诵会就会拥有它独立的生命——朗诵者之间会互相影响，听众也会带来新的听众。

  我三年前举办过一系列的朗诵会，刚开始的时候完全是凌乱草创，我对自己社区中有哪些文学方面的人物一无所知。今天，我每个月都会收到三个朗诵者提前预定一年后的朗诵会。我现在提前六个月就会自动地开始筹备朗诵会的宣传，安排时间进度表，计划具体事宜，于是到现在我每个月只需要几个小时就能做完这方面的工作。系列朗诵会给予了我源源不断的动力去寻找、倾听、支持我自己社区里了不起的诗人们。

第八十章

挥动你的翅膀！

我的朋友克里斯蒂娜·凯兹在过去的很多年里一直鼓励我多参与一些诗歌方面令人兴奋的挑战，包括写作这本书。最近，我怀着敬意对她说："谢谢你把我从安乐窝里推出来！"

"哦，你已经从安乐窝里自己跳出来了，"她说，"我只是在旁边大声喊道，'挥动你的翅膀！挥动你的翅膀！'"

而现在，你也同样在挥动你的翅膀！在这八十章里，我们讨论了和诗艺有关的许多内容，包括了诗歌创作的过程，诗歌内容提升的空间等等。我们也一起探索了激发灵感的方式，以及当你用整个人生去写诗、把它变成自己的一种生活方式的时候，怎样让自己一直与缪斯同在。你也许相比过去知道了更多诗歌对你具有的意义，它如何影响了你和自己、和这个世界的相处方式，以及为什么你如此享受写诗的原因。

诗歌是天然的源泉，它始终与你同在。你不需要昂贵的工具就可以写作并将它与人分享。你也不需要密集的课程才能学会相关的技巧。对语言的热爱，对探索的渴望，对发现的激情就足以开启你诗歌写作的实践，而这一实践必能贯穿你的余生。也许你会在这里发现一块新的路牌，它会带领你走上一条让你心驰神往的小路。如果你继续欢迎它们的到来，你将会在每一天的日常生活中找到丰富的线索，向你揭示新的道路，触发新的诗歌。

据说露丝·斯通是这样描述她让诗歌之泉一泻千里的经验的：就像一阵强风刮过。当她感觉到草地上最初的一丝震颤的时候，就会奔回家中拿出纸笔，期待着在它悄然消失之前捕获那一阵语言的风。你作为一个诗人的工作与此十分类似：始终对即将来临的一切可能开启心扉，学习去辨识那些选择了你作为出口的语言，然后把它们写在纸上。

我的心愿是，这本书可以像一个有创造力的同伴，在你的诗歌写作之路启航之后，陪伴你走过每一次小的进步或大的飞跃。如果你想得到更多的同伴和更丰富的互动，欢迎访问"写我人生诗"的在线社区 www.writingthelifepoetic.com 和 www.writingthelifepoetic.typepad.com。这本书的读者们可以在这里共同学习共同进步。与其他用写诗的方式使自己的人生诗意盎然的人分享你的诗作和感受吧。

离开你所熟悉的温暖巢穴，去尝试一些新鲜但陌生的事物，总是要冒些风险。为自己能走出舒适区域，去探索那片宽广、辽阔的诗之原野而鼓掌喝彩吧！享受这一番策马奔腾的经历，不要忘了：挥动你的翅膀，挥动你的翅膀！

致谢

如果没有克里斯蒂娜·凯兹的鼓励和她提供的范例,这本书根本就不可能问世。她帮助我认识到了自己的平台,肯定了我写作经验所具有的价值。接着她向我提出了这个挑战:和更多的人分享这两样东西。从草创到雕琢润色,克里斯蒂娜都是我的指路灯。我的编辑,简·弗里德曼则和我一起使脑海中的图景——固定成型。在她专业的指导下,这本书找到了它的核心和方向。我极其幸运地拥有格雷古瓦·维恩为我绘制插图。他的作品和我的言语之间有着和谐的共鸣,它们共同写就了一首更完整的诗,这是单靠我一个人的力量难以做到的。帕梅拉·吉姆,十多年来和我在征途上一路同行,在这本书的概念、写作的各个环节都发挥了意义非凡的作用——她是这本书的回音壁,卷起了无数头脑风暴,她是我的拉拉队长,是我的校对者。我的诗歌团队为我付出了极大的努力,他们中的许多人在这本书中贡献了他们的智慧与洞见。还要特别感谢玛丽·勒·埃斯佩兰斯与我多年由诗歌缔结的友情,感谢我热情真挚的读者塞巴斯蒂安·埃利斯,感谢杰出的诗人保兰·彼得森,她在波特兰诗歌这方面提供了巨大的帮助。我的父母,波比·科恩和布莱恩·科恩,他们与我分享了爱的语言,影响着我自己对爱的领悟。他们总是对我的创造力给予肯定和鼓励,并给了我所有可能的机会,使我的头脑、心灵和灵魂得到了成长和进步。我的丈夫,乔纳森·卢克斯,给我们的家庭带来了无限的幸福、快乐、美妙的隐喻和情感上的光芒。为了给我写作这本书腾出足够的空间,他包揽了做饭和洗碗的全部工作。我的儿子,西奥·卢克斯·科恩,在这本书写作的过程中我孕育并生下了他,他是我诗歌生涯中每天的沉思。我还要谦卑地感谢我的主顾圣亨瑞,哈摩奇,瓦伦蒂诺,还有迪亚波罗。这些被宠爱的猫猫狗狗和我分享了它们袒露心扉的黑夜和白天——因为这一切,我成为了一个更好的人。

"创意写作书系"介绍

这是国内首次系统引进国外创意写作成果的丛书,它为读者提供了一把通往作家之路的钥匙,帮助读者克服写作障碍,学习写作技巧,规划写作生涯。从开始写,到写得更好,你都可以使用这套书。

"创意写作书系"丛书书目

书名	作者	出版日期
非虚构类写作指导		
自我与面具:回忆录写作的艺术	玛丽·卡尔	2017年10月
新闻写作的艺术	纳维德·萨利赫	2017年6月
回忆录写作(第二版)	朱迪思·巴林顿	2014年6月
写作法宝:非虚构写作指南	威廉·津瑟	2013年9月
写出心灵深处的故事——非虚构创作指南	李华	2014年1月
★故事技巧——叙事性非虚构文学写作指南	杰克·哈特	2012年7月
★开始写吧!——非虚构文学创作	雪莉·艾利斯	2011年1月
虚构类写作指导		
小说的艺术:给青年作者的写作指导	约翰·加德纳	2019年10月
超级结构:解锁故事能量的钥匙	詹姆斯·斯科特·贝尔	2019年6月
人物与视角:小说创作的要素	奥森·斯科特·卡德	2019年3月
从生活到小说(第三版)	罗宾·赫姆利	2018年1月
小说写作:叙事技巧指南(第九版)	珍妮特·伯罗薇等	2017年10月
★成为小说家	约翰·加德纳	2016年11月
小说创作谈	大卫·姚斯	2016年11月
如何创作炫人耳目的对话	詹姆斯·斯科特·贝尔	2016年11月
小说创作技能拓展	陈鸣	2016年4月
故事力学:掌握故事创作的内在动力	拉里·布鲁克斯	2016年3月
写小说的艺术	安德鲁·考恩	2015年10月
弗雷的小说写作坊:让劲爆小说飞起来	詹姆斯·N.弗雷	2015年7月
弗雷的小说写作坊:劲爆小说秘境游走	詹姆斯·N.弗雷	2015年7月
经典情节20种(第二版)	罗纳德·B.托比亚斯	2015年4月
故事工程——掌握成功写作的六大核心技能	拉里·布鲁克斯	2014年6月
★冲突与悬念——小说创作的要素	詹姆斯·斯科特·贝尔	2014年6月
情节与人物——找到伟大小说的平衡点	杰夫·格尔克	2014年6月
★经典人物原型45种——创造独特角色的神话模型(第三版)	维多利亚·林恩·施密特	2014年6月
★30天写小说	克里斯·巴蒂	2013年5月

★情节！情节！——通过人物、悬念与冲突赋予故事生命力	诺亚·卢克曼	2012年7月
★开始写吧！——虚构文学创作	雪莉·艾利斯	2011年1月
★小说写作教程——虚构文学速成全攻略	杰里·克利弗	2011年1月
综合类写作指导		
与逝者协商——布克奖得主玛格丽特·阿特伍德谈写作	玛格丽特·阿特伍德	2019年10月
童书写作指南	玛丽·科尔	2018年7月
心灵旷野：活出作家人生	纳塔莉·戈德堡	2018年1月
来稿恕难录用：为什么你总是被退稿	杰西卡·佩奇·莫雷尔	2018年1月
大学创意写作·应用写作篇	葛红兵 许道军 主编	2017年10月
大学创意写作·文学写作篇	葛红兵 许道军 主编	2017年4月
从创意到畅销书：修改与自我编辑	詹姆斯·斯科特·贝尔	2016年1月
写作是什么：给爱写作的你	克莉·梅杰斯	2015年10月
故事工坊	许道军	2015年5月
写好前五十页	杰夫·格尔克	2015年1月
作家创意手册	杰克·赫弗伦	2015年1月
创意写作教学（实用方法50例）	伊莱恩·沃尔克	2014年3月
你的写作教练（第二版）	于尔根·沃尔夫	2014年1月
诗性的寻找——文学作品的创作与欣赏	刁克利	2013年10月
创意写作大师课	于尔根·沃尔夫	2013年7月
★一年通往作家路——提高写作技巧的12堂课	苏珊·M.蒂贝尔吉安	2013年5月
写好前五页——出版人眼中的好作品	诺亚·卢克曼	2013年1月
畅销书写作技巧	德怀特·V.斯温	2013年1月
成为作家	多萝西娅·布兰德	2011年1月
类型文学写作指导		
开始写吧！——推理小说创作	劳丽·拉姆森	2016年7月
开始写吧！——科幻、奇幻、惊悚小说创作	劳丽·拉姆森	2016年1月
弗雷的小说写作坊：悬疑小说创作指导	詹姆斯·N.弗雷	2015年10月
网络文学创作原理	王祥	2015年4月
好剧本如何讲故事	罗伯·托宾	2015年3月
写我人生诗	塞琪·科恩	2014年10月
开始写吧！——影视剧本创作	雪莉·艾利斯	2012年7月
青少年写作指导		
北大附中创意写作课	李韧	2020年1月
北大附中说理写作课	李亦辰	2019年12月
奇妙的创意写作：让你的故事和诗飞起来	卡伦·本基	2019年3月
会写作的大脑1：梵高和面包车（修订版）	邦妮·纽鲍尔	2018年7月
会写作的大脑2：怪物大碰撞（修订版）	邦妮·纽鲍尔	2018年7月
会写作的大脑3：33个我（修订版）	邦妮·纽鲍尔	2018年7月
会写作的大脑4：亲爱的日记（修订版）	邦妮·纽鲍尔	2018年7月
写作魔法书——让故事飞起来	加尔·卡尔森·莱文	2014年6月

创意写作书系·青少年系列

《会写作的大脑》（套装四册）

作者：【美】邦妮·纽鲍尔　出版时间：2018年6月

《会写作的大脑1·梵高和面包车（修订版）》

这是一本给青少年的创意写作练习册，包括100个趣味写作练习，它将帮助你尽快进入写作，并养成写作习惯。你只需要一支笔和每天十分钟，就可以加入这个写作训练营了。

《会写作的大脑2·怪物大碰撞（修订版）》

本书包含了100个充满创意、异想天开的写作练习，帮助你迅速进入状态，并且坚持写作。你在开始写作时遇到过困难吗？以后不会了！拿起这本书，释放你内心的作家自我吧！

《会写作的大脑3·33个我（修订版）》

在这本书中，你会用各种各样的工具、用各种各样的姿势、在各种各样的地方写作。它将帮助你向内探索，把自己的生活写成故事。

《会写作的大脑4·亲爱的日记（修订版）》

本书是那些需要点燃或者重启写作灵感的人的完美选择。无论何时、何地，只要你翻开这本书，开始动笔跟着练习去写，它都能激发你的创造力，给你的写作过程增加乐趣，并帮助你深入生活、形成自己的创作观。

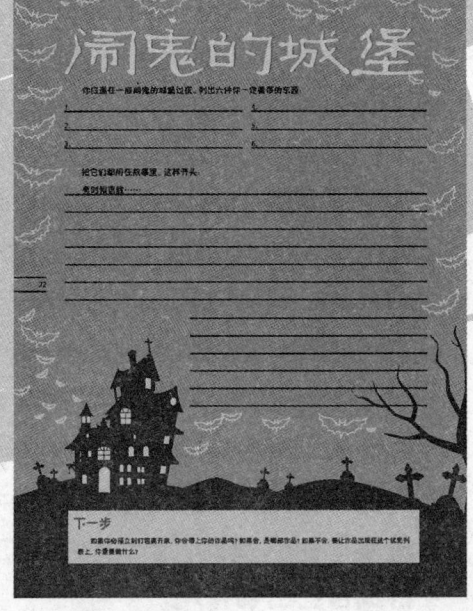

Writing the Life Poetic: An Invitation to Read & Write Poetry by Sage Cohen
Copyright © 2009 by Sage Cohen, Writer's Digest, an imprint of F&W Media, Inc.
(10151 Carver Road, Suite 200, Blue Ash, Cincinnati, Ohio, 45242, USA)
Simplified Chinese version © 2014 by China Renmin University Press.
All rights Reserved.

图书在版编目（CIP）数据

写我人生诗/（美）科恩著；刘聪译 .—北京：中国人民大学出版社，2014.9
（创意写作书系）
ISBN 978-7-300-19981-8

Ⅰ.①写… Ⅱ.①科…②刘… Ⅲ.①诗歌创作-创作方法 Ⅳ.①I052

中国版本图书馆 CIP 数据核字（2014）第 215775 号

创意写作书系
写我人生诗
塞琪·科恩（Sage Cohen） 著
刘聪 译
Xie Wo Renshengshi

出版发行	中国人民大学出版社		
社　　址	北京中关村大街 31 号	邮政编码	100080
电　　话	010-62511242（总编室）	010-62511770（质管部）	
	010-82501766（邮购部）	010-62514148（门市部）	
	010-62515195（发行公司）	010-62515275（盗版举报）	
网　　址	http://www.crup.com.cn		
经　　销	新华书店		
印　　刷	天津中印联印务有限公司		
规　　格	160 mm×235 mm　16 开本	版　次	2014 年 10 月第 1 版
印　　张	19.5 插页 1	印　次	2020 年 3 月第 2 次印刷
字　　数	237 000	定　价	42.00 元

版权所有　　侵权必究　　印装差错　　负责调换